HEYNE

Das Buch

Die besten Zeiten hat Tony Gardner schon hinter sich – seine Engagements werden rarer, seine Autogramme kaum mehr nachgefragt. Für den Kaffeehausgitarristen Janeck ist Tony Gardner jedoch das größte Idol. Als sich die beiden in Venedig über den Weg laufen, muss er Gardner einfach ansprechen. Der nutzt die Gelegenheit, um Janeck für den vielleicht wichtigsten Auftritt seines Lebens zu gewinnen: Er will seiner langjährigen Frau ein romantisches Ständchen bringen, in der Hoffnung, dass sie der bröckelnden Ehe noch einmal eine Chance gibt.

Mit dieser und vier weiteren Geschichten hat Kazuo Ishiguro seiner großen Leidenschaft, der Musik, eine Liebeserklärung geschrieben. Von Venedig über London und die Malvern Hills bis nach Hollywood führt sie die Menschen zueinander, spinnt ein Netz zwischen den unterschiedlichsten Persönlichkeiten, Nationalitäten und Schicksalen. Ein betörender Erzählzyklus, der auf eindrucksvolle Weise die Schicksale seiner Figuren mit ihrer Liebe zur Musik verknüpft.

Der Autor

Kazuo Ishiguro, geboren 1954 in Nagasaki, kam 1960 nach London, wo er Englisch und Philosophie studierte. 1989 erhielt er für den Weltbestseller *Was vom Tage übrigblieb,* der von James Ivory verfilmt wurde, den Booker Prize. Kazuo Ishiguros Werk wurde bisher in 28 Sprachen übersetzt. Sein Roman *Alles, was wir geben mussten* wurde mit Keira Knightley in der Hauptrolle verfilmt. Kazuo Ishiguro lebt in London.

Kazuo Ishiguro bei Heyne:
Damals in Nagasaki
Der Maler der fließenden Welt
Was vom Tage übrigblieb
Als wir Waisen waren
Alles, was wir geben mussten
Bei Anbruch der Nacht
Der begrabene Riese

KAZUO ISHIGURO

Bei Anbruch
der Nacht

Roman

Aus dem Englischen
von Barbara Schaden

WILHELM HEYNE VERLAG
MÜNCHEN

Der Verlag weist ausdrücklich darauf hin, dass im Text enthaltene externe Links vom Verlag nur bis zum Zeitpunkt der Buchveröffentlichung eingesehen werden konnten. Auf spätere Veränderungen hat der Verlag keinerlei Einfluss. Eine Haftung des Verlags ist daher ausgeschlossen.

Verlagsgruppe Random House FSC® N001967

2. Auflage
Taschenbucherstausgabe 12/2016
Copyright © 2009 der Originalausgabe by Kazuo Ishiguro
Die Originalausgabe erschien 2009 unter dem Titel
Nocturnes. Five Stories of Music und Nightfall
bei Faber and Faber Ltd., London
Copyright © 2009 der deutschsprachigen Ausgabe
by Karl Blessing Verlag, München,
in der Verlagsgruppe Random House GmbH
und dieser Ausgabe © 2016 by Wilhelm Heyne Verlag, München,
in der Verlagsgruppe Random House GmbH,
Neumarkter Straße 28, 81673 München
Umschlaggestaltung: Kornelia Rumberg, B ü r o f ü r s i c h t b a r e
A n g e l e g e n h e i t e n, 82340 Feldafing
Umschlagmotiv: © Shutterstock.com/katatonia82
Satz: Leingärtner, Nabburg
Druck und Bindung: GGP Media GmbH, Pößneck
Alle Rechte vorbehalten
Printed in Germany

ISBN 978-3-453-42156-1
www.heyne.de
Dieses Buch ist auch als E-Book lieferbar.

Für Deborah Rogers

INHALT

Crooner	9
Ob Regen oder Sonnenschein	43
Malvern Hills	99
Bei Anbruch der Nacht	139
Cellisten	205

CROONER

An dem Morgen, an dem ich Tony Gardner zwischen den Touristen sitzen sah, zog hier in Venedig gerade der Frühling ein. Wir hatten unsere erste ganze Woche draußen auf der Piazza hinter uns – eine Wohltat, kann ich Ihnen sagen, nach den endlosen stickigen Stunden hinten im Café, wo wir der Kundschaft im Weg sind, die ins Treppenhaus will. Es ging ein ziemlicher Wind an diesem Morgen, und unsere brandneue Markise flatterte uns um die Ohren, aber wir fühlten uns alle ein bisschen frischer und fröhlicher, und das hörte man unserer Musik wohl auch an.

Aber ich rede hier, als wäre ich ein reguläres Bandmitglied, dabei bin ich einer der »Zigeuner«, wie uns die anderen Musiker nennen, einer von denen, die rund um die Piazza wandern und aushelfen, wenn in einem der drei Kaffeehausorchester Not am Mann ist. Meistens spiele ich hier im Caffè Lavena, aber wenn nachmittags viel los ist, begleite ich schon mal die Leute vom Quadri bei einem Set oder gehe rüber zum Florian, dann über den Platz zurück ins Lavena. Ich komme mit allen gut aus – auch mit den Kellnern –, und in jeder anderen Stadt hätte ich schon eine feste Anstellung. Aber hier, wo sie alle derart besessen von Tradition und Vergangenheit sind, ist alles umgekehrt. Überall sonst wäre es ein Pluspunkt, wenn einer Gitarre spielt. Aber hier? Eine Gitarre! Die Geschäftsführer der Kaffeehäuser drucksen herum. Das wirkt zu modern, das gefällt den Touristen nicht. Bloß damit mich keiner für einen Rock 'n' Roller hält, habe ich seit letztem Herbst eine klassische Jazzgitarre mit ovalem Schallloch, eine, die zu Django Reinhardt gepasst hätte. Das macht es ein bisschen einfacher, aber die Geschäftsführer sind noch immer nicht zufrieden. Auf diesem Platz hier kannst du als Gitarrist Joe Pass sein, und sie stellen dich trotzdem nicht fest ein, so ist es.

Natürlich ist da noch die Nebensächlichkeit, dass ich kein Italiener bin, geschweige denn Venezianer. Dem großen Tschechen mit dem Altsax geht es nicht anders. Wir sind beliebt, wir werden von den anderen Musikern gebraucht, aber wir passen nicht so ganz ins offizielle Programm. Spielt einfach und haltet den Mund, sagen die Geschäftsführer immer. Dann merken die Touristen nicht, dass ihr keine Italiener seid. Tragt eure Anzüge, Sonnenbrillen, kämmt euch das Haar zurück, dann merkt keiner einen Unterschied, aber fangt bloß nicht an zu reden.

Aber ich mache mich ganz gut. Alle drei Kaffeehausorchester, besonders wenn sie gleichzeitig unter ihren Konkurrenzbaldachinen aufspielen müssen, brauchen eine Gitarre – etwas Weiches, Solides, aber Verstärktes, das im Hintergrund die Akkorde schlägt. Sie denken jetzt wahrscheinlich: Drei Bands gleichzeitig auf ein und demselben Platz, das klingt doch schrecklich! Aber die Piazza San Marco ist groß genug, die verkraftet das. Ein Tourist, der über den Platz schlendert, hört das eine Stück verklingen, während sich das nächste einblendet, ungefähr so, wie wenn er an der Skala seines Radios dreht.

Wovon die Touristen nicht allzu viel vertragen, das sind die klassischen Sachen, die ganzen Instrumentalversionen berühmter Arien. Okay, wir sind hier auf dem Markusplatz, sie wollen nicht gerade die neuesten Pop Hits. Aber sie hören gern alle paar Minuten was, das sie kennen, vielleicht eine alte Julie-Andrews-Nummer oder ein Thema aus einem berühmten Film. Ich weiß noch, wie ich letzten Sommer von einer Band zur nächsten pilgerte und an einem einzigen Nachmittag neunmal »The Godfather« spielte.

Jedenfalls waren wir an besagtem Frühlingsmorgen draußen und spielten vor einer ordentlichen Touristenmenge, als ich Tony Gardner entdeckte, der allein vor seinem Kaffee saß, fast direkt vor uns, vielleicht sechs Meter von unserer Markise entfernt. Wir haben ständig Prominente hier auf der Piazza, aber wir machen keinen großen Wirbel darum. Kann sein, dass es sich die Bandmitglieder am Ende eines Stücks zuflüstern: Schau, da ist Warren Beatty. Schau, das ist Kissinger. Diese Frau dort, die war doch in dem Film über die Männer, die ihre Gesichter tauschen. Ist für uns nichts Besonderes. Es ist schließlich der Markusplatz. Aber als mir klar wurde, dass es Tony Gardner war, der hier saß, war es anders, da wurde ich doch sehr aufgeregt.

Tony Gardner war der Lieblingssänger meiner Mutter. Solche Platten aufzutreiben war bei uns zu Hause, damals in der kommunistischen Zeit, fast unmöglich, aber meine Mutter besaß praktisch die gesamte Kollektion von ihm. Als Kind machte ich mal einen Kratzer in eine ihrer kostbaren Platten. Die Wohnung war so eng, und ein Junge in meinem Alter musste sich einfach ab und zu bewegen, vor allem in den kalten Monaten, wenn man nicht raus konnte. Deshalb hatte ich ein Spiel, ich sprang von unserem kleinen Sofa auf den Sessel, immer wieder, aber einmal landete ich daneben und traf den Plattenspieler. Die Nadel schrammte mit einem Ratsch quer über die Platte – das war lang vor den CDs –, und meine Mutter kam aus der Küche herein und fing an, mich anzuschreien. Ich war sehr zerknirscht, weniger, weil sie mich anschrie, sondern weil es eine Tony-Gardner-Platte war und weil ich ja wusste, wie viel ihr die bedeutete. Und ich wusste, dass jetzt auch diese Platte bei jeder Umdrehung dieses knackende Geräusch von sich geben würde, während er seine amerikanischen Schmachtfetzen sang. Jahre später, als ich in Warschau arbeitete und mich auf dem Plattenschwarzmarkt auskannte, besorgte ich meiner Mutter Ersatz für alle ihre abgenudelten Tony-Gardner-Alben, auch für die Platte, die ich ruiniert hatte. Ich brauchte mehr als drei Jahre, aber ich gab nicht auf, beschaffte eine nach der anderen, und bei jedem Besuch brachte ich ihr wieder eine mit.

Sie verstehen also, warum ich so aufgeregt wurde, als ich ihn keine sechs Meter von mir entfernt entdeckte. Zuerst traute ich meinen Augen nicht, und es kann sein, dass ich einen Akkordwechsel versiebte. Tony Gardner! Was hätte meine liebe Mutter gesagt, wenn sie das gewusst hätte! Um ihretwillen, um ihres Andenkens willen musste ich hingehen und etwas zu ihm sagen, auch wenn die Kollegen lachten und sagten, ich führe mich auf wie ein Hotelpage.

Natürlich konnte ich nicht einfach zwischen Tischen und Stühlen hindurch auf ihn zumarschieren. Erst musste das Set zu Ende sein. Es war eine Qual, sage ich Ihnen, noch einmal drei, vier Nummern, und jede Sekunde dachte ich, jetzt steht er auf und geht. Aber er blieb sitzen, ganz allein, starrte in seinen Kaffee und rührte darin herum, als wäre er total erstaunt über das, was der Kellner ihm da gebracht hatte. Er sah aus wie jeder andere amerikanische Tourist, in hellblauem Polohemd und weiten grauen Hosen. Seine Haare, sehr dunkel, sehr glänzend auf dem Plattencover, waren inzwischen fast weiß, aber sie waren noch immer sehr dicht und genauso tadellos frisiert wie damals. Als ich ihn entdeckte, hatte er seine Sonnenbrille in der Hand – ich bezweifle, dass ich ihn sonst erkannt hätte –, aber während der folgenden Stücke, bei denen ich ihn immer im Auge behielt, setzte er sie auf, nahm sie wieder ab, setzte sie wieder auf. Er wirkte geistesabwesend, und dass er unserer Musik gar nicht wirklich zuhörte, enttäuschte mich.

Dann war unser Set vorbei, und ich stürzte unter dem Baldachin hervor, ohne was zu den anderen zu sagen, bahnte mir einen Weg zu Gardners Tisch und war einen Moment lang in Panik, weil ich nicht wusste, wie ich ein Gespräch anfangen sollte. Ich stand hinter ihm, aber irgendein sechster Sinn ließ ihn sich umdrehen und zu mir heraufsehen – wahrscheinlich kam das vom jahrzehntelangen Umgang mit Fans, die auf ihn zutraten –, und sofort stellte ich mich vor und erklärte, dass ich ihn sehr bewunderte, dass ich in der Band sei, die er gehört habe, dass meine Mutter ein große Bewunderin von ihm gewesen sei, das alles in einem einzigen langen Schwall. Er lauschte mit ernster Miene und nickte alle paar Sekunden, als wäre er mein Arzt. Ich plapperte weiter, und von ihm kam weiter nichts als ein gelegentliches »Ach ja?«. Nach einer Weile fand ich es an der Zeit zu gehen und wollte mich gerade entfernen, als er sagte:

»Sie kommen also aus einem Ostblockland. Das muss hart gewesen sein.«

»Ist alles Vergangenheit.« Ich zuckte munter die Achseln. »Jetzt sind wir ein freies Land. Eine Demokratie.«

»Das freut mich zu hören. Und das war Ihre Truppe, die eben für uns gespielt hat. Setzen Sie sich doch. Möchten Sie einen Kaffee?«

Ich sagte, ich wolle nicht aufdringlich sein, aber jetzt war etwas Freundlich-Bestimmtes an Mr Gardner. »Nein, nein, setzen Sie sich. Ihre Mutter hat meine Platten geliebt, sagten Sie.«

Also setzte ich mich und erzählte weiter. Von meiner Mutter, von unserer Wohnung, den Platten vom Schwarzmarkt. Und ich wusste zwar nicht mehr, wie die Alben hießen, aber ich beschrieb ihm die Bilder auf den Hüllen, wie ich sie in Erinnerung hatte, und jedes Mal hob er einen Finger und sagte etwas wie: »Oh, das war sicher *Inimitable*. Der unnachahmliche Tony Gardner.« Ich glaube, wir genossen beide dieses Spiel, aber dann sah ich Mr Gardners Blick abschweifen und drehte mich um, und genau in dem Moment trat eine Frau an unseren Tisch.

Sie war eine dieser ungemein vornehmen amerikanischen Damen, mit tollem Haar, tollen Kleidern, toller Figur, und dass sie nicht so jung sind, merkt man erst, wenn man sie aus der Nähe sieht. Aus der Ferne hätte ich sie für ein Model aus einer dieser Nobelillustrierten gehalten. Aber als sie sich neben Mr Gardner setzte und ihre Sonnenbrille auf die Stirn schob, sah ich, dass sie mindestens fünfzig war, vielleicht älter. Mr Gardner sagte zu mir: »Das ist meine Frau Lindy.«

Mrs Gardner warf mir ein Lächeln zu, das irgendwie gezwungen war, dann fragte sie ihren Mann: »Und wer ist das? Hast du einen Freund gefunden?«

»Richtig, Liebling. Ich hatte ein sehr nettes Gespräch mit ... Entschuldigen Sie, mein Freund, ich weiß Ihren Namen gar nicht.«

»Jan«, sagte ich schnell. »Aber Freunde nennen mich Janeck.«

Lindy Gardner sagte: »Sie meinen, Ihr Spitzname ist länger als Ihr echter Name? Wie geht das denn?«

»Sei nicht unhöflich zu dem Mann, Liebling.«

»Ich bin nicht unhöflich.«

»Mach dich nicht über seinen Namen lustig, Liebling. Sei ein gutes Mädchen.«

Lindy Gardner wandte sich mit einem irgendwie ratlosen Ausdruck an mich. »Wissen Sie, was er meint? Hab ich Sie beleidigt?«

»Nein, nein«, sagte ich, »gar nicht, Mrs Gardner.«

»Ständig sagt er mir, ich sei unhöflich zum Publikum. Aber ich bin nicht unhöflich. War ich jetzt unhöflich zu Ihnen?« Dann, an Mr Gardner gewandt: »Ich rede auf *natürliche* Art mit dem Publikum, Süßer. Das ist *meine* Art. Ich bin nie unhöflich.«

»Okay, Liebling«, sagte Mr Gardner, »lass uns das jetzt nicht weiter ausbreiten. Wie auch immer, dieser Mann hier ist nicht Publikum.«

»Ach nein? Was denn dann? Ein verloren geglaubter Neffe?«

»Sei doch nett, Liebling. Dieser Mann ist ein Kollege. Ein Musiker, ein Profi. Er hat jetzt gerade für uns gespielt.« Er deutete zu unserem Baldachin hinüber.

»Ah ja!« Lindy Gardner wandte sich wieder an mich. »Sie haben dort Musik gemacht, ja? Also das war hübsch. Sie waren am Akkordeon, stimmt's? Wirklich hübsch!«

»Vielen Dank. Ich bin aber der Gitarrist.«

»Gitarrist? Das ist nicht Ihr Ernst! Noch vor einer Minute hab ich Sie beobachtet. Genau dort haben Sie gesessen, neben dem Kontrabassisten, und so wunderschön auf Ihrem Akkordeon gespielt.«

»Verzeihung, aber am Akkordeon, das war Carlo. Der Große mit der Glatze …«

»Sind Sie sicher? Sie nehmen mich nicht auf den Arm?«

»Liebling, bitte. Sei nicht unhöflich zu dem Mann.«

Er hatte nicht gerade geschrien, aber seine Stimme war auf einmal scharf und zornig, und nun herrschte ein merkwürdiges Schweigen. Mr Gardner brach es selbst nach einer Weile und sagte sanft:

»Entschuldige, Liebling. Ich wollte dich nicht anschnauzen.«

Er streckte die Hand aus und ergriff eine der ihren. Ich hätte eigentlich erwartet, dass sie sich losriss, aber das Gegenteil war der Fall: Sie rückte auf ihrem Stuhl näher zu ihm und legte ihre freie Hand auf das gefaltete Händepaar. So saßen sie ein paar Sekunden, Mr Gardner mit gesenktem Kopf, seine Frau mit leerem Blick über seine Schulter hinwegstarrend; sie blickte auf die Basilika jenseits der Piazza, aber ihre Augen schienen nichts wahrzunehmen. In diesem kurzen Moment war es, als hätten sie nicht nur mich an ihrem Tisch vergessen, sondern sämtliche Leute auf dem Platz. Dann sagte sie, beinahe flüsternd:

»Schon gut, Süßer. Es war meine Schuld. Ich hab dich aufgeregt.«

Noch eine Weile saßen sie so da, Hand in Hand. Dann seufzte sie, ließ Mr Gardner los und sah mich an. Sie hatte mich schon zuvor angesehen, aber diesmal war es anders. Diesmal spürte ich ihren Charme. Es war, als hätte sie eine Skala, die von null bis zehn reichte, und hätte in dem Moment beschlossen, ihren Charme mir gegenüber auf sechs oder sieben aufzudrehen. Ich spürte ihn wirklich stark, und wenn sie mich jetzt um einen Gefallen gebeten hätte – zum Beispiel über den Platz zu gehen und ihr Blumen zu kaufen –, hätte ich es mit Freuden getan.

»Janeck«, sagte sie. »So heißen Sie, oder? Es tut mir leid,

Janeck. Tony hat recht. Wie komme ich dazu, so mit Ihnen zu reden?«

»Wirklich, Mrs Gardner, machen Sie sich bitte keine Gedanken …«

»Und ich bin in euer Gespräch hineingeplatzt. Bestimmt ein Musikergespräch. Aber wisst ihr was? Ich werde euch zwei jetzt in Ruhe weiterreden lassen.«

»Du musst wirklich nicht gehen, Liebling«, sagte Mr Gardner.

»Oh doch, Süßer. Ich *sehne* mich regelrecht danach, mir diesen Prada-Laden anzusehen. Ich bin nur hergekommen, um dir zu sagen, dass ich länger weg bin, als ich dachte.«

»Okay, Liebling.« Tony Gardner richtete sich zum ersten Mal auf und atmete tief durch. »Solang du sicher bist, dass es dir Spaß macht.«

»Oh ja, ich werde mich wunderbar amüsieren. Und euch beiden wünsche ich eine nette Unterhaltung.« Sie stand auf und berührte mich an der Schulter. »Passen Sie auf sich auf, Janeck.«

Wir sahen ihr nach, dann fragte mich Mr Gardner das eine oder andere nach dem Leben eines Musikers in Venedig und besonders nach dem Quadri-Orchester, das in dem Moment zu spielen anfing. Er schien meinen Antworten nicht sehr aufmerksam zu folgen, und ich wollte mich schon verabschieden und gehen, aber dann sagte er plötzlich:

»Ich hätte da einen Vorschlag, mein Freund. Lassen Sie mich sagen, was mir vorschwebt, und Sie können mir einen Korb geben, wenn Sie wollen.« Er beugte sich vor und senkte die Stimme. »Darf ich Ihnen was erzählen? Als Lindy und ich zum ersten Mal hierher nach Venedig kamen, waren wir in den Flitterwochen. Vor siebenundzwanzig Jahren. Und obwohl wir nur glückliche Erinnerungen an die Stadt haben, waren wir nie mehr hier, jedenfalls nicht gemeinsam. Und als wir diese Reise planten, diese für uns ganz besondere Reise, sagten wir uns, wir müssen unbedingt ein paar Tage in Venedig verbringen.«

»Ist es Ihr Hochzeitstag, Mr Gardner?«

»Hochzeitstag?« Er blickte erschrocken drein.

»Entschuldigung«, sagte ich. »Ich dachte nur – weil Sie sagten, es ist Ihre ganz besondere Reise.«

Er blickte noch eine Zeit lang erschrocken drein, dann lachte er, ein lautes, dröhnendes Lachen, und auf einmal fiel mir dieses eine Lied wieder ein, das meine Mutter ständig hörte; darin gibt es mittendrin eine gesprochene Passage, wo er sagt, es sei ihm egal, dass diese Frau ihn verlassen hat, und er stößt dieses sardonische Gelächter aus. Jetzt schallte dasselbe Gelächter über den Platz. Dann sagte er:

»Hochzeitstag? Nein, nein, es ist nicht unser Hochzeitstag. Aber was ich vorhabe, ist nicht so weit davon entfernt. Denn ich möchte was sehr Romantisches tun. Ich möchte ihr ein Ständchen bringen. Wie sich's gehört, nach venezianischer Art. Und hier kommen Sie ins Spiel. Sie spielen auf Ihrer Gitarre, ich singe. Wir tun es von einer Gondel aus, wir lassen uns bis unters Fenster rudern, ich singe zu ihr hinauf. Wir haben ein Quartier in einem Palazzo nicht weit von hier. Das Schlafzimmerfenster geht auf den Kanal hinaus. Wenn es dunkel ist, wird das perfekt sein. Die Laternen an den Hausmauern erzeugen das passende Licht. Unten Sie und ich in einer Gondel, oben tritt sie ans Fenster. Alle ihre Lieblingslieder. Es muss nicht lang sein, abends ist es doch noch ein bisschen kühl. Nur drei oder vier Lieder, stelle ich mir vor. Ich entlohne Sie anständig. Was meinen Sie?«

»Mr Gardner, es wäre mir eine große Ehre. Wie ich schon sagte, Sie waren eine wichtige Person für mich. Wann würden Sie das gerne machen?«

»Warum nicht heute Abend, wenn's nicht regnet? Gegen halb neun? Wir essen früh, und bis dahin sind wir wieder zurück. Ich denke mir irgendeinen Vorwand aus, um die Wohnung zu verlassen, und treffe mich mit Ihnen. Bis dahin habe ich eine Gondel bestellt, wir lassen uns durch den Kanal rudern, halten unter dem Fenster an. Das wird perfekt. Was meinen Sie?«

Sie können sich wahrscheinlich vorstellen, dass das wie ein Traum war, der Wirklichkeit wird. Außerdem hielt ich es für eine reizende Idee, dieses Paar – er in den Sechzigern, sie in den Fünfzigern –, das sich benimmt wie zwei verliebte Teenager. Tatsächlich war die Idee so reizend, dass sie mich die Szene, die ich vorhin miterlebt hatte, beinahe vergessen ließ. Aber nicht ganz. Ich meine, ich wusste schon zu diesem Zeitpunkt irgendwo tief drinnen, dass die Sache nicht so klar und einfach war, wie er sie darstellte.

Die nächsten Minuten saßen Mr Gardner und ich noch zusammen und besprachen die Details – welche Lieder er wollte, welche Tonarten er bevorzugte, solche Dinge. Dann war es Zeit für mich, ich musste zurück unter den Baldachin und zu unserem nächsten Set, also stand ich auf, gab ihm die Hand und sagte, er könne an diesem Abend voll und ganz auf mich zählen.

Die Gassen waren still und dunkel, als ich abends zu der Verabredung mit Mr Gardner ging. Damals war es noch so, dass ich mich ständig verlief, kaum hatte ich mich ein Stück von der Piazza San Marco entfernt, und obwohl ich mit wirklich viel Vorsprung losgegangen war und die kleine Brücke kannte, zu der mich Mr Gardner bestellt hatte, kam ich ein paar Minuten zu spät.

Er stand direkt unter einer Laterne. Er trug einen zerknitterten dunklen Anzug, das Hemd bis zum dritten oder vierten Knopf offen, sodass man seine Brustbehaarung sah. Als ich mich für die Verspätung entschuldigte, sagte er:

»Was sind ein paar Minuten? Lindy und ich sind seit siebenundzwanzig Jahren verheiratet. Was sind ein paar Minuten?«

Er war nicht verärgert, aber seine Stimmung schien mir ernst und feierlich – ganz und gar nicht romantisch. Hinter ihm schaukelte die Gondel sanft im Wasser, und ich sah, dass der Gondoliere Vittorio war, den ich nicht besonders gut leiden kann. Vordergründig tut Vittorio immer sehr kumpelhaft, aber ich weiß – wusste es schon damals –, dass er über unsereinen, über Leute, die er »Fremde aus den neuen Ländern« nennt, alle möglichen Gemeinheiten erzählt, und alles ist erstunken und erlogen. Deswegen nickte ich bloß, als er mich an dem Abend begrüßte wie einen Bruder, und wartete schweigend, während er Mr Gardner in die Gondel half. Dann reichte ich ihm meine Gitarre – ich hatte meine spanische Gitarre mitgebracht, nicht die mit dem ovalen Schallloch – und stieg ebenfalls ein.

Vorn im Boot wechselte Mr Gardner ständig die Position, und irgendwann setzte er sich so schwerfällig nieder, dass wir fast kenterten. Aber ihm fiel das anscheinend gar nicht auf, und als wir ablegten, starrte er immer nur ins Wasser.

Ein paar Minuten glitten wir schweigend an dunklen Häusern entlang, unter niedrigen Brücken hindurch. Irgendwann erwachte er aus seinen tiefen Gedanken und sagte:

»Hören Sie, mein Freund. Ich weiß, wir haben für heute Abend schon ein Programm vereinbart. Aber ich hab's mir anders überlegt. Lindy liebt den Song ›By the Time I Get to Phoenix‹. Ich habe ihn vor vielen Jahren mal aufgenommen.«

»Klar, Mr Gardner. Meine Mutter sagte immer, dass Ihre Version besser ist als die von Sinatra. Oder diese berühmte von Glenn Campbell.«

Mr Gardner nickte, und eine Zeit lang konnte ich sein Gesicht nicht sehen. Bevor uns Vittorio um eine Ecke steuerte, stieß er seinen Gondoliereruf aus, der um die Mauern scholl.

»Ich habe ihn ihr oft vorgesungen«, sagte Mr Gardner. »Wissen Sie, ich glaube, sie würde ihn heute Abend gern hören. Sind Sie vertraut mit der Melodie?«

Ich hatte inzwischen meine Gitarre ausgepackt, und ich spielte ein paar Takte des Lieds.

»Ein bisschen höher«, sagte er. »In Es. So habe ich es auf dem Album gesungen.«

Ich wechselte also die Tonart, und nach etwa einer Strophe setzte Mr Gardner ein, er sang sehr leise, fast gehaucht, als wüsste er den Text nur noch halb. Aber in diesem stillen Kanal trug seine Stimme weit. Sie klang sogar sehr schön. Und einen Moment lang war mir, als wäre ich wieder ein Kind und in unserer damaligen Wohnung: ich auf dem Teppich, meine Mutter auf dem Sofa, erschöpft, vielleicht auch mit gebrochenem Herzen, während in der Zimmerecke Tony Gardners Platte lief.

Mr Gardner brach jäh ab und sagte: »Okay. Wir machen ›Phoenix‹ in Es. Dann vielleicht ›I Fall in Love too Easily‹, wie geplant. Und wir schließen mit ›One for My Baby‹. Das ist genug. Mehr wird sie nicht hören wollen.«

Danach schien er wieder in Gedanken zu versinken, und wir glitten zum leisen Plätschern von Vittorios Ruder durch die Dunkelheit.

»Mr Gardner«, sagte ich schließlich, »hoffentlich nehmen Sie mir die Frage nicht übel. Aber erwartet Mrs Gardner dieses Konzert? Oder soll es eine wunderbare Überraschung werden?«

Er seufzte tief, dann sagte er: »Ich schätze, wir müssen es in die Kategorie wunderbare Überraschung einordnen.« Und er fügte hinzu: »Der Himmel weiß, wie sie reagiert. Vielleicht kommen wir gar nicht bis ›One for My Baby‹.«

Vittorio steuerte uns um eine weitere Ecke, auf einmal ertönten Gelächter und Musik, und wir glitten an einem großen, hell erleuchteten Restaurant vorbei. Sämtliche Tische schienen besetzt, die Kellner wuselten herum, alle Gäste wirkten froh und glücklich, obwohl es um diese Jahreszeit so nah am Kanal nicht besonders warm gewesen sein dürfte. Nach der Stille und Dunkelheit, durch die wir gefahren waren, fand ich dieses Restaurant irgendwie beunruhigend. Es war, als wären wir die Bewegungslosen und sähen vom Kai aus dieses glitzernde Partyschiff vorbeifahren. Ein paar Gesichter blickten zu uns her, aber niemand schenkte uns besondere Aufmerksamkeit. Dann lag das Restaurant hinter uns, und ich sagte:

»Das ist doch komisch. Können Sie sich vorstellen, was diese Touristen tun würden, wenn sie wüssten, dass gerade eine Gondel mit dem legendären Tony Gardner an ihnen vorbeigefahren ist?«

Vittorio, der nicht viel Englisch versteht, kapierte immerhin, wovon ich sprach, und lachte kurz auf. Aber Mr Gardner rührte sich eine ganze Weile nicht. Ringsum war es wieder dunkel, wir fuhren in einem engen Kanal an spärlich beleuchteten Hauseingängen vorbei, und er sagte plötzlich:

»Mein Freund, Sie kommen aus einem kommunistischen Land. Deswegen ist Ihnen nicht klar, wie das alles funktioniert.«

»Mr Gardner«, sagte ich, »mein Land ist nicht mehr kommunistisch. Wir sind jetzt freie Menschen.«

»Entschuldigen Sie. Ich wollte nicht Ihre Nation verunglimpfen. Sie sind ein tapferes Volk. Ich hoffe, Sie erlangen alle Frieden und Wohlstand. Aber was ich Ihnen sagen wollte, mein Freund. Ich meine, dass Sie aufgrund Ihrer Herkunft vieles noch nicht begreifen können. Was ganz normal ist. Genauso wie ich in Ihrem Land vieles nicht begreifen würde.«

»Das wird wohl so sein, Mr Gardner.«

»Diese Leute, an denen wir vorbeigefahren sind. Hätten Sie sich vor sie hingestellt und gefragt: ›Hallo, erinnert sich noch jemand an Tony Gardner?‹, dann hätten wohl manche, vielleicht sogar die meisten Ja gesagt. Wer weiß? Aber wenn wir wie jetzt eben an ihnen vorbeifahren, wäre irgendwer, selbst wenn er mich erkannt hätte, in Begeisterung ausgebrochen? Das glaube ich nicht. Die Leute würden nicht die Gabel aus der Hand legen, sie würden nicht ihre Kerzenscheinromantik unterbrechen. Warum auch? Ist doch nur irgendein Schnulzensänger aus einer längst vergangenen Zeit.«

»Das kann ich nicht glauben, Mr Gardner. Sie sind ein Klassiker. Sie sind wie Sinatra oder Dean Martin. Manche Spitzenkünstler kommen nie aus der Mode. Anders als diese Popsternchen.«

»Das ist sehr nett von Ihnen, mein Freund. Sie meinen es gut, ich weiß. Aber gerade heute Abend ist nicht der richtige Zeitpunkt, um Späße mit mir zu machen.«

Ich wollte schon protestieren, aber es war etwas an seinem Verhalten, das mir riet, das Thema insgesamt fallen zu lassen. So fuhren wir weiter, niemand sprach. Um ehrlich zu sein, begann ich mich zu fragen, worauf ich mich da eingelassen hatte, was diese ganze Serenadengeschichte bedeuten sollte.

Die beiden waren schließlich Amerikaner. Wahrscheinlich würde Mrs Gardner, sobald er unten zu singen anfing, mit einer Knarre ans Fenster kommen und auf uns schießen.

Vielleicht bewegten sich Vittorios Gedanken in die gleiche Richtung, denn als wir unter einer Laterne an einer Hausmauer vorbeikamen, warf er mir einen Blick zu, der besagte: »Schräger Vogel, wie, *amico*?« Aber ich reagierte nicht. Undenkbar, dass ich mich mit einem von seinem Schlag gegen Mr Gardner stellte. Vittorio behauptet, dass Ausländer wie ich die Touristen abzocken, Müll in die Kanäle kippen und überhaupt die ganze verdammte Stadt ruinieren. An manchen Tagen, wenn er mies gelaunt ist, stellt er uns als Straßenräuber hin – als Vergewaltiger sogar. Einmal fragte ich rundheraus, ob es stimmt, dass er solche Sachen herumerzählt, und er schwor, das sei alles total gelogen. Er sei doch kein Rassist, wie denn auch mit seiner jüdischen Tante, die er wie eine Mutter verehrt? Aber einmal, als ich nachmittags Pause hatte, lehnte ich in Dorsoduro an einer Brücke und vertrieb mir die Zeit. Unter mir fuhr eine Gondel vorbei. Drei Touristen saßen darin, und Vittorio stand mit seinem Ruder hinter ihnen und verbreitete genau diesen Blödsinn, sodass alle Welt es hören konnte. Also, er kann meinen Blick suchen, so viel er will, mich macht er nicht zu seinem Komplizen.

»Lassen Sie mich Ihnen ein kleines Geheimnis verraten«, sagte Mr Gardner plötzlich. »Ein kleines Geheimnis über den Auftritt vor Publikum. Unter uns Profis. Es ist ganz einfach: Sie müssen etwas wissen – egal, was, aber irgendetwas müssen Sie über Ihr Publikum wissen. Etwas, was für Sie, in Ihrem Kopf, dieses Publikum von einem anderen unterscheidet, vor dem Sie tags zuvor aufgetreten sind. Sagen wir, Sie sind in Milwaukee. Jetzt müssen Sie sich fragen, was ist anders, was ist *besonders* am Publikum von Milwaukee? Was unterscheidet es von einem Publikum in Madison? Es fällt Ihnen nichts ein, aber Sie müssen es einfach weiter versuchen, bis Ihnen eine Idee kommt. Milwaukee, Milwaukee. Gute Schweinekoteletts machen sie in Milwaukee. Das wird gehen, das verwenden Sie, wenn Sie auf die Bühne rausgehen. Sie brauchen kein Wort darüber zu verlieren, Sie haben es einfach im Kopf, wenn Sie vor ihnen singen. Die Leute vor Ihnen, das sind diejenigen, die gute Schweinekoteletts essen. In puncto Schweinekoteletts setzen sie Maßstäbe. Verstehen Sie, was ich meine? Auf diese Weise wird das Publikum zu Menschen, die Sie kennen, vor denen Sie auftreten können. Sehen Sie, das ist mein Geheimnis. Unter uns Profis.«

»Danke, Mr Gardner. So hätte ich das nie gesehen. Ein Tipp von jemandem wie Ihnen, das vergess ich nie.«

»Heute Abend«, fuhr er fort, »treten wir vor Lindy auf. Das Publikum ist Lindy. Also werde ich Ihnen etwas über Lindy erzählen. Wollen Sie was über Lindy wissen?«

»Natürlich, Mr Gardner«, sagte ich. »Sehr gern möchte ich was über sie wissen.«

Während der nächsten gut zwanzig Minuten saßen wir in der Gondel und drehten Runde um Runde, während Mr Gardner redete. Manchmal senkte sich seine Stimme zu einem Murmeln, als führte er Selbstgespräche. Dann wieder, wenn eine Laterne oder ein vorbeiziehendes Fenster einen Lichtschein ins Boot warf, erinnerte er sich an mich, hob wieder die Stimme, machte einen Einwurf wie: »Verstehen Sie, was ich meine, mein Freund?«

Seine Frau, erzählte er, stamme aus einer Kleinstadt in Minnesota, in der Mitte Amerikas, wo die Lehrerinnen sie ordentlich piesackten, weil sie sich, statt zu lernen, lieber Zeitschriften mit Filmstars ansah.

»Eines ging diesen Damen nie auf, nämlich dass Lindy große Pläne hatte. Und sehen Sie sie jetzt an. Reich, schön, ist in der ganzen Welt herumgekommen. Und diese Lehrerinnen, wo sind sie heute? Was für ein Leben hatten sie? Hätten sie sich ein bisschen öfter Filmzeitschriften angesehen, hätten sie ein bisschen mehr geträumt, hätten vielleicht auch sie manches von dem, was Lindy heute hat.«

Mit neunzehn trampte sie nach Kalifornien, denn sie wollte nach Hollywood. Stattdessen landete sie in einem Vorort von Los Angeles als Kellnerin in einer Raststätte.

»Seltsame Sache«, sagte Mr Gardner. »Dieses Lokal, dieses ganz normale kleine Diner am Highway. Es stellte sich raus, dass sie an keinen besseren Ort hätte geraten können. Denn hierher kamen, von morgens bis abends, alle ehrgeizigen Mädchen. Sie trafen sich hier, zu siebt, zu acht, zu zehnt, bestellten ihren Kaffee, ihren Hotdog, saßen stundenlang zusammen und redeten.«

Diese Mädchen, alle ein bisschen älter als Lindy, kamen aus allen Teilen Amerikas und lebten seit mindestens zwei, drei Jahren in der Umgebung von L. A. Sie kamen in das Diner, um Klatsch und Leidensgeschichten auszutauschen, Taktiken zu besprechen, die Erfolge der anderen im Auge zu behalten. Aber der Hauptmagnet des Lokals, das war Meg, eine Frau in den Vierzigern, Lindys Kollegin.

»Für diese Mädchen war Meg die große Schwester, ihre Quelle der Weisheit. Denn einst, vor langer Zeit, war sie ganz genauso gewesen wie sie. Es waren Mädchen, die es ernst meinten, müssen Sie wissen, wirklich entschlossen und voller Ambitionen. Redeten sie über Klamotten und Schuhe und

Make-up wie andere Mädchen? Klar. Aber sie redeten nur darüber, welche Klamotten und Schuhe und welches Make-up hilfreich waren, um sich einen Star zu angeln. Redeten sie über Filme? Redeten sie über die Musikszene? Darauf können Sie wetten. Aber sie redeten darüber, welche Filmstars und welche Sänger Junggesellen waren und welche unglücklich verheiratet, welche eine Scheidung vor sich hatten. Und Meg, verstehen Sie, sie konnte ihnen das alles sagen und noch viel, viel mehr. Meg war diesen Weg vor ihnen gegangen. Wenn es darum ging, einen Star zu heiraten, kannte sie alle Regeln, alle Tricks. Und Lindy saß dabei und ließ alles auf sich wirken. Dieses kleine Hot-Dog-Lokal war ihr Harvard, ihr Yale. Eine Neunzehnjährige aus Minnesota? Ich schaudere, wenn ich mir vorstelle, was ihr alles hätte zustoßen können. Aber sie hatte Glück.«

»Mr Gardner«, sagte ich, »entschuldigen Sie, dass ich Sie unterbreche. Aber wieso war diese Meg, wenn sie sich doch in allem so gut auskannte, nicht selber mit einem Star verheiratet? Warum servierte sie Hotdogs in diesem Lokal?«

»Gute Frage, aber Sie verstehen nicht ganz, wie so was funktioniert. Okay, diese Dame, Meg, sie selber hatte Pech. Aber Tatsache ist, dass sie diejenigen beobachtet hatte, die es geschafft hatten. Sie war einmal genauso gewesen wie diese Mädchen, und sie hatte zugesehen, wie die einen es schafften, die anderen scheiterten. Sie hatte die Fallgruben gesehen und die goldenen Treppen. Sie konnte ihnen alle Geschichten erzählen, und die Mädchen waren ganz Ohr. Und manche lernten daraus. Lindy zum Beispiel. Wie gesagt, es war ihr Harvard. Es hat sie zu dem gemacht, was sie ist. Es gab ihr die Kraft, die sie später brauchte, und Mann, sie brauchte sie wirklich. Sechs Jahre dauerte es, bis sie ihren ersten Durchbruch hatte. Können Sie sich das vorstellen? Sechs Jahre manövrieren, planen, sich in die Schusslinie begeben. Immer und immer wieder Rückschläge hinnehmen. Aber es ist genauso wie in unserem Geschäft. Du kannst dich nicht nach den ersten paar Schlägen auf die Seite drehen und aufgeben. Die Mädchen, die aufgeben, die treffen Sie überall, das sind die Ehefrauen nichtssagender Männer, in nichtssagenden Städten. Aber nur wenige, Mädchen wie Lindy, lernen aus jedem Rückschlag und kommen stärker und zäher zurück in den Ring, kämpferisch und wild sind sie wieder da. Glauben Sie, Lindy musste keine Demütigungen hinnehmen? Trotz ihrer Schönheit und ihres Charmes? Den Leuten ist nicht klar, dass Aussehen nicht mal die halbe Miete ist. Setz es falsch ein, und du wirst behandelt wie eine Nutte. Jedenfalls hatte sie nach sechs Jahren endlich ihren Durchbruch.«

»Da hat sie Sie kennengelernt, Mr Gardner?«

»Mich? Nein, nein. Ich tauchte noch eine ganze Weile nicht auf. Sie heiratete Dino Hartman. Haben Sie nie von Dino gehört?« An dieser Stelle stieß Mr Gardner ein leicht hämisches Lachen aus. »Der arme Dino. Ich schätze, Dino hat es nie bis in den Ostblock geschafft. Aber er hatte damals durchaus einen Namen. Er sang viel in Vegas, bekam ein paar goldene Schallplatten. Wie gesagt, das war Lindys großer Durchbruch. Als ich sie kennenlernte, war sie Dinos Frau. So läuft es immer, hatte die alte Meg gesagt. Klar kann ein Mädchen schon beim ersten Mal Glück haben und gleich ganz nach oben kommen, einen Sinatra heiraten oder einen Brando. Aber meistens läuft es nicht so. Sie muss damit rechnen, dass sie erst mal im zweiten Stock aussteigt, sich umschaut. Sie muss sich an die Luft dort gewöhnen. Eines Tages trifft sie in diesem zweiten Stock vielleicht mit jemandem zusammen, der nur für ein paar Minuten aus dem Penthouse heruntergekommen ist, vielleicht um was zu holen. Und dieser Typ sagt zu ihr, hey, wie wär's, wenn du mich nach oben begleitest, hast du Lust? Lindy wusste, dass es normalerweise so läuft. Es war nicht so, dass sie Dino heiratete, weil sie's satthatte oder weil sie ihre Ambitionen heruntergeschraubt hätte. Und Dino war ein anständiger Kerl. Ich hab ihn immer gemocht. Und deshalb habe ich keinen Finger gerührt, obwohl es mich ganz schön erwischte, kaum hatte ich Lindy zum ersten Mal gesehen. Ich verhielt mich aber wie der perfekte Gentleman. Später erfuhr ich, dass sich Lindy davon erst recht angestachelt fühlte. Mann, ein Mädchen wie sie kann man nur bewundern! Ich sag Ihnen, mein Freund, ich war ein sehr, sehr heller Stern damals. Ich schätze, das war um die Zeit, als Ihre Mutter mich gehört hat. Dinos Stern hingegen ging ziemlich schnell wieder unter. Für viele Sänger wurde es genau in dieser Zeit hart. Alles veränderte sich. Die Jugend hörte die Beatles, die Rolling Stones. Der arme Dino – er klang zu sehr nach Bing Crosby. Er versuchte es mit einem Bossa-Nova-Album, über das die Leute nur lachten. Für Lindy eindeutig Zeit für den Absprung. Niemand hätte uns in dieser Situation irgendwas vorwerfen können. Ich glaube, nicht mal Dino war uns ernsthaft böse. Also machte ich meinen Zug. So kam sie rauf ins Penthouse.

Wir heirateten in Vegas, wo wir uns vom Hotel die Badewanne mit Champagner füllen ließen. Das Lied, das wir heute Abend vortragen, ›I Fall in Love too Easily‹: Wissen Sie, warum ich das ausgesucht habe? Wollen Sie's wissen? Einmal waren wir in London, nicht lang nach unserer Hochzeit war das. Nach dem Frühstück kamen wir in unsere Suite zurück, und das Zimmermädchen ist drin und räumt auf. Aber Lindy und ich sind scharf wie die Karnickel. Wir gehen also rein, und wir hören das Mädchen unseren Salon saugen, aber wir sehen sie nicht, sie ist jenseits der Trennwand. Also schleichen wir auf Zehenspitzen durch, wie die Kinder, verstehen Sie? Wir schleichen ins Schlafzimmer, schließen die Tür. Wir sehen, dass das Mädchen das Schlafzimmer schon gemacht hat und vielleicht nicht mehr reinkommt, aber sicher können wir nicht sein. So oder so ist es uns egal. Wir reißen uns die Kleider vom Leib, wir schlafen miteinander, und während der ganzen Zeit ist das Mädchen auf der anderen Seite, geht in unserer Suite herum und hat keine Ahnung, dass wir hier sind. Ich sag Ihnen, wir waren total scharf, aber nach einer Weile fanden wir das Ganze so komisch, dass wir einfach nur noch lachten. Dann waren wir fertig und lagen eng umschlungen da, und das Mädchen war immer noch im Nebenraum, und wissen Sie was? Sie fängt zu singen an! Sie ist mit dem Staubsaugen fertig und fängt zu singen an, lauthals, und Mann, sie sang wirklich beschissen. Wir kringelten uns vor Lachen, versuchten aber möglichst still zu sein. Dann, was glauben Sie, hört sie mit dem Singen auf und schaltet das Radio ein. Und auf einmal hören wir Chet Baker. Er singt ›I Fall in Love too Easily‹, schön, langsam, samtig. Und Lindy und ich, wir lagen einfach zusammen auf dem Bett und hörten Chet singen. Und nach einer Weile singe ich mit, ganz leise, singe mit Chet Baker im Radio mit, und Lindy kuschelt sich in meine Arme. So war das. Deswegen machen wir heute Abend diesen Song. Ich weiß allerdings nicht, ob sie sich noch erinnert. Wer weiß das schon?«

Mr Gardner verstummte, und ich sah, wie er sich Tränen abwischte. Vittorio bog wieder um eine Ecke, und ich merkte, dass wir zum zweiten Mal an dem Restaurant vorbeikamen. Es schien dort jetzt noch lebhafter zuzugehen als vorher, und ein Pianist – Andrea heißt der Typ, das weiß ich – spielte in einer Ecke.

Als wir wieder in die Dunkelheit davonglitten, sagte ich: »Mr Gardner, es geht mich wirklich nichts an. Aber ich sehe, dass es vielleicht in letzter Zeit zwischen Ihnen und Mrs Gardner nicht so gut läuft. Ich möchte Ihnen sagen, dass ich von solchen Dingen durchaus was verstehe. Meine Mutter wurde oft traurig, vielleicht genau so, wie Sie es jetzt sind. Immer wieder dachte sie, sie hätte jemanden gefunden, war selig und sagte zu mir, der Mann würde mein neuer Pa. Die ersten paar Mal nahm ich sie noch ernst. Dann wusste ich schon, dass es wieder nicht klappen würde. Meine Mutter aber hörte nie auf, dran zu glauben. Und jedes Mal, wenn Sie seelisch wieder im Keller war, vielleicht so wie Sie heute Abend, wissen Sie, was sie dann tat? Sie legte eine Platte von Ihnen auf und sang mit. In diesen vielen langen Wintern in unserer winzigen Wohnung saß sie da, die Knie angezogen, ein Glas mit irgendwas in der Hand und sang leise mit. Und manchmal, das weiß ich noch, Mr Gardner, hämmerte der Nachbar von oben an die Decke, vor allem, wenn Sie diese lauten, schnellen Nummern sangen, ›High Hopes‹ zum Beispiel oder ›They All Laughed‹. Dann beobachtete ich meine Mutter immer sehr genau, aber es war wirklich so, als hätte sie nichts davon mitgekriegt, sie hörte nur Sie, nickte mit dem Kopf im Takt, und ihre Lippen bewegten sich zum Text. Mr Gardner, ich möchte Ihnen eines sagen: Ihre Musik half meiner Mutter durch die schweren Zeiten, und sie muss auch Millionen anderen Menschen geholfen haben. Und es ist nur recht und billig, dass sie auch Ihnen hilft.« Ich lachte kurz auf, es war aufmunternd gemeint, aber es kam lauter heraus als beabsichtigt. »Sie können auf mich zählen, Mr Gardner, ich werde alles geben, was ich kann. Ich mach es so gut wie jedes Orchester, Sie werden sehen. Und Mrs Gardner wird uns hören, und wer weiß? Vielleicht wird zwischen Ihnen beiden alles wieder gut. Jedes Paar durchlebt schwierige Zeiten.«

Mr Gardner lächelte. »Sie sind ein lieber Junge. Ich weiß es zu schätzen, dass Sie mir heute Abend beispringen. Aber jetzt ist keine Zeit mehr zum Reden. Lindy ist in ihrem Zimmer. Ich sehe, dass das Licht brennt.«

Wir fuhren einen Palazzo entlang, den wir schon mindestens zweimal passiert hatten, und jetzt war mir klar, warum uns Vittorio im Kreis gefahren hatte. Mr Gardner hatte gewartet, bis hinter einem bestimmten Fenster das Licht anging, und jedes Mal, wenn wir vorbeikamen und es war dort oben dunkel, waren wir weitergefahren und hatten noch eine Runde gedreht. Diesmal aber brannte Licht im dritten Stock, die Läden standen offen, und von unserer Position aus konnten wir einen kleinen Ausschnitt der Zimmerdecke mit ihren dunklen Holzbalken sehen. Mr Gardner machte Vittorio ein Zeichen, aber der hatte schon zu rudern aufgehört, und wir trieben gemächlich weiter, bis die Gondel direkt unter dem Fenster hielt.

Mr Gardner stand auf, was die Gondel abermals in beängstigendes Schaukeln versetzte, und Vittorio musste schnell gegensteuern. Dann rief Mr Gardner hinauf, viel zu leise: »Lindy? Lindy?« Bis er endlich wesentlich lauter rief: »Lindy!«

Eine Hand schob die Läden noch weiter auseinander, und eine Gestalt trat auf den schmalen Balkon heraus. Nicht weit über uns hing eine Laterne an der Wand des Palazzo, aber ihr Licht war schwach, und Mrs Gardner kaum mehr als eine Silhouette. Ich sah aber, dass sie ihr Haar hochgesteckt hatte, vielleicht für das Abendessen vorhin.

»Bist du das, Süßer?« Sie beugte sich über das Balkongeländer. »Ich dachte schon, du bist entführt worden! Ich hab mir schreckliche Sorgen gemacht!«

»Sei nicht albern, Liebling. Was sollte in einer Stadt wie dieser denn passieren? Außerdem hab ich dir doch eine Nachricht hinterlassen.«

»Ich habe keine Nachricht gefunden, Süßer.«

»Ich habe dir eine Nachricht hinterlassen. Eben damit du dir keine Sorgen machst.«

»Und wo ist sie? Was steht drin?«

»Ich weiß nicht mehr, Liebling.« Mr Gardner klang jetzt gereizt. »Es war einfach eine ganz normale Nachricht. Du weißt schon – dass ich Zigaretten holen bin oder irgendwas.«

»Tust du das jetzt dort unten? Zigaretten holen?«

»Nein, Liebling. Das ist was anderes. Ich bringe dir jetzt ein Ständchen.«

»Soll das irgendwie ein Scherz sein?«

»Nein, Liebling, das ist kein Scherz. Wir sind in Venedig. So was tun die Leute hier.« Er deutete auf mich und Vittorio, als wäre unsere Anwesenheit Beweis genug für seine Aussage.

»Es ist ein bisschen kalt hier draußen, Süßer.«

Mr Gardner seufzte auf. »Dann hör doch von drinnen zu. Geh ins Zimmer zurück, Liebling, mach's dir bequem. Lass einfach das Fenster offen, dann hörst du uns schon.«

Sie starrte noch eine Weile zu ihm herunter, und er starrte hinauf, keiner sagte etwas. Dann ging sie ins Zimmer zurück, und Mr Gardner wirkte enttäuscht, obwohl sie nichts anderes tat, als was er ihr geraten hatte. Wieder seufzte er und senkte den Kopf, und ich sah ihm an, dass er unsicher war, ob er weitermachen sollte. Deshalb sagte ich:

»Na los, Mr Gardner, fangen wir an. Fangen wir an mit ›By the Time I Get to Phoenix‹.«

Und ich spielte leise eine kleine Eröffnungsfigur, noch ohne Beat, einfach etwas, was zu einem Lied führen, aber genauso gut auch wieder verwehen kann. Ich versuchte es nach Amerika klingen zu lassen, nach trübsinnigen Bars am Straßenrand, nach breiten langen Highways, und ich glaube, ich dachte auch an meine Mutter, wie sie, wenn ich ins Zimmer kam, auf dem Sofa saß und die Plattenhülle in der Hand hielt, darauf eine amerikanische Straße, vielleicht auch der Sänger in einem amerikanischen Auto. Ich meine, ich versuchte es so zu spielen, dass meine Mutter es als Teil genau dieser Welt erkannt hätte: der Welt auf ihrer Plattenhülle.

Aber ehe ich begriff, was geschah, ehe ich in einen gleichmäßigen Beat verfallen war, fing Mr Gardner zu singen an. Er stand aufrecht in der Gondel, allerdings in ziemlich prekärer Haltung, sodass ich fürchtete, er könnte jeden Moment das Gleichgewicht verlieren. Seine Stimme jedoch klang genau so, wie ich sie in Erinnerung hatte – sanft, fast rauchig, aber mit enorm viel Volumen, wie von einem unsichtbaren Mikro verstärkt. Und wie bei allen amerikanischen Sängern der Spitzenklasse war in seiner Stimme eine Mattigkeit, ja ein Anflug von Zögern, als wäre er keiner, der es gewohnt ist, sein Herz derart offenzulegen. Alle Großen machen es so.

Wir trugen diesen Song vor, der voll von Reisen und Abschied ist. Ein Amerikaner, der seine Frau verlässt. Er denkt ständig an sie, während er durch eine Stadt nach der anderen kommt, Strophe für Strophe, durch Phoenix, Albuquerque, Oklahoma, eine endlose Straße entlangfährt, wie meine Mutter es nie tun konnte. Könnten wir nur manches einfach hinter uns lassen – ich glaube, das hätte meine Mutter gedacht. Könnte Trauer nur so sein.

Wir kamen zum Ende, und Mr Gardner sagte: »Okay, machen wir gleich weiter mit dem Nächsten. ›I Fall in Love too Easily‹.«

Da es das erste Mal war, dass ich mit Mr Gardner spielte, musste ich mich an alles herantasten, aber wir kriegten es gut hin. Nach dem, was er mir über dieses Lied erzählt hatte, schaute ich ständig zum Fenster hinauf, aber von Mrs Gardner kam nichts, keine Bewegung, kein Geräusch, nichts. Dann waren wir fertig, und es legten sich Stille und Dunkelheit um uns. Irgendwo in der Nähe hörte ich einen Nachbarn die Fensterläden öffnen, vielleicht um besser zu hören. Aber von Mrs Gardners Fenster kam nichts.

»One For My Baby« machten wir sehr langsam, praktisch ohne Beat, dann war wieder alles still. Wir starrten weiter zum Fenster hinauf, und endlich, nach bestimmt einer vollen Minute, hörten wir es. Man konnte es nur gerade so erkennen, aber es war unmissverständlich: Mrs Gardner dort oben schluchzte.

»Wir haben's geschafft, Mr Gardner!«, flüsterte ich. »Wir haben's geschafft. Wir haben sie mitten ins Herz getroffen.«

Mr Gardner aber schien nicht erfreut. Müde schüttelte er den Kopf und machte eine Handbewegung zu Vittorio hin. »Fahren Sie uns zurück. Es ist Zeit für mich reinzugehen.«

Als wir uns wieder in Bewegung setzten, hatte ich den Eindruck, dass er meinen Blick mied, fast als wäre ihm unser Auftritt peinlich, und mir kam der Gedanke, dass der ganze Plan vielleicht doch ein böser Scherz gewesen war. Schließlich hatten diese Lieder, soweit ich wusste, schreckliche Nebenbedeutungen für Mrs Gardner. Ich verstaute also meine Gitarre und saß da, vielleicht ein bisschen verdrossen, und so fuhren wir eine Zeit lang dahin.

Dann bogen wir in einen viel breiteren Kanal ein, und sofort sauste ein Wassertaxi, das von der anderen Seite kam, wellenwerfend an uns vorbei und brachte die Gondel ins Wanken. Aber wir waren fast vor Mr Gardners Palazzo angelangt, und während uns Vittorio zum Kai treiben ließ, sagte ich:

»Mr Gardner, Sie waren ein wichtiger Teil meiner Kindheit. Und dieser Abend heute ist etwas ganz Besonderes für mich. Wenn wir uns jetzt einfach verabschieden und ich Sie nie wiedersehe, werde ich mir für den Rest meines Lebens den Kopf zerbrechen, das weiß ich. Bitte sagen Sie's mir, Mr Gardner. Hat Mrs Gardner geweint, weil sie glücklich oder weil sie traurig ist?«

Ich dachte, er gibt mir keine Antwort. In dem schummrigen Licht war er nur eine zusammengesunkene Gestalt vorn im Boot. Aber als Vittorio die Gondel festmachte, sagte er leise:

»Ich glaube, es hat ihr gefallen, mich so singen zu hören. Aber klar, sie ist auch traurig. Wir sind beide traurig. Siebenundzwanzig Jahre sind eine lange Zeit, und wenn diese Reise vorbei ist, trennen wir uns. Das ist unsere letzte gemeinsame Reise.«

»Das tut mir wirklich sehr leid, Mr Gardner«, sagte ich leise. »Wahrscheinlich gehen viele Ehen zu Bruch, auch nach siebenundzwanzig Jahren. Aber Sie beide schaffen es wenigstens, sich auf diese Weise zu trennen. Ein Urlaub in Venedig. Mit einem Ständchen von der Gondel aus. Sicher gibt es nicht viele Paare, die bei einer Trennung so zivilisiert bleiben.«

»Warum sollten wir nicht zivilisiert sein? Wir lieben uns immer noch. Deswegen weint sie ja dort oben. Weil sie mich immer noch genauso liebt wie ich sie.«

Vittorio stand bereits über uns am Kai, aber Mr Gardner und ich saßen noch unten im Dunkeln. Ich wartete; und natürlich sprach er gleich weiter:

»Wie gesagt, ich habe mich in Lindy auf den ersten Blick verliebt. Aber liebte sie mich damals auch schon? Ich bezweifle, dass ihr diese Frage überhaupt in den Sinn kam. Ich war ein Star, das war alles, was für sie zählte. Ich war das, wovon sie immer geträumt hatte, was sie sich damals, als Kellnerin, zu erreichen vorgenommen hatte. Ob sie mich liebte oder nicht, spielte keine Rolle. Aber siebenundzwanzig Jahre Ehe können Merkwürdiges bewirken. Sehr viele Paare lieben sich am Anfang, dann kriegen sie sich satt, und am Ende hassen sie sich. Manchmal aber geht es genau umgekehrt. Es hat ein paar Jahre gedauert, aber nach und nach begann mich Lindy zu lieben. Ich wagte es erst nicht zu glauben, aber nach einer Weile *musste* ich es glauben. Eine kleine Berührung meiner Schulter, wenn wir von einem Tisch aufstanden. Ein eigenartiges kleines Lächeln von der anderen Seite des Raums, wenn es eigentlich gar nichts zu lächeln gab, sie nur ein bisschen herumalberte. Ich wette, sie war genauso überrascht wie alle anderen, aber so war es. Nach fünf oder sechs Jahren stellten wir fest, dass wir uns prima verstanden. Dass wir uns umeinander Sorgen machten, uns umeinander kümmerten. Wie gesagt, wir liebten uns. Und wir lieben uns heute noch.«

»Das verstehe ich nicht, Mr Gardner. Warum wollen Sie und Mrs Gardner sich dann trennen?«

Er stieß wieder einen seiner Seufzer aus. »Wie sollten Sie das mit Ihrer Herkunft auch verstehen, mein Freund? Aber Sie waren so nett zu mir heute Abend, ich will versuchen, es Ihnen zu erklären. Tatsache ist, dass ich nicht länger der große Name bin, der ich mal war. Protestieren Sie, so viel Sie wollen, aber dort, wo wir herkommen, lässt sich so was einfach nicht leugnen. Ich bin kein großer Name mehr. Jetzt könnte ich das einfach hinnehmen und in der Versenkung verschwinden. Von vergangenem Ruhm leben. Oder ich könnte sagen, nein, ich bin noch nicht fertig. Mit anderen Worten, mein Freund, ich könnte ein Comeback machen. Das haben viele getan, die in meiner Lage und schlimmer dran waren. Aber ein Comeback ist keine leichte Sache. Sie müssen bereit sein, eine Menge zu verändern, und manches fällt sehr schwer. Sie müssen ein anderer werden. Sie müssen sich sogar von Dingen verabschieden, die Sie lieben.«

»Mr Gardner, meinen Sie damit, dass Sie und Mrs Gardner sich wegen Ihres Comebacks trennen?«

»Schauen Sie sich doch die Leute an, denen das Comeback gelungen ist. Schauen Sie sich die paar aus meiner Generation an, die heute noch da sind. Alle neu verheiratet, jeder Einzelne von ihnen. Zum zweiten, manche zum dritten Mal. Ich und Lindy, wir werden allmählich zur Lachnummer. Außerdem gibt es da diese spezielle junge Dame, auf die ich ein Auge geworfen habe, und sie hat ein Auge auf mich geworfen. Lindy weiß Bescheid. Sie weiß es länger als ich, vielleicht weiß sie es seit ihrer Zeit im Diner, als sie Megs Geschichten zuhörte. Wir haben alles durchgesprochen. Sie versteht, dass es Zeit für uns ist, getrennte Wege zu gehen.«

»Ich versteh noch immer nicht, Mr Gardner. Das Land, aus dem Sie und Mrs Gardner kommen, kann doch nicht so verschieden von allen anderen sein. Das ist doch der Grund, Mr Gardner, das ist der Grund, weshalb die Lieder, die Sie in den vielen Jahren gesungen haben, die Leute überall auf der Welt ansprechen. Auch dort, wo ich gelebt habe. Und was sagen alle diese Lieder? Dass es traurig ist, wenn zwei Menschen die

Liebe abhandenkommt und sie sich trennen müssen. Aber dass sie für immer zusammenbleiben sollten, wenn sie einander weiterhin lieben. Das sagen Ihre Lieder.«

»Ich verstehe, was Sie sagen, mein Freund. Und es mag hart für Sie klingen, ich weiß. Aber so ist es. Und hören Sie, es geht ja auch um Lindy. Es ist das Beste für sie, wenn wir es jetzt tun. Sie ist noch lange nicht alt. Sie haben sie gesehen, sie ist immer noch eine schöne Frau. Sie muss *jetzt* ausgehen, solange sie Zeit hat. Zeit, eine neue Liebe zu finden, eine neue Ehe einzugehen. Sie muss rauskommen, bevor es zu spät ist.«

Ich weiß nicht, was ich darauf gesagt hätte, aber dann überrumpelte er mich mit der Bemerkung: »Ihre Mutter. Ich schätze, sie ist nie rausgekommen.«

Ich dachte darüber nach, dann sagte ich leise: »Nein, Mr Gardner. Sie ist nie rausgekommen. Sie hat die Veränderungen in unserem Land nicht mehr erlebt.«

»Das ist schade. Ich bin sicher, sie war eine wunderbare Frau. Wenn es stimmt, was Sie sagen, und meine Musik sie ein bisschen glücklich gemacht hat, dann bedeutet mir das viel. Sehr schade, dass sie nicht rauskam. Ich möchte nicht, dass es meiner Lindy genauso geht. Wirklich nicht. Nicht meiner Lindy. Ich will, dass meine Lindy rauskommt.«

Die Gondel stieß sachte gegen den Kai. Vittorio rief uns leise an, streckte die Hand aus, und nach ein paar Sekunden stand Mr Gardner auf und kletterte hinaus. Als auch ich mit meiner Gitarre draußen stand – um nichts auf der Welt hätte ich Vittorio gebeten, dass er mich umsonst mitnimmt –, hatte Mr Gardner seine Brieftasche gezückt.

Vittorio schien erfreut über seinen Lohn, und mit seinen üblichen Höflichkeitsphrasen und -gesten stieg er wieder in die Gondel und ruderte durch den Kanal davon.

Wir sahen ihm nach, wie er in der Dunkelheit verschwand, und im nächsten Augenblick drückte mir Mr Gardner einen Stoß Geldscheine in die Hand. Ich sagte, das sei viel zu viel, und ohnehin sei es eine riesige Ehre für mich, aber er ließ keinen Widerspruch zu.

»Nein, nein«, sagte er und wedelte mit der Hand vor dem Gesicht herum, als wollte er nichts mehr damit zu tun haben, nicht nur mit dem Geld, sondern auch mit mir, dem Abend, vielleicht diesem ganzen Abschnitt seines Lebens. Er machte sich auf den Weg zu seinem Palazzo, aber nach ein paar Schritten blieb er stehen und drehte sich noch einmal um. Die Gasse, in der wir waren, der Kanal, alles war jetzt still, bis auf die gedämpften Laute aus einem Fernsehapparat.

»Sie haben gut gespielt, mein Freund«, sagte er. »Sie haben einen schönen Anschlag.«

»Danke, Mr Gardner. Und Sie haben großartig gesungen. So großartig wie immer.«

»Vielleicht komme ich morgen, bevor wir abreisen, noch einmal auf die Piazza. Um Sie und Ihre Truppe spielen zu hören.«

»Das hoffe ich, Mr Gardner.«

Aber ich sah ihn nie wieder. Ein paar Monate später, im Herbst, hörte ich, dass Mr und Mrs Gardner sich hatten scheiden lassen – einer der Kellner im Florian hatte es irgendwo gelesen und erzählte es mir. Da fiel mir alles wieder ein, was an diesem Abend passiert war, und es machte mich ein bisschen traurig, als ich daran dachte. Denn Mr Gardner war mir wie ein ziemlich anständiger Mensch vorgekommen, und egal, wie Sie es betrachten, ob Comeback oder nicht, er ist und bleibt einer der ganz Großen.

OB REGEN
ODER SONNENSCHEIN

Wie ich liebte Emily die alten amerikanischen Broadway-Songs. Sie war mehr für die flotteren Nummern, wie Irving Berlins »Cheek to Cheek« und Cole Porters »Begin the Beguine«, während ich eher den bittersüßen Balladen zuneigte – »Here's That Rainy Day« oder »It Never Entered My Mind«. Aber es gab eine große Schnittmenge, und es war sowieso fast ein Wunder, wenn man damals, an einer Uni in Südengland, jemanden fand, der die gleichen Vorlieben hatte. Heute hört ein junger Mensch ja alle möglichen Musikrichtungen. Mein Neffe, der im Herbst mit seinem Studium anfängt, hat gerade seine Tangophase, argentinisch natürlich. Er mag auch Edith Piaf und alles von den neuesten Indie-Gruppen. Aber in unserer Zeit waren die Geschmäcker nicht annähernd so facettenreich. Meine Kommilitonen zerfielen in zwei große Gruppen: die Hippietypen mit langen Haaren und wallenden Gewändern, die »progressiven Rock« hörten, und die Braven, Konservativen, die alles, was nicht klassische Musik war, als grausamen Lärm empfanden. Gelegentlich traf man jemanden, der laut eigenem Bekunden auf Jazz stand, womit dann aber, wie sich herausstellte, immer Fusion gemeint war – endlose Improvisationen ohne Respekt vor den ursprünglichen schön komponierten Songs, die ihre Ausgangsbasis waren.

Es war also eine Wohltat, jemanden kennenzulernen, der das Great American Songbook schätzte – noch dazu ein Mädchen. Wie ich sammelte Emily LPs mit feinfühligen, schnörkellosen Vokalinterpretationen der Standards – solche Platten bekam man oft günstig, weil ausrangiert von der Generation unserer Eltern, in Ramschläden. Ihre Lieblinge waren Sarah Vaughan und Chet Baker, meine Julie London und Peggy Lee. Auf Sinatra und Ella Fitzgerald waren wir beide nicht so wild.

In diesem ersten Jahr wohnte Emily auf dem Campus, und sie hatte in ihrem Zimmer ein Reisegrammofon, eine damals recht verbreitete Bauform, die aussah wie eine große Hutschachtel, mit Oberflächen aus hellblauem Kunstleder und einem einzelnen integrierten Lautsprecher. Erst wenn man den Deckel aufklappte, kam innen der Plattenteller zum Vorschein. Nach heutigem Standard erzeugte es einen ziemlich primitiven Klang, aber ich weiß noch genau, wie wir stundenlang selig davorhockten, einzelne Songs übersprangen, die Nadel vorsichtig auf den nächsten senkten. Mit Begeisterung hörten wir uns verschiedene Versionen ein und desselben Lieds an und diskutierten dann über den Text oder über die Interpretationen der Sänger. Durfte man diese spezielle Zeile wirklich so ironisch singen? Sollte »Georgia on My Mind« lieber so gesungen werden, als wäre Georgia eine Frau, oder musste klar sein, dass der amerikanische Bundesstaat gemeint war? Besonders entzückt waren wir, wenn wir eine Aufnahme auftrieben – wie Ray Charles, wenn er »Come Rain Or Come Shine« singt –, bei der die Worte an sich fröhlich sind, die Interpretation aber ganz einfach herzzerreißend.

Emilys Liebe zu dieser Musik war offensichtlich so groß, dass ich jedes Mal verdattert war, wenn ich mitbekam, wie sie mit Kommilitonen über irgendeine protzige Rockband oder einen geistlosen kalifornischen Liedermacher redete. Manchmal begann sie, über ein »Konzeptalbum« mehr oder weniger auf die gleiche Art zu sprechen, wie wir beide über Gershwin oder Harold Arlen diskutierten, und dann musste ich mir auf die Zunge beißen, um mir meinen Ärger nicht anmerken zu lassen.

Emily war damals schlank und schön, und ich bin sicher, sie hätte eine ganze Traube von Verehrern gehabt, wenn sie sich nicht so früh im Studium mit Charlie zusammengetan hätte. Aber sie war nie kokett oder aufreißerisch, und nachdem sie mit Charlie ging, zogen sich die anderen Interessenten zurück.

»Das ist ja der einzige Grund, warum ich mit Charlie zusammen bin«, sagte sie einmal zu mir, mit todernster Miene, brach aber gleich darauf in Gelächter aus, weil ich so schockiert dreinschaute. »War ein Scherz, Blödmann. Charlie ist mein Schatz, mein Schatz, mein Schatz.«

Charlie war mein bester Freund an der Uni. In unserem ersten Studienjahr hingen wir die ganze Zeit zusammen, und so habe ich Emily kennengelernt. Im zweiten Jahr zogen Charlie und Emily in eine Wohngemeinschaft in der Stadt, und ich kam zwar oft zu Besuch, aber die Diskussionen mit Emily vor ihrem Plattenspieler waren von da an Vergangenheit. Erstens saßen, egal, wann ich kam, immer etliche andere Studenten dabei und lachten und redeten, und zweitens gab es jetzt eine noble Stereoanlage, aus der so laute Rockmusik plärrte, dass man sich anschreien musste.

Charlie und ich sind all die Jahre enge Freunde geblieben. Dass wir uns nicht mehr so oft sehen wie früher, liegt vor allem an der räumlichen Entfernung. Ich habe Jahre hier in Spanien gelebt, außerdem in Italien und Portugal, während Charlie seine Basis immer in London hatte. Das hört sich jetzt so an, als wäre ich der Jetsetter und er der Stubenhocker, aber das ist falsch. In Wirklichkeit ist Charlie derjenige, der ständig unterwegs ist und von einem Spitzenmeeting zum nächsten fliegt – nach Texas, Tokio, New York –, während ich Jahr um Jahr in den gleichen feuchten Gebäuden festsitze und mir Rechtschreibtests ausdenke und dieselben Konversationen auf Minimalenglisch führe. Ich-heiße-Ray. Wie-heißt-du? Hast-du-Kinder?

Als ich nach dem Studium anfing, Englisch zu unterrichten, schien mir das ein recht angenehmes Leben – eigentlich eine Fortsetzung des Studentendaseins. In ganz Europa schossen Sprachschulen aus dem Boden, und dass der Unterricht nervtötend und die Arbeitszeiten ausbeuterisch sind, ist einem in diesem Alter ziemlich egal. Man sitzt viel in Kneipen, schließt leicht Freundschaften und fühlt sich, als wäre man Teil eines großen Netzwerks, das sich rund um den Globus spannt. Man trifft Leute, die frisch von ihren Einsätzen in Peru oder Thailand zurück sind, und mit der Zeit bildet man sich ein, man könnte sich, wenn man nur wollte, endlos um die Welt treiben lassen und müsste nur seine Beziehungen spielen lassen, um noch im abgelegensten Winkel der Erde einen Job zu kriegen. Und immer gehörte man zu dieser heimeligen, weitgespannten Familie von Sprachlehrern im Auslandseinsatz, die an der Bar hocken und sich Geschichten von ehemaligen Kollegen, psychotischen Schulleitern und exzentrischen British-Council-Mitarbeitern erzählen.

In den späten Achtzigern hieß es, in Japan sei für Sprachlehrer ein Haufen Geld zu verdienen, und ich überlegte ernsthaft, nach Japan zu gehen, aber dazu kam es nie. Ich dachte auch über Brasilien nach, las sogar einige Bücher über die Kultur und bestellte die Bewerbungsformulare. Aber aus irgendwelchen Gründen schaffte ich es nie so weit. Süditalien, eine kurze Zeit in Portugal, wieder zurück nach Spanien. Und ehe du dich versiehst, bist du siebenundvierzig, und die Leute, mit denen du angefangen hast, sind längst durch eine Generation ersetzt, die über andere Sachen tratscht, andere Drogen nimmt und andere Musik hört.

Unterdessen hatten Charlie und Emily geheiratet und sich in London niedergelassen. Charlie sagte mal, wenn sie Kinder bekämen, würde ich bei einem Pate werden. Das passierte nie. Ich meine, es kam nie ein Kind, und jetzt ist es wahrscheinlich zu spät. Ich muss sagen, ich empfand darüber immer eine leise Enttäuschung. Vielleicht hatte ich mir vorgestellt, Pate eines ihrer Kinder zu sein wäre eine immerhin offizielle, wenn auch noch so zarte Verbindung zwischen ihrem Leben in England und meinem hier draußen.

Jedenfalls reiste ich Anfang dieses Sommers nach London, um sie zu besuchen. Das war schon lang so geplant, und als ich ein paar Tage vorher anrief, um mich zu vergewissern, sagte Charlie, es gehe ihnen beiden »geradezu grandios«. Deshalb hatte ich nach ein paar Monaten, die nicht gerade die besten meines Lebens gewesen waren, keinen Grund, in London etwas anderes zu erwarten als Urlaub und Umsorgtwerden.

Tatsächlich waren meine Gedanken, als ich an diesem sonnigen Tag aus der U-Bahn-Station in ihrer Nähe auftauchte, bei den möglichen Verschönerungen, die sie seit dem letzten Besuch in »meinem« Schlafzimmer vorgenommen hatten. Im Lauf der Jahre hatte es fast immer die eine oder andere Neuerung gegeben. Einmal war es ein funkelnder elektronischer

Apparat in einer Ecke des Raums gewesen; ein andermal hatten sie alles neu gestrichen. So oder so wäre das Zimmer in einer Weise für mich hergerichtet, wie es eines Nobelhotels würdig wäre – bereitgelegte Handtücher, eine Schale mit Keksen auf dem Nachttisch, eine Auswahl von CDs auf der Kommode. Das war fast schon eine Sache des Prinzips. Vor ein paar Jahren hatte mich Charlie ins Gästezimmer geführt und mit verhaltenem Stolz allerlei Schalter betätigt, die lauter raffiniert versteckte Lampen an- und ausgehen ließen: hinter dem Kopfbrett des Betts, über dem Schrank und so weiter. Ein anderer Schalter hatte ein dumpfes Brummen ausgelöst, woraufhin sich vor den beiden Fenstern Rollläden herabsenkten.

»Aber Charlie, wozu brauche ich Rollläden?«, hatte ich gefragt. »Ich will hinausschauen, wenn ich aufwache. Vorhänge sind doch völlig ausreichend.«

»Das sind Schweizer Rollläden«, sagte er, als wäre das eine Erklärung.

Diesmal aber murmelte Charlie vor sich hin, als er mich die Treppe hinaufführte, und als wir zu meinem Zimmer kamen, wurde mir klar, dass er sich entschuldigte. Denn ich sah das Zimmer, wie ich es noch nie gesehen hatte. Das Bett war nicht bezogen, die Matratze fleckig und halb herausgezogen. Auf dem Boden lagen Stapel von Zeitschriften und Taschenbüchern, Bündel alter Kleidungsstücke, ein Hockeyschläger, ein umgekippter Lautsprecher. Ich blieb auf der Türschwelle stehen und starrte auf das Durcheinander, während Charlie einen Platz frei räumte, um meine Tasche abzustellen.

»Du schaust wie einer, der gleich nach dem Manager verlangen wird«, sagte er bitter.

»Nein, nein! Es ist nur ein so ungewöhnlicher Anblick.«

»Ein Chaos, ich weiß. Ein Chaos.« Er ließ sich auf die Matratze sinken und seufzte. »Ich dachte, die Mädchen vom Reinigungsdienst hätten das alles in Ordnung gebracht. Aber natürlich nicht. Gott weiß, warum.«

Er schien äußerst niedergeschlagen, aber dann sprang er plötzlich wieder auf.

»Na komm, gehen wir raus, was essen. Ich hinterlasse Emily eine Nachricht. Wir gönnen uns ein gemütliches, ausgiebiges Mittagessen, und bis wir zurück sind, ist dein Zimmer – die ganze Wohnung – wieder in Ordnung.«

»Aber wir können Emily doch nicht bitten, das alles allein aufzuräumen.«

»Oh, sie tut es nicht selbst. Sie gibt es an die Putztruppe weiter. Sie versteht es, ihnen Beine zu machen. Ich weiß leider nicht mal die Nummer. Komm, Mittag essen, gehen wir Mittag essen. Drei Gänge, Flasche Wein, alles.«

Was Charlie ihre Wohnung nannte, waren die beiden oberen Stockwerke eines vierstöckigen Reihenhauses in einer gut situierten, aber recht belebten Straße. Wir traten durch die Haustür direkt hinaus in ein Gedränge aus Fußgängern und Verkehr. Charlie führte mich an Geschäften und Büros vorbei zu einem schicken kleinen Italiener. Wir hatten keine Reservierung, aber die Kellner begrüßten Charlie wie einen Freund, und man wies uns einen Tisch zu. Als ich mich umsah, stellte ich fest, dass das Lokal voller Geschäftsleute mit Anzug und Krawatte war, und war froh, dass Charlie genauso schmuddelig aussah wie ich. Er hatte offensichtlich meine Gedanken erraten, denn als wir saßen, sagte er:

»Ach, du bist so provinziell, Ray. Heutzutage ist das alles anders. Du warst zu lang weg.« Und beunruhigend laut fügte er hinzu: »*Wir* sehen aus wie Leute, die es geschafft haben. Alle anderen hier wirken wie mittleres Management.« Dann beugte er sich zu mir und sagte leiser: »Hör zu, wir müssen reden. Du musst mir einen Gefallen tun.«

Ich konnte mich nicht erinnern, wann mich Charlie das letzte Mal in irgendeiner Sache um Hilfe gebeten hatte, aber ich nickte beiläufig und wartete. Eine Zeit lang spielte er mit seiner Speisekarte herum, dann legte er sie aus der Hand.

»Die Sache ist die, dass Emily und ich im Moment in einer schwierigen Phase stecken. Eigentlich gehen wir uns in letzter Zeit völlig aus dem Weg. Deswegen war sie vorhin nicht da, um dich zu begrüßen. Vorläufig, fürchte ich, wirst du immer nur einen von uns zu Gesicht kriegen. Ein bisschen so wie im Theater, wenn ein Darsteller zwei Rollen gleichzeitig hat. Du wirst nicht Emily und mich zugleich im selben Raum antreffen. Kindisch, oder?«

»Offensichtlich komme ich sehr ungelegen. Aber ich gehe wieder, gleich nach dem Essen. Ich kann bei meiner Tante Katie in Finchley unterkommen.«

»Was redest du? Du hörst mir nicht zu. Ich sag dir doch: Du musst mir einen Gefallen tun.«

»Ich dachte, das ist deine Art, mir mitzuteilen …«

»Nein, du Idiot, *ich* bin derjenige, der verschwinden muss. Ich habe einen Geschäftstermin in Frankfurt, ich fliege heute Nachmittag. In zwei Tagen, spätestens Donnerstag bin ich zurück. Du bleibst inzwischen hier. Machst alles wieder gut, bringst die Sache ins Lot. Dann komm ich zurück, sage fröhlich Hallo, küsse meine geliebte Frau, als hätten die letzten zwei Monate nicht stattgefunden, und wir machen weiter wie früher.«

In diesem Moment trat die Kellnerin an den Tisch, um unsere Bestellung entgegenzunehmen, und als sie wieder fort war, schien Charlie nicht gewillt, auf das Thema zurückzukommen, sondern überschüttete mich mit Fragen nach meinem Leben in Spanien, und alles, was ich ihm erzählte, ob gut oder schlecht, kommentierte er mit einem säuerlichen kleinen Lächeln und einem Kopfschütteln, als bestätigten sich seine schlimmsten Befürchtungen. Irgendwann versuchte ich ihm zu sagen, welche Fortschritte ich als Koch gemacht hätte – dass ich das Weihnachtsbuffet für mehr als vierzig Schüler und Lehrer praktisch im Alleingang gezaubert hätte –, aber er schnitt mir mitten im Satz das Wort ab.

»Hör zu«, sagte er. »Deine Lage ist aussichtslos. Du musst kündigen. Aber natürlich musst du dir zuerst einen neuen Job organisieren. Dieser depressive Portugiese – nimm ihn doch als Vermittler. Sichere dir den Posten in Madrid, dann stoß die Wohnung ab. Okay, Folgendes ist zu tun. Erstens.«

Er hielt eine Hand hoch und zählte jede einzelne Anweisung an den Fingern ab. Unser Essen kam, aber er ignorierte es, denn es waren noch etliche Finger übrig, und er machte weiter, bis er durch war. Als wir endlich zu essen anfingen, sagte er:

»Ich weiß, dass du nichts davon umsetzen wirst.«

»Doch, doch, alles, was du sagst, ist sehr vernünftig.«

»Du wirst zurückgehen und genauso weitermachen wie immer. In einem Jahr sitzen wir dann wieder hier, und du wirst exakt über dieselben Dinge jammern.«

»Ich hab doch gar nicht gejammert …«

»Weißt du, Ray, die anderen können auch nichts anderes tun, als dir Ratschläge zu geben. Irgendwann musst du dein Leben schon selber in die Hand nehmen.«

»Okay, das tu ich, ich versprech's. Aber du hast vorhin was von einem Gefallen gesagt.«

»Ach ja.« Nachdenklich kaute er seine Nudeln. »Um ehrlich zu sein, war das mein eigentlicher Beweggrund, dich nach

London einzuladen. Natürlich ist es schön, dich zu sehen und alles. Aber die Hauptsache für mich war, dass ich was von dir wollte. Du bist schließlich mein ältester Freund, ein lebenslanger Freund …«

Er begann wieder wie wild zu essen, und ich sah verblüfft, dass er leise weinte. Ich langte über den Tisch und klopfte ihm auf die Schulter, aber er schaufelte sich einfach weiter Pasta in den Mund, ohne aufzublicken. Das ging etwa eine Minute so, und ich langte noch einmal hinüber und gab ihm wieder einen kleinen Klaps auf die Schulter, ohne mehr Wirkung zu erzielen als mit dem ersten Versuch. Dann kam die Kellnerin mit munterem Lächeln und erkundigte sich, ob alles nach unserem Wunsch sei. Exzellent, versicherten wir beide, und als sie davonging, schien Charlie die Fassung wiederzufinden.

»Okay, Ray, hör zu. Worum ich dich bitte, ist total einfach. Ich will nur, dass du Emily die nächsten paar Tage Gesellschaft leistest, ein angenehmer Gast bist. Das ist alles. Nur bis ich zurück bin.«

»Das ist alles? Du bittest mich einfach, mich um sie zu kümmern, während du weg bist?«

»Genau. Vielmehr lass sie sich um dich kümmern. Du bist der Gast. Ich habe ein paar Sachen für euch arrangiert. Theaterkarten und so weiter. Spätestens Donnerstag bin ich zurück. Dein Auftrag besteht nur darin, ihre Laune zu heben und zu halten. Sodass sie, wenn ich heimkomme und ›Hallo, Schatz‹ sage und sie umarme, antwortet: ›Oh, hallo Schatz, schön, dass du wieder da bist, wie war's?‹, und mich ebenfalls umarmt. Dann können wir weitermachen wie vorher. Bevor diese ganze schreckliche Chose angefangen hat. Das ist dein Auftrag. Eigentlich ganz einfach.«

»Ich will gern alles tun, was ich kann«, sagte ich. »Aber hör mal, Charlie, bist du sicher, dass sie in der Stimmung für Besuch ist? Ihr habt offensichtlich eine Krise. Bestimmt ist sie genauso aufgeregt wie du. Ganz ehrlich, ich verstehe nicht, wieso du mich ausgerechnet jetzt hergeholt hast.«

»Was soll das heißen, du verstehst nicht? Ich habe dich gebeten zu kommen, weil du mein ältester Freund bist. Ja, gut, ich habe viele Freunde. Aber letztlich, bei genauerer Überlegung, ist mir klar geworden, dass du der Einzige bist, der dafür infrage kommt.«

Ich muss zugeben, dass mich das ziemlich rührte. Trotzdem sah ich, dass hier irgendwas nicht stimmte und er es mir verschwieg.

»Ich könnte verstehen, dass du mich zu euch nach Hause einlädst, wenn ihr beide da wärt«, sagte ich. »Wie das funktionieren soll, könnte ich verstehen. Ihr redet nicht miteinander, also ladet ihr euch als Ablenkung einen Gast ein, zeigt euch beide von eurer besten Seite, Tauwetter setzt ein. Aber in diesem Fall wird das nichts, denn du bist nicht da.«

»Tu's für mich, Ray. Ich glaube, es könnte klappen. Emily lässt sich immer von dir aufmuntern.«

»Sie lässt sich von mir aufmuntern? Weißt du, Charlie, ich möchte wirklich helfen. Aber mir scheint, hier irrst du. Ich habe, offen gestanden, nicht den Eindruck, dass sich Emily von mir aufheitern lässt – das ging nicht mal in den besten Zeiten. Und bei meinen letzten Besuchen hier war sie … nun, ziemlich ungeduldig mit mir.«

»Schau, Ray, vertrau mir einfach. Ich weiß, was ich tue.«

Emily war in der Wohnung, als wir zurückkamen. Ich muss gestehen, ich war bestürzt, wie sehr sie gealtert war. Seit meinem letzten Besuch war sie nicht nur beträchtlich schwerer geworden, sondern ihr einst so selbstverständlich ansprechendes Gesicht hatte jetzt etwas Bulldoggenhaftes, mit einem griesgrämigen Zug um den Mund. Sie saß auf dem Sofa im Wohnzimmer und las die *Financial Times*, und als ich hereinkam, stand sie ziemlich mürrisch auf.

»Schön, dich zu sehen, Raymond«, sagte sie, küsste mich flüchtig auf die Wange und setzte sich gleich wieder. Die ganze Art, wie sie das tat, weckte in mir das Bedürfnis, mich wortreich zu entschuldigen, dass ich zu einer so ungünstigen Zeit bei ihnen hereinplatzte, aber bevor ich etwas sagen konnte, klopfte sie neben sich auf das Sofa und sagte: »So, Raymond, setz dich hierher und beantworte meine Fragen. Ich will alles wissen, was du so getrieben hast.«

Ich setzte mich, und sie nahm mich ins Verhör, sehr ähnlich wie Charlie vorhin im Restaurant. Charlie packte unterdessen für seine Reise, kam auf der Suche nach verschiedenen Gegenständen hin und wieder herein und verschwand gleich wieder. Ich merkte, dass sie einander keines Blickes würdigten, aber trotz seiner anderslautenden Behauptungen schien es ihnen auch kein großes Unbehagen zu verursachen, wenn sie sich im selben Raum aufhielten. Und obwohl sie nie direkt miteinander sprachen, schaltete sich Charlie immer wieder in einer merkwürdig indirekten Art ins Gespräch ein. Zum Beispiel rief er, als ich Emily erklärte, weshalb es so schwierig sei, einen Mitbewohner zu finden, um die Last der Miete zu teilen, von der Küche her:

»Seine Wohnung ist einfach nicht auf zwei Leute ausgerichtet! Sie ist für eine Person, und zwar eine mit ein bisschen mehr Kohle, als er je haben wird!«

Emily gab keine Antwort, muss die Information aber zur

Kenntnis genommen haben, denn sie sagte darauf: »Raymond, du hättest dir nie so eine Wohnung nehmen dürfen.«

So ging das noch mindestens zwanzig Minuten weiter, Charlie leistete seine Beiträge von der Treppe her oder auf dem Weg zur Küche, meist in Form eines gerufenen Einwurfs, der sich auf mich in der dritten Person bezog. Irgendwann brach es aus Emily heraus:

»Ehrlich, Raymond. Du lässt dich von dieser schauderhaften Sprachenschule ausbeuten, wo's nur geht, dein Vermieter haut dich übers Ohr, wie es ihm passt, und was tust du? Lässt dich mit einer Dumpfbacke von Frau ein, die ein Alkoholproblem hat und nicht mal einen Job, um es sich wenigstens leisten zu können. Als hättest du's extra darauf angelegt, alle zu vergraulen, denen noch irgendwas an dir liegt!«

»Er kann nicht erwarten, dass davon noch allzu viele übrig sind!«, tönte Charlie aus der Diele. Ich hörte, dass er dort jetzt seinen Koffer abstellte. »Sich aufführen wie ein Teenager, wenn man schon zehn Jahre keiner mehr ist, das geht ja noch. Aber immer noch so weitermachen, wenn man schon fast fünfzig ist …!«

»Ich bin erst siebenundvierzig …«

»Was soll das heißen, du bist *erst* siebenundvierzig?« Emilys Stimme war unnötig laut – schließlich saß ich direkt neben ihr. »*Erst* siebenundvierzig. Dieses ›erst‹ ist es, das dein Leben zerstört, Raymond. Erst, erst, erst. Du hast ja dein ganzes Leben noch vor dir. Bist erst siebenundvierzig. Bald bist du erst siebenund*sechzig* und drehst dich noch immer im Kreis, weil du noch immer kein verdammtes Dach überm Kopf hast!«

»Er muss endlich seinen verdammten Arsch hochkriegen!«, schrie Charlie durchs Treppenhaus. »Sich am Riemen reißen, bis der Riemen reißt!«

»Raymond, hältst du denn nie mal inne und fragst dich, wer du bist?«, sagte Emily. »Schämst du dich nicht, wenn du dran denkst, was für ein Potenzial du hättest? Sieh dir an, was du aus deinem Leben gemacht hast! Es … es ist zum Aus-der-Haut-Fahren! Rasend macht es einen!«

In der Tür erschien Charlie im Regenmantel, und einen Moment lang schrien sie mir gleichzeitig verschiedene Vorwürfe entgegen. Dann brach Charlie ab, verkündete, er werde jetzt gehen – wie aus Abscheu mir gegenüber –, und war fort.

Sein Abgang beendete Emilys Hasstirade, und ich nutzte die Gelegenheit, um aufzustehen. »Entschuldige«, sagte ich, »ich geh schnell und helfe Charlie mit seinem Gepäck.«

»Wieso brauche ich Hilfe bei meinem Gepäck?«, fragte Charlie aus der Diele. »Ich habe nur einen Koffer.«

Aber er erlaubte mir, ihn bis auf die Straße zu begleiten, und ließ mich mit seinem Koffer zurück, während er sich an den Straßenrand stellte, um nach einem Taxi Ausschau zu halten. Es war keines in Sicht, und er beugte sich beunruhigt, einen Arm halb erhoben, auf die Straße hinaus.

Ich trat zu ihm und sagte: »Charlie. Ich glaube nicht, dass das funktioniert.«

»Was funktioniert nicht?«

»Emily hasst mich total. Und das, nachdem sie mich nur ein paar Minuten lang gesehen hat. Wie wird sie erst nach drei Tagen drauf sein? Wie kommst du bloß auf die Idee, du könntest in ein Haus des Friedens und der Eintracht zurückkehren?«

Noch während ich sprach, dämmerte mir etwas, und ich verstummte. Charlie, dem die Veränderung nicht entging, drehte sich um und musterte mich scharf.

»Ich glaube«, sagte ich schließlich, »ich habe eine Ahnung, warum ich es sein musste und niemand sonst.«

»Aha. Kann es sein, dass Ray ein Licht aufgeht?«

»Ja, vielleicht.«

»Aber es kann dir ja egal sein. Worum ich dich bitte, bleibt doch genau dasselbe.« Jetzt standen wieder Tränen in seinen Augen. »Erinnerst du dich, Ray, wie Emily immer sagte, dass sie an mich glaubt? Jahrelang sagte sie das. Ich glaube an dich, Charlie, du kommst ganz nach oben, du bist wirklich begabt. Noch vor drei, vier Jahren sagte sie das. Weißt du, wie aufreibend das mit der Zeit wurde? Es lief alles gut bei mir. Es *läuft* alles gut. Total in Ordnung. Aber sie dachte, ich sei zu Höherem berufen … was weiß ich, Präsident der Welt oder was, scheiße, Mann! Ich bin ein ganz normaler Typ, bei dem alles gut läuft. Aber das sieht sie nicht. Das ist der Kernpunkt, der Kern von allem, was schiefgegangen ist.«

Tief in Gedanken setzte er sich in Bewegung. Ich hastete zurück zu seinem Koffer und zog ihn auf den Rollen hinter mir her. Es herrschte nach wie vor ein ziemliches Gedränge auf der Straße, und es war ein Kampf, mit Charlie Schritt zu halten, ohne dabei mit dem Koffer Leute zu rammen. Aber Charlie ging mit gleichmäßigem Schritt dahin und merkte nichts von meinen Schwierigkeiten.

»Sie denkt, ich werde meinen Möglichkeiten nicht gerecht«, sagte er. »Aber das stimmt nicht. Es läuft alles, wie es soll. Endlose Horizonte sind eine feine Sache, wenn du jung bist. Aber in unserem Alter, da brauchst du … da brauchst du eine Perspektive. Das ging mir ständig im Kopf herum, wenn sie mir wieder mal damit auf den Senkel ging. Perspektive, Perspektive, sie braucht eine Perspektive. Und ich sagte mir dauernd, bitte sehr, es läuft doch alles gut. Schau dir die Massen anderer Leute an, Leute, die wir kennen. Schau dir Ray an. Schau dir an, was für einen Saustall er aus *seinem* Leben gemacht hat. Sie braucht eine Perspektive.«

»Und deshalb hast du beschlossen, mich einzuladen. Als Perspektive.«

Charlie blieb endlich stehen und sah mich an. »Versteh mich nicht falsch, Ray. Ich sage ja nicht, dass du ein schrecklicher Versager oder so was bist. Du bist weder drogensüchtig noch ein Mörder, schon klar. Aber neben mir, entschuldige schon, bist du nicht gerade der größte Überflieger. Deswegen frage ich dich, deswegen *bitte* ich dich um diesen Gefallen. Wir sind am Ende, ich bin verzweifelt, ich brauche deine Hilfe. Und was verlang ich denn schon von dir, um Himmels willen? Dass du einfach so bist wie immer. Nicht mehr, nicht weniger. Tu's mir zuliebe, Raymond. Mir und Emily zuliebe. Zwischen uns ist noch nicht alles verloren, das weiß ich. Sei einfach du selber, ein paar Tage lang, bis ich zurück bin. Das ist doch nicht zu viel verlangt, oder?«

Ich atmete tief durch und sagte: »Okay. Okay, wenn du meinst, das hilft. Aber wird Emily nicht über kurz oder lang dahinterkommen?«

»Warum? Sie weiß, dass ich einen wichtigen Termin in Frankfurt habe. Für sie ist die Sache ganz klar. Sie hat einen Gast und kümmert sich um ihn, weiter nichts. Das macht sie gern, und sie mag dich. Ah, ein Taxi.« Er winkte hektisch, und als der Fahrer auf uns zusteuerte, packte er mich am Arm. »Danke, Ray. Du schaffst das, du wirst das Ruder für uns herumreißen, ich weiß es.«

Als ich in die Wohnung zurückkam, hatte sich Emilys Verhalten vollständig gewandelt. Sie empfing mich, wie sie vielleicht einen uralten, gebrechlichen Verwandten aufgenommen hätte. Lächelte mir aufmunternd zu, berührte sacht meinen Arm. Bot mir Tee an und führte mich, als ich akzeptierte, in die Küche, setzte mich an den Tisch und stand dann sekundenlang vor mir und betrachtete mich mit besorgter Miene. Schließlich sagte sie leise:

»Es tut mir leid, dass ich dich vorhin so angefahren habe, Raymond. Ich habe kein Recht, so mit dir zu reden.« Während sie sich abwandte, um Tee zu machen, fuhr sie fort: »Es ist doch schon eine Ewigkeit her, seit wir zusammen studiert haben. Das vergesse ich immer. Es fiele mir nicht im Traum ein, mit anderen Freunden so zu reden. Aber mit dir, tja, wahrscheinlich brauche ich dich nur zu sehen, und schon ist es, als wäre die Zeit zurückgedreht worden, als wären wir wieder wie früher, und ich vergesse es einfach. Du darfst dir das wirklich nicht zu Herzen nehmen.«

»Nein, nein. Ich nehm's mir ja gar nicht zu Herzen.« In Gedanken war ich noch bei meinem Gespräch mit Charlie und wirkte vermutlich distanziert. Ich glaube, Emily verstand das falsch, denn ihr Tonfall wurde noch sanfter.

»Es tut mir so leid, dass ich dich aufgeregt habe.« Liebevoll arrangierte sie Kekse auf einem Teller, den sie vor mich hinstellte. »Tatsache ist, Raymond, dass wir damals praktisch alles zu dir sagen konnten, du hast einfach gelacht und wir ebenfalls, und alles war ein großer Witz. Wie dumm von mir, zu denken, dass du noch immer so bist!«

»Also, eigentlich bin ich ja *wirklich* noch so, mehr oder weniger jedenfalls. Ich hab mir gar nichts dabei gedacht.«

»Mir war nicht klar«, fuhr sie fort, als hätte sie mich nicht gehört, »wie anders du jetzt bist. Wie verzweifelt du sein musst.«

»Schau, Emily, wirklich, mir geht's nicht so schlecht …«

»Nach den letzten Jahren hängst du bestimmt völlig in der Luft. Du bist wie einer, der am Abgrund steht. Nur noch ein winziger Schubs, und du brichst zusammen.«

»Fällst, meinst du.«

Sie hatte mit dem Kessel hantiert, aber jetzt drehte sie sich um und starrte mich wieder an. »Bitte, Raymond, red doch nicht so. Nicht mal im Spaß. Ich möchte nie wieder hören, dass du so redest.«

»Nein, du verstehst mich falsch. Du hast gesagt, ein Schubs, und ich breche zusammen. Aber wenn ich am Abgrund stehe, dann breche ich nicht zusammen, sondern ich falle.«

»Ach, du Ärmster.« Anscheinend nahm sie noch immer nicht wahr, was ich sagte. »Du bist wirklich nur noch ein Schatten des früheren Raymond.«

Ich hielt es für das Beste, gar nicht mehr zu antworten, und die nächsten Minuten warteten wir still, bis das Wasser kochte. Sie goss Tee für mich auf, aber nicht für sich, und stellte den Becher vor mich hin.

»Es tut mir wirklich leid, Raymond, aber ich muss jetzt ins Büro zurück. Ich habe zwei Sitzungen, die ich auf keinen Fall versäumen darf. Hätte ich gewusst, wie du beisammen bist, hätte ich dich nicht im Stich gelassen, sondern die Sache anders arrangiert. Aber jetzt ist es, wie es ist, man erwartet mich. Armer Raymond. Was fängst du an, wenn du ganz allein hier bist?«

»Ich werde mich blendend unterhalten. Wirklich. Überhaupt hab ich schon gedacht, ich könnte mich doch ums Abendessen kümmern, während du fort bist? Du wirst es mir vielleicht nicht glauben, aber ich kann inzwischen ziemlich gut kochen. Ich sag dir, wir hatten da dieses Buffet kurz vor Weihnachten …«

»Das ist schrecklich lieb von dir, dass du helfen willst. Aber ich glaube, das Beste ist, du ruhst dich jetzt aus. Eine fremde Küche kann schließlich ganz schön viel Stress verursachen. Fühl dich hier bitte völlig zu Hause, nimm ein Kräuterbad, hör Musik. Um das Abendessen kümmere ich mich, wenn ich heimkomme.«

»Aber du willst dir nach einem langen Tag im Büro doch nicht auch noch Gedanken ums Essen machen müssen.«

»Nein, Ray, du sollst jetzt nur ausspannen.« Sie zog eine Visitenkarte hervor und legte sie auf den Tisch. »Hier hast du meine Durchwahl, auch meine Mobilnummer. Ich muss jetzt wirklich weg, aber du kannst mich jederzeit anrufen. Und denk dran, tu ja nichts, was dich stresst, während ich weg bin.«

Mich in der eigenen Wohnung zu entspannen fällt mir in letzter Zeit schwer. Wenn ich allein zu Hause bin, werde ich zunehmend unruhig, weil mich die Vorstellung quält, ich könnte draußen irgendwas Entscheidendes verpassen. Bin ich aber in einer fremden Wohnung allein, erfasst mich oft ein angenehmes Gefühl von Frieden. Ich finde es wunderbar, mich mit irgendeinem zufällig herumliegenden Buch in ein fremdes Sofa zu versenken. Genau das tat ich auch diesmal, nachdem Emily gegangen war. Besser gesagt: Ich schaffte gerade ein paar Seiten *Mansfield Park*, bevor ich einnickte.

Als ich nach etwa zwanzig Minuten wieder aufwachte, schien die Nachmittagssonne in die Wohnung. Ich stand vom Sofa auf und begann mit einer kleinen Besichtigungstour. Vielleicht waren während unseres Mittagessens tatsächlich Putzleute hier gewesen, vielleicht hatte auch Emily selbst aufgeräumt, jedenfalls sah das große Wohnzimmer recht untadelig aus. Abgesehen von der Aufgeräumtheit, war es mit modernen Designermöbeln und allerlei Dekogegenständen stilbewusst eingerichtet – ein weniger wohlgesinnter Betrachter hätte allerdings auch sagen können, dass alles zu offensichtlich dem Effekt diente. Ich überflog die Buchtitel, dann sah ich mir die CD-Sammlung an. Es war fast nur Rock und Klassik, sah ich, bis ich nach einigem Suchen eine kleine Abteilung fand, in der Fred Astaire, Chet Baker, Sarah Vaughan ein Schattendasein fristeten. Dass Emily nicht viel mehr von ihrer kostbaren LP-Sammlung durch ihre CD-Reinkarnationen ersetzt hatte, wunderte mich, aber ich dachte nicht weiter darüber nach, sondern schlenderte in die Küche.

Als ich auf der Suche nach Keksen oder einer Tafel Schokolade ein paar Schranktüren öffnete, fiel mir auf dem Küchentisch etwas ins Auge, das ein kleines Notizbuch zu sein schien und mit seinem weinroten, gepolsterten Einband von den glatten minimalistischen Flächen der Küche abstach. In der Hektik ihres Aufbruchs hatte Emily, während ich meinen Tee trank, ihre Handtasche auf dem Küchentisch ausgeleert und wieder eingeräumt und dabei anscheinend ihr Notizbuch vergessen. Aber fast im nächsten Moment kam mir ein anderer Gedanke: dass dieses weinrote Ding eine Art Tagebuch war und Emily es mit Absicht hatte liegen lassen, praktisch als Aufforderung an mich, einen Blick hineinzuwerfen; dass sie sich aus irgendeinem Grund nicht in der Lage fühlte, sich unverblümt zu äußern, und diese Methode gewählt hatte, um ihren inneren Aufruhr mitzuteilen.

Eine Zeit lang stand ich da und starrte auf das Notizbuch. Dann streckte ich die Hand aus, steckte mehr oder weniger in der Mitte den Zeigefinger zwischen die Seiten und bog sie behutsam auseinander. Der Anblick von Emilys zusammengedrängter Handschrift ließ mich den Finger wieder herausziehen, und ich trat vom Tisch zurück und sagte mir, ich hätte kein Recht, hier herumzuschnüffeln, was auch immer Emily in einem irrationalen Moment bezweckt haben mochte.

Ich ging wieder ins Wohnzimmer, ließ mich auf dem Sofa nieder und las weiter in *Mansfield Park*, aber jetzt fiel es mir schwer, mich zu konzentrieren. Meine Gedanken kehrten immer wieder zu dem weinroten Notizbuch zurück. Was, wenn es gar keine impulsive Idee gewesen war? Wenn sie das schon seit Tagen so geplant hatte? Eigens einen Text verfasst hatte, damit ich ihn las?

Zehn Minuten später war ich wieder in der Küche und starrte abermals auf das weinrote Notizbuch. Ich setzte mich dorthin, wo ich zuvor meinen Tee getrunken hatte, zog das Notizbuch zu mir her und schlug es auf.

Eines wurde sehr rasch klar, nämlich dass dies nicht das Tagebuch war, dem Emily ihre geheimsten Gedanken anvertraute, falls sie so etwas überhaupt tat. Vor mir lag eine Art besserer Terminkalender; bei jedem Tag hatte sie sich verschiedene Erinnerungsstützen notiert, manche mit eindeutig mahnendem Beiklang. Ein Eintrag mit dickem Filzstift lautete: »Wenn Mathilda noch immer nicht angerufen, WARUM ZUM TEUFEL NICHT??? TU'S!!!« Und ein anderer: »Endlich den verdammten Philip Roth fertiglesen. Marion zurückgeben!«

Als ich weiterblätterte, stieß ich auf folgende Bemerkung: »Raymond kommt Montag. Ächz, stöhn.«

Ein paar Seiten weiter fand ich: »Morgen Ray. Wie überleb ich das?«

Unter dem heutigen Tag schließlich stand, neben diversen anderen anstehenden Erledigungen: »Wein kaufen für Ankunft Oberjammerer.«

Oberjammerer? Ich brauchte eine Weile, um zu begreifen, dass tatsächlich ich damit gemeint sein könnte. Ich probierte verschiedene andere Möglichkeiten aus – ein Klient? ein Klempner? –, doch angesichts des Datums und des Zusammenhangs musste ich zugeben, dass es keinen anderen ernst zu nehmenden Kandidaten gab. Diese völlig unfaire Bemerkung traf mich auf einmal mit solcher Wucht, dass ich, ehe ich begriff, was ich tat, die kränkende Seite mit der Hand zerknüllte.

Es war keine besonders ungestüme Tat: Ich riss die Seite nicht einmal heraus. Ich ballte einfach, mit einer einzigen Bewegung, die Faust über dem Blatt zusammen und hatte mich schon im nächsten Moment wieder unter Kontrolle, aber natürlich zu spät. Als ich die Hand öffnete, sah ich, dass nicht nur die fragliche Seite, sondern auch die nächsten zwei Blätter meinem Zorn zum Opfer gefallen waren. Ich versuchte die Seiten zu ihrer ursprünglichen Form zu glätten, aber sie zerknitterten sofort wieder, als wäre es ihr tiefster Wunsch, sich in zusammengeknülltes Altpapier zu verwandeln.

Trotzdem fuhr ich noch eine ganze Weile mit meinem panischen Bügelversuch an den beschädigten Seiten fort und war nahe daran einzusehen, dass meine Bemühungen sinnlos waren und ich nichts tun konnte, um meine Tat zu verschleiern, als ein irgendwo in der Wohnung läutendes Telefon in mein Bewusstsein eindrang.

Ich beschloss es zu ignorieren und versuchte stattdessen über die Folgen des Geschehenen nachzudenken. Dann aber schaltete sich der Anrufbeantworter ein, und ich hörte Charlies Stimme eine Nachricht aufsprechen. Vielleicht witterte ich eine Rettungsleine, vielleicht wollte ich mich einfach jemandem anvertrauen – jedenfalls stürzte ich ins Wohnzimmer und griff nach dem Telefon auf dem gläsernen Couchtisch.

»Oh, du bist ja doch da.« Charlie klang leicht verärgert, dass ich seine Nachricht unterbrochen hatte.

»Charlie, hör zu. Ich hab grad was ziemlich Dummes gemacht.«

»Ich bin am Flughafen«, sagte er. »Die Maschine ist verspätet. Ich will den Fahrdienst anrufen, der mich in Frankfurt abholen soll, aber ich habe die Nummer nicht. Du musst sie mir raussuchen.«

Er begann mir zu erklären, wo ich das Telefonbuch fände, aber ich fiel ihm abermals ins Wort und sagte:

»Hör zu, ich hab einen Blödsinn gemacht und weiß nicht, was ich tun soll.«

Ein paar Sekunden lang war es still. Dann sagte er: »Vielleicht denkst du, Ray, vielleicht denkst du, dass es jemand anderen gibt. Dass ich jetzt auf dem Weg zu ihr bin. Mir ist eingefallen, dass du das denken könntest. Es würde schließlich zu allem passen, was du beobachtet hast. Emilys Verhalten, als ich gegangen bin, alles. Aber du irrst dich.«

»Ja, ich versteh schon, was du meinst. Aber schau, ich muss wirklich was mit dir besprechen, nämlich …«

»Akzeptier es einfach, Ray. Du irrst dich. Es gibt keine andere Frau. Ich fliege jetzt nach Frankfurt zu einem Meeting, bei dem es um den Wechsel unserer Stellvertretung in Polen geht. Dorthin bin ich jetzt unterwegs.«

»Ja, ich versteh dich schon!«

»In dieser ganzen Geschichte hat nie eine andere Frau eine Rolle gespielt. Ich würde nie eine andere anschauen, jedenfalls nicht irgendwie ernsthaft. Das ist die Wahrheit. Es ist die verdammte Wahrheit, und es steckt nichts anderes dahinter!«

Er hatte zu schreien angefangen, aber das mag an dem Lärm in der Abflughalle gelegen haben. Jetzt war er still, und ich lauschte angestrengt, um zu hören, ob er wieder weinte, aber ich vernahm nur Flughafengeräusche. Plötzlich sagte er:

»Ich weiß, was du denkst. Du denkst, okay, keine andere Frau. Aber vielleicht gibt es einen anderen *Mann*? Los, gib's zu, das denkst du doch, oder? Los, sag es!«

»Eigentlich nicht. Ich bin nie auf die Idee gekommen, du könntest schwul sein. Nicht mal damals, nach der Abschlussprüfung, als du besoffen warst und getan hast, als …«

»Halt die Klappe, du Idiot! Ich meine einen anderen Mann wie: Emilys Liebhaber! Emilys Liebhaber – existiert diese Figur für dich? Davon rede ich nämlich. Und nach meinem Dafürhalten lautet die Antwort nein, nein, nein. Nach der langen Zeit, die wir zusammen sind, durchschaue ich sie ziemlich gut. Aber das Problem ist: Gerade weil ich sie so gut kenne, weiß ich auch noch etwas anderes. Ich weiß, dass sie angefangen hat, darüber nachzudenken. Das ist wahr, Ray, sie hat angefangen, sich andere Männer anzuschauen. Typen wie den Drecks-David Corey!«

»Wer ist das?«

»Der Drecks-David Corey ist ein schleimiger Arsch von einem Anwalt, der eine Spitzenkarriere macht. Wie spitze, weiß ich genau, denn sie erzählt es mir, in den quälendsten Details.«

»Glaubst du … sie treffen sich?«

»Nein, sag ich dir doch! Es läuft nichts, noch nicht! Für den Drecks-David Corey ist sie sowieso Luft. Er ist mit einer Glamourtussi verheiratet, die bei Condé Nast arbeitet.«

»Dann kannst du ja beruhigt sein …«

»Kann ich nicht, denn da ist auch noch Michael Addison.

Und Roger Van Den Berg, ein aufgehender Stern bei Merrill Lynch, der jedes Jahr am Weltwirtschaftsforum teilnimmt ...«

»Bitte, Charlie, hör mir jetzt zu. Ich hab hier ein Problem. Geringfügig, nach den meisten Maßstäben, ich geb's zu. Trotzdem ist es ein Problem. Bitte hör einfach zu.«

Endlich kam ich dazu, ihm zu sagen, was passiert war. Ich berichtete alles so aufrichtig, wie ich konnte, nur auf meinem kurzfristigen Verdacht, Emily könnte mir eine vertrauliche Nachricht hingelegt haben, ritt ich nicht gerade herum.

»Ich weiß, das war wirklich idiotisch«, schloss ich. »Aber sie hat das Ding eben hier liegen lassen, direkt auf dem Küchentisch.«

»Ja.« Charlie klang jetzt viel ruhiger. »Ja. Da hast du dich aber ganz schön in die Nesseln gesetzt.«

Und er lachte. Ermutigt, lachte ich ebenfalls.

»Wahrscheinlich male ich den Teufel an die Wand«, sagte ich. »Es ist schließlich nicht ihr privates Tagebuch oder so. Es ist einfach ein Taschenkalender ...« Ich brach ab, denn Charlie lachte immer noch, und in seinem Gelächter schwang ein leicht hysterischer Unterton mit. Dann verstummte er und sagte ausdruckslos:

»Wenn sie draufkommt, wird sie dir die Eier abschneiden wollen.«

Es trat eine kurze Pause ein, in der ich wieder den Flughafengeräuschen lauschte. Dann fuhr er fort:

»Vor ungefähr sechs Jahren hab ich diesen Taschenkalender, also die damalige Ausgabe, selber einmal aufgeschlagen. Ohne mir was dabei zu denken – ich saß in der Küche, und sie kochte was. Du weißt schon, ich schlug ihn gedankenlos auf, während ich irgendwas erzählte. Sie merkte es sofort und sagte, sie kann das nicht leiden. Um genau zu sein: Sie teilte mir bei der

Gelegenheit mit, dass sie mir die Eier abschneiden würde. Und weil sie dazu das Nudelholz schwenkte, wies ich sie drauf hin, dass sie damit ihre Drohung ja nicht gut wahrmachen könnte. Darauf sagte sie: Das Nudelholz kommt nachher. Für das, was sie mit den Eiern macht, wenn sie schon ab sind.«

Im Hintergrund wurde ein Flug aufgerufen.

»Was sollte ich also deiner Meinung nach tun?«, fragte ich.

»Was *kannst* du tun? Versuch die Seiten zu glätten, so gut es geht. Vielleicht merkt sie ja nichts.«

»Das hab ich versucht, und es geht nicht. Ausgeschlossen, dass sie nichts merkt …«

»Schau, Ray, mir geht im Moment ziemlich viel durch den Kopf. Ich versuche dir nur klarzumachen, dass die ganzen Männer, von denen Emily träumt, in Wirklichkeit keine potenziellen Liebhaber sind. Sondern nur Gestalten, die ihr wunderbar erscheinen, weil sie glaubt, sie hätten so ungeheuer viel erreicht. Ihre Schwachstellen sieht sie nicht. Ihre schiere … *Brutalität.* Sowieso spielen sie in einer anderen Liga. Tatsache ist – und genau das ist ja so erbärmlich traurig und ironisch an der ganzen Sache –, Tatsache ist, dass sie im Grunde ihres Herzens *mich* liebt. Sie liebt mich immer noch. Das seh ich, das seh ich.«

»Mit anderen Worten, Charlie, du hast keinen Rat.«

»Nein, Scheiße! Ich hab keinen Rat!« Jetzt schrie er wieder lauthals ins Telefon. »Lass dir was einfallen! Du steigst in dein Flugzeug und ich in meins. Wir werden ja sehen, welches abstürzt!«

Damit war er weg. Ich ließ mich aufs Sofa fallen und atmete tief durch. Bleib auf dem Teppich, sagte ich mir, spürte unterdessen aber vom Magen her eine leicht panische Übelkeit. Verschiedene Gedanken gingen mir durch den Kopf. Eine Lösung war, einfach aus der Wohnung zu fliehen und keinen Kontakt mehr mit Charlie und Emily zu haben, wenigstens ein paar Jahre lang; danach würde ich ihnen einen vorsichtigen, sorgfältig formulierten Brief schicken. Aber sogar in meinem gegenwärtigen Zustand verwarf ich diesen Plan als eine Spur zu verzweifelt. Ein besserer Plan war, mich methodisch durch die Flaschen in ihrer Hausbar zu arbeiten, sodass mich Emily, wenn sie heimkam, sturzbetrunken fände. Dann könnte ich behaupten, ich hätte ihren Kalender gelesen und im Suff die Seiten zerknüllt. Ja, ich könnte in meiner alkoholbedingten Unzurechnungsfähigkeit sogar die Rolle des Gekränkten übernehmen und schreien und anklagen und ihr sagen, wie bitter es mich verletzt habe, solche Worte über mich zu lesen, geschrieben von einer Person, von deren Liebe und Freundschaft ich stets überzeugt gewesen sei, an die zu denken mir durch meine schlimmsten, einsamsten Momente fern der Heimat geholfen habe. Aus praktischer Sicht sprach zwar einiges für diesen Plan, dennoch, das spürte ich, verbarg sich etwas dahinter, mit dem ich mich nicht näher befassen wollte – das mir sagte, er käme für mich nicht infrage.

Nach einer Weile begann das Telefon zu läuten, und wieder tönte Charlies Stimme vom Anrufbeantworter. Als ich mich meldete, klang er erheblich ruhiger als zuvor.

»Ich bin jetzt am Gate«, sagte er. »Tut mir leid, wenn ich vorhin ein bisschen aufgeregt war. Flughäfen machen mich immer nervös. Ich finde erst Ruhe, wenn ich direkt am Ausgang zum Flugsteig sitze. Ray, hör zu, mir ist noch etwas eingefallen. Hinsichtlich unserer Strategie.«

»Was für eine Strategie?«

»Ja, unsere Gesamtstrategie. Natürlich, das weißt du, ist jetzt nicht die Zeit für kleine Verdrehungen der Wahrheit, die dich in ein besseres Licht rücken sollen. Jetzt ist absolut nicht die Zeit für kleine Notlügen zu Selbstschönungszwecken. Nein, nein. Du erinnerst dich, warum du diesen Auftrag überhaupt bekommen hast, ja? Ray, ich verlass mich drauf, dass du dich Emily so zeigst, wie du bist. Solang du das tust, hat unsere Strategie gute Aussichten.«

»Also ich hab wohl kaum gute Aussichten, als Emilys größter Held rüberzukommen …«

»Ja, du schätzt die Situation richtig ein, und ich bin dir dankbar. Aber mir ist gerade noch etwas eingefallen. Eines gibt es, eine kleine Sache in deinem Repertoire, die hier nicht so ganz passt. Verstehst du, Ray, sie hält an der Überzeugung fest, dass du in musikalischen Dingen einen guten Geschmack hast.«

»Ach …«

»So ungefähr die einzige Gelegenheit, wo sie *dich* benutzt, um mich herabzusetzen, ist dieses Gebiet, der musikalische Geschmack. In dieser einen Hinsicht bist du für deinen gegenwärtigen Auftrag nicht absolut perfekt. Deswegen, Ray, musst du mir versprechen, dass du dieses Thema nicht zur Sprache bringst.«

»Ach, um Himmels willen …«

»Bitte tu's mir zuliebe, Ray. Es ist nicht zu viel verlangt. Fang einfach nicht damit an, mit dieser … dieser schnulzigen Nostalgiemusik, die sie liebt. Und wenn *sie* davon anfängt, dann stellst du dich einfach blöd. Mehr verlang ich nicht. Ansonsten kannst du einfach so sein, wie du bist. Ray, ich kann mich doch auf dich verlassen, oder?«

»Ja, sicher. Das ist sowieso alles ziemlich theoretisch. Ich kann mir nicht vorstellen, dass wir heute Abend über irgendwas nett plaudern.«

»Gut! Das ist also geklärt. So, und jetzt zu deinem kleinen Problem. Du wirst dich freuen zu hören, dass ich darüber nachgedacht habe. Und mir ist eine Lösung eingefallen. Hörst du zu?«

»Ja.«

»Da gibt es diese zwei, die ständig vorbeikommen, dieses Paar, Angela und Solly. Sie sind okay, aber wenn sie keine Nachbarn wären, hätten wir nicht viel mit ihnen zu tun. Jedenfalls kommen sie ziemlich oft. Du weißt schon, schneien ohne Vorwarnung herein, erwarten Tee. Also Folgendes: Sie kreuzen zu unterschiedlichen Tageszeiten auf, nachdem sie Hendrix rausgebracht haben.«

»Hendrix?«

»Hendrix ist ein übel riechender, unkontrollierbarer, wahrscheinlich gemeingefährlicher Labrador. Für Angela und Solly ist das stinkende Wesen natürlich das Kind, das sie nie hatten. Oder das sie noch nicht haben, denn sie sind wahrscheinlich jung genug für echte Kinder. Aber nein, sie ziehen den süßen Hendrix-Schatz vor. Und wenn sie vorbeischauen, macht sich der süße Hendrix-Schatz regelmäßig dran, die Wohnung zu demolieren, systematisch wie ein frustrierter Einbrecher. Nieder mit der Stehlampe. Ach du meine Güte, mach dir nichts draus, Süßer, bist du erschrocken? In der Art – du kannst es dir vorstellen. Jetzt hör zu. Vor ungefähr einem Jahr hatten wir so einen Bildband, Luxusausstattung, kostet ein Vermögen, voller künstlerischer Bilder von jungen Schwulen, die in nordafrikanischen Kasbas posieren. Emily ließ ihn gern auf einer bestimmten Seite aufgeschlagen, sie fand, das passt zum Sofa. Sie wurde wahnsinnig, wenn man umblätterte. Wie gesagt, vor einem Jahr kam Hendrix herein und zerlegte das Teil. Du hörst richtig. Gräbt seine Zähne in all die edlen Fotos und zerkaut insgesamt etwa zwanzig Seiten, bevor Mami ihn überreden kann, das zu unterlassen. Du verstehst, warum ich dir das erzähle, ja?«

»Ja. Das heißt, ich erkenne den Hinweis auf einen Fluchtweg, aber …«

»Okay, ich buchstabier's dir. Folgendes wirst du Emily erzählen. Es läutet an der Tür, du machst auf, diese zwei stehen draußen mit ihrem Hendrix, der an der Leine zieht. Sie sagen, sie sind Angela und Solly, gute Freunde, die ihren Tee brauchen. Du lässt sie rein, Hendrix reißt sich los, kriegt den Taschenkalender zwischen die Zähne. Ist total plausibel. Was ist los? Wieso sagst du nicht danke? Ist dem Herrn vielleicht nicht gut genug, wie?«

»Ich bin sehr dankbar, Charlie. Ich denke nur nach, das ist alles. Was ist zum Beispiel, wenn die beiden wirklich aufkreuzen? Ich meine, wenn Emily zu Hause ist?«

»Das ist möglich. Dazu kann ich nur sagen, dass es schon ein Riesenpech sein müsste, wenn ausgerechnet das passiert. Wenn ich sage, sie schauen oft vorbei, dann meine ich damit: vielleicht einmal im Monat, höchstens. Also hör auf, Haare in der Suppe zu finden, und sei dankbar.«

»Aber Charlie, ist das nicht ein bisschen weit hergeholt? Dass der Hund nur diesen Kalender zerfrisst und dann auch noch ausgerechnet diese paar Seiten?«

Ich hörte ihn seufzen. »Ich dachte, ich muss dir nicht auch noch den Rest vorbeten. Natürlich musst du ein bisschen Unordnung machen. Schmeiß die Stehlampe um, streu Zucker auf den Küchenfußboden. Es muss so aussehen, als hätte Hendrix wieder mal Wirbelwind gespielt. Hör zu, sie rufen jetzt meinen Flug auf. Ich muss Schluss machen. Ich melde mich wieder, sobald ich in Deutschland bin.«

Mich hatte währenddessen ein ähnliches Gefühl überkommen, wie ich es habe, wenn zum Beispiel jemand einen Traum erzählt oder die Verkettung der Umstände, die zu der kleinen Beule in seiner Autotür geführt haben. Sein Plan war wunderbar, genial geradezu, aber ich konnte mir nicht vorstellen, wie ich irgendetwas von der Art zu Emily sagte, wenn sie heimkam, und ich merkte, wie ich zusehends die Geduld verlor. Aber jetzt, nachdem Charlie aufgelegt hatte, stellte ich fest, dass sein Anruf eine hypnotisierende Wirkung auf mich ausgeübt hatte. Noch während mein Hirn seine Idee als völlig idiotisch verwarf, machten sich meine Arme und Beine daran, seine »Lösung« in die Tat umzusetzen.

Als Erstes legte ich die Stehlampe um. Ich achtete darauf, nichts damit anzustoßen, und entfernte zuerst den Lampenschirm, den ich dann schief wieder aufsetzte, sobald das Ding auf dem Boden arrangiert war. Dann nahm ich eine Vase aus dem Bücherregal und legte sie auf den Teppich, die getrockneten Gräser, die darin waren, verteilte ich rundherum. Als Nächstes suchte ich mir eine gute Stelle in der Nähe des Couchtisches, um den Papierkorb umzukippen. Ich verrichtete mein Werk auf eine fremdartige, irgendwie körperlose Weise. Ich glaubte nicht, dass irgendetwas davon zielführend wäre, aber das Tun als solches empfand ich als durchaus wohltuend. Dann fiel mir wieder ein, dass mein Vandalismus ja in einer Beziehung zu Emilys Notizbuch stehen musste, und ging in die Küche hinüber.

Nach kurzem Nachdenken nahm ich eine Zuckerdose aus einem Schrank, stellte sie in der Nähe des Notizbuchs auf den Tisch und kippte sie langsam, bis der Zucker herausrieselte. Es dauerte eine Weile, bis ich die Dose so platziert hatte, dass sie nicht über die Tischkante rollte, aber schließlich kriegte ich es hin. Die zermürbende Panik von vorhin war verpufft. Ich war zwar nicht gerade die Ruhe selbst, aber dass ich mich in einen derartigen Zustand hineingesteigert hatte, kam mir jetzt einfach nur absurd vor.

Ich kehrte ins Wohnzimmer zurück, legte mich aufs Sofa und griff wieder zu Jane Austen. Nach wenigen Zeilen überkam mich eine ungeheure Müdigkeit, und ehe ich mich versah, glitt ich wieder in den Schlaf.

Das Telefon weckte mich. Emilys Stimme tönte vom Anrufbeantworter, und ich setzte mich auf und ging an den Apparat.

»Oh, super, Raymond, du bist ja doch da. Wie geht's dir, Lieber? Wie fühlst du dich jetzt? Hast du ein bisschen ausspannen können?«

Durchaus, versicherte ich ihr, ich hätte sogar geschlafen.

»Oje! Wahrscheinlich hast du wochenlang nicht richtig geschlafen, und gerade jetzt, wo du endlich eine kurze Auszeit hast, komm ich daher und stör dich! Tut mir leid! Und es tut mir auch leid, Ray, dass ich dich enttäuschen muss. Hier herrscht eine absolute Krise, und ich werde nicht so früh heimkommen können, wie ich gehofft hatte. Es wird noch mindestens eine Stunde dauern. Du hältst noch so lange aus, oder?«

Ich versicherte ihr abermals, wie entspannt und selig ich sei.

»Ja, du klingst jetzt wirklich stabiler. Es tut mir so leid, Raymond, aber ich muss gehen und zusehen, dass wir das wieder hinkriegen. Du nimmst dir alles, was du brauchst, ja? – bedien dich! Bis später, mein Lieber.«

Ich legte das Telefon ab und reckte die Arme. Draußen begann es zu dämmern, und ich ging durch die Wohnung und schaltete Lampen ein. Dann betrachtete ich das »ruinierte« Wohnzimmer, und je länger ich es betrachtete, desto unnatürlicher und arrangierter schien mir die Verwüstung. Wieder breitete sich vom Magen her Panik aus.

Und wieder läutete das Telefon, und diesmal war es Charlie. Er stehe neben dem Laufband der Gepäckausgabe in Frankfurt, sagte er.

»Mann, das dauert ewig! Noch kein einziges Gepäckstück ist rausgekommen. Wie kommst du zurecht? Madame noch nicht zu Haus?«

»Nein, noch nicht. Hör mal, Charlie, dieser Plan von dir. Das funktioniert so nicht.«

»Was soll das heißen, es funktioniert nicht? Erzähl mir bloß nicht, du hast die ganze Zeit gegrübelt und Däumchen gedreht!«

»Ich bin deinem Vorschlag gefolgt, ich habe ein Chaos veranstaltet. Aber es kommt mir nicht überzeugend vor. Es sieht einfach nicht so aus, als hätte ein Hund herumgetobt. Sondern wie eine Kunstinstallation.«

Eine Weile schwieg er, vielleicht konzentrierte er sich auf das Gepäckband. Dann sagte er: »Ich versteh dein Problem. Es ist fremdes Eigentum. Natürlich bist du gehemmt. Also hör zu, ich zähl dir ein paar Dinge auf, die ich liebend gern beschädigt sähe. Hörst du zu, Ray? Folgendes *will* ich ruiniert haben. Diesen bescheuerten Porzellanochsen. Er steht neben dem CD-Player. Das war ein Geschenk von diesem Drecks-David Corey, er hat es von seiner Reise nach Lagos mitgebracht. Das kannst du schon mal zertrümmern. Eigentlich ist es mir egal, was du kaputt machst. Mach alles kaputt!«

»Charlie, bitte reg dich nicht wieder auf!«

»Okay, schon gut. Aber diese Wohnung ist voller Schrott! Genau wie unsere Ehe jetzt. Voll von langweiligem Schrott. Dieses schwammige rote Sofa. Du weißt, welches ich meine?«

»Ja. Ich habe gerade darauf geschlafen.«

»Das sollte schon längst im Müllcontainer sein. Warum schlitzt du nicht den Bezug auf und reißt die Polsterung heraus?«

»Charlie, jetzt reiß dich zusammen. Ich habe allmählich den Verdacht, du willst mir überhaupt nicht helfen. Du benutzt nur mich als Mittel zum Zweck, um deine Wut und deinen Frust auszulassen …«

»Hör doch auf mit dem Schwachsinn. Natürlich will ich dir helfen. Und natürlich ist mein Plan gut. Ich garantiere dir, dass er funktioniert. Emily hasst diesen Hund, sie hasst Angela und Solly, und ihr ist jeder Anlass recht, um sie noch mehr zu hassen. Hör zu.« Seine Stimme sank beinahe zu einem Flüstern herab. »Ich geb dir einen Eins-a-Tipp. Die geheime Zutat, die sie definitiv überzeugen wird. Das hätte mir auch schon früher einfallen können. Wie viel Zeit hast du noch?«

»Vielleicht eine Stunde …«

»Gut. Jetzt hör gut zu. Geruch. Das ist es. Du musst dafür sorgen, dass es in der Wohnung nach Hund riecht. Sie wird das in dem Moment registrieren, wenn sie die Tür aufmacht, wenn auch nur unterschwellig. Dann kommt sie ins Zimmer, sieht das Porzellanviech des lieben David zertrümmert auf dem Fußboden, die Polsterung des widerlichen roten Sofas überall verteilt …«

»Also ich habe nicht gesagt, dass ich …«

»Hör einfach zu! Sie sieht die ganzen Verwüstungen, und auf der Stelle, ob bewusst oder unbewusst, stellt sie die Verbindung mit dem Hundegeruch her. Und noch bevor du ein

Wort gesagt hast, kommt ihr die Szene mit Hendrix damals überdeutlich in den Sinn. Das ist perfekt!«

»Du spinnst, Charlie. Okay, was soll ich denn tun, damit eure Wohnung nach Hund stinkt?«

»Ich weiß sehr genau, wie man Hundegeruch erzeugt.« Seine Stimme war immer noch ein aufgeregtes Raunen. »Ich weiß genau, wie man das macht – Tony Barton und ich, wir haben das in der Zwölften gemacht. Er hatte ein Rezept, aber ich hab es verfeinert.«

»Warum denn?«

»Warum? Weil es mehr nach Kohl stank als nach Hund, darum.«

»Nein, ich meine, warum hast du … Ach, egal. Solange ich nicht rausmuss, um einen Chemiekasten zu kaufen, kannst du's mir ja sagen.«

»Gut. Allmählich kommst du auf den Geschmack. Hol dir einen Stift, Ray. Schreib es auf. Ah, da kommt es ja endlich.« Anscheinend hatte er das Telefon eingesteckt, denn während der nächsten Sekunden hörte ich pränatale Geräusche. Dann war er wieder da und sagte:

»Ich muss jetzt los. Also schreib mit. Bist du bereit? Der mittlere Kochtopf. Er steht wahrscheinlich schon auf dem Herd. Tu ungefähr einen halben Liter Wasser hinein. Dazu zwei Fleischbrühwürfel, einen Teelöffel Kreuzkümmel, einen Esslöffel Paprika, zwei Esslöffel Essig, einen ordentlichen Schwung Lorbeerblätter. Hast du das? Jetzt tust du einen Lederschuh oder Stiefel hinein, kopfüber, die Sohle soll nicht eintauchen. Damit es auf keinen Fall nach verbranntem Gummi riecht. Dann drehst du das Gas auf, kochst das Zeug auf, lässt es leise vor sich hin köcheln. Den Geruch merkst du ziemlich bald. Er ist nicht furchtbar. Tony Bartons Originalrezept enthält Nacktschnecken, aber meine Version ist viel subtiler. Es riecht einfach nach Hund. Jetzt wirst du mich fragen, wo du die Zutaten herkriegst, schon klar. Alle Kräuter und das sonstige Zeug ist in den Küchenschränken. Wenn du zum Schrank unter der Treppe gehst, findest du dort ein Paar ausrangierte Stiefel. Nicht die Gummistiefel. Ich meine die ausgetretenen – sehen eher aus wie Stiefeletten. Ich hatte sie ständig zu allen möglichen Gelegenheiten an. Jedenfalls sind sie am Ende und warten auf Entsorgung. Nimm einen von diesen. Was ist los? Hör zu, Ray, tu's einfach, ja? Zu deiner eigenen Rettung. Denn ich sag's dir, eine tobende Emily ist kein Witz. Ich muss jetzt gehen. Oh, und denk dran: Gib bloß nicht mit deinem wunderbaren Musikwissen an.«

Vielleicht lag es einfach daran, dass ich eine Reihe von klaren Anweisungen erhalten hatte, mochten sie noch so zweifelhaft sein: Als ich das Telefon aus der Hand legte, hatte mich eine gleichgültige, geschäftsmäßige Stimmung erfasst. Ich sah genau vor mir, was ich zu tun hatte. Ich ging in die Küche und schaltete das Licht ein. Natürlich stand der »mittlere Kochtopf« auf dem Herd und wartete auf seine nächste Aufgabe. Ich füllte ihn halb mit Wasser und stellte ihn auf die Kochstelle zurück. Noch während dieser Verrichtung kam mir in den Sinn, dass ich, bevor ich damit weitermachte, dringend etwas abklären musste: nämlich, wie viel Zeit ich hatte, um mein Werk zu vollenden. Ich ging ins Wohnzimmer, griff zum Telefon und rief in Emilys Büro an.

Ich hatte ihre Assistentin am Apparat, die mir sagte, Emily sei in einer Besprechung. In einem Tonfall, der Leutseligkeit mit Beharrlichkeit unterlegte, bestand ich darauf, dass sie Emily aus ihrer Sitzung holte, »sofern sie überhaupt in einer ist«. Im nächsten Moment hatte ich sie am Apparat.

»Was gibt es, Raymond? Was ist passiert?«

»Nichts ist passiert. Ich rufe nur an, um zu erfahren, wie's dir geht.«

»Ray, du klingst komisch. Was ist los?«

»Inwiefern komisch? Ich wollte nur wissen, wann ich dich zurückerwarten kann. Ich weiß, für dich bin ich ein Faulpelz, trotzdem habe ich gern eine Art Zeitplan.«

»Deshalb musst du ja nicht gleich ungehalten werden. Warte – eine Stunde wird es wohl noch dauern … Vielleicht anderthalb. Es tut mir schrecklich leid, aber wir haben hier eine echte Krise …«

»Eine Stunde bis neunzig Minuten. Sehr gut. Mehr muss ich gar nicht wissen. Okay, wir sehen uns bald. Jetzt entlasse ich dich zurück zu deinen Pflichten.«

Vielleicht war sie im Begriff, noch etwas zu sagen, aber ich legte auf und marschierte entschlossen zurück in die Küche, bevor mein Tatendurst womöglich wieder verflog. Wirklich fühlte ich mich regelrecht beschwingt und konnte mir gar nicht mehr erklären, wie es hatte passieren können, dass ich in einen Zustand derartiger Verzagtheit geraten war. Ich durchsuchte die Küchenschränke und reihte sämtliche Gewürze und Kräuter, die ich brauchte, ordentlich neben der Kochstelle auf. Dann maß ich die Zutaten ab und schüttete sie ins Wasser, rührte kurz um und machte mich dann auf die Suche nach dem Stiefel.

Der Schrank unter der Treppe barg einen ganzen Haufen Schuhwerk in beklagenswertem Zustand. Nach kurzem Stöbern entdeckte ich ein Exemplar, das zweifellos zu dem von Charlie genannten Paar gehörte – einen besonders abgenutzten Stiefel mit einer Kruste aus uraltem Schmutz um den Absatz. Mit zwei Fingern trug ich ihn in die Küche und stellte ihn mit der Sohle nach oben in den Topf. Dann zündete ich eine mittelgroße Flamme an, setzte mich an den Tisch und wartete, bis das Wasser zu kochen anfing. Als schon wieder das Telefon läutete, widerstrebte es mir, den Topf sich selbst zu überlassen, aber dann hörte ich Charlies Stimme ewig auf den Anrufbeantworter quasseln, und schließlich drehte ich die Flamme herunter und ging ans Telefon.

»Was hast du gesagt?«, fragte ich. »Geklungen hat es ausgesprochen selbstmitleidig, aber ich war so beschäftigt, dass ich es nicht mitgekriegt habe.«

»Ich bin im Hotel. Nur drei Sterne. Unglaubliche Frechheit! Ein Riesenunternehmen wie dieses! Außerdem ist es ein beschissen winziges Zimmer!«

»Aber du bleibst doch nur ein paar Nächte …«

»Hör zu, Ray, ich war vorhin nicht vollkommen ehrlich zu dir. Das ist nicht fair dir gegenüber. Schließlich tust du mir einen Gefallen, du versuchst die Sache mit Emily und mir wieder geradezubiegen und gibst dein Bestes für mich, während ich nicht hundertprozentig aufrichtig zu dir bin.«

»Wenn du von dem Rezept für Hundegeruch sprichst, ist es zu spät. Es kocht bereits. Allerdings könnte ich noch ein zusätzliches Kraut oder was hineintun …«

»Wenn ich vorhin nicht aufrichtig zu dir war, dann liegt das daran, dass ich mir selber gegenüber nicht ganz ehrlich war. Aber jetzt, wo ich weit fort bin, kann ich wieder klarer denken. Also. Ich sagte, es gibt niemand anderen, aber das stimmt nicht ganz. Da ist dieses Mädchen. Ja, sie *ist* ein Mädchen, Anfang dreißig, höchstens. Sehr engagiert in Sachen Bildung in den Entwicklungsländern und Fair Trade. Es war eigentlich nicht diese Sexsache, das war sozusagen nur eine Nebenerscheinung. Sondern es war ihr ungetrübter Idealismus. Er erinnerte mich daran, wie wir alle mal waren. Weißt du noch, Ray?«

»Tut mir leid, Charlie, aber ich wüsste nicht, dass du je besonders idealistisch gewesen wärst. Im Gegenteil. Eigentlich warst du immer besonders selbstsüchtig und hedonistisch ...«

»Okay, vielleicht waren wir alle dekadente Bengel damals, die ganze Truppe. Aber irgendwo in mir war immer diese andere Person, die herauswollte. Das war's, was mich zu ihr hingezogen ...«

»Charlie, wann war das? Wann ist das passiert?«

»Wann ist was passiert?«

»Diese Affäre.«

»Das war keine Affäre! Ich war nicht mit ihr im Bett, nichts dergleichen. Es gab nicht mal ein gemeinsames Mittagessen. Ich habe nur ... ich habe nur dafür gesorgt, dass ich sie immer wieder treffe.«

»Was soll das heißen, dass du sie immer wieder triffst?« Ich war unterdessen in die Küche zurückgewandert und betrachtete mein Werk.

»Na ja, ich hab sie eben immer wieder getroffen«, sagte er. »Ich machte Termine, um sie zu sehen.«

»Du meinst, sie ist ein Callgirl.«

»Nein, nein! Ich sag dir doch, wir hatten nichts miteinander. Nein, sie ist Zahnärztin. Ich ging immer wieder hin, erfand einen Schmerz hier, ein wundes Zahnfleisch dort. Du weißt schon – ich hab's in die Länge gezogen. Und natürlich ist Emily irgendwann dahintergekommen.« Ich meinte ein unterdrücktes Aufschluchzen zu hören. Dann brach der Damm. »Sie kam dahinter ... sie kam dahinter ... weil ich so viel Zahnseide benutzte!« Jetzt kreischte er fast. »Sie sagte, du benutzt doch *niemals* derart viel Zahnseide!«

83

»Aber das ist doch unlogisch. Wenn du deine Zähne besser pflegst, hast du doch weniger Grund, wieder hinzugehen ...«

»Wen kümmert's, ob das logisch ist oder nicht? Ich wollte mich einfach bei ihr beliebt machen!«

»Also, Charlie, du bist nicht mit ihr ausgegangen, geschweige denn mit ihr ins Bett – was soll das? Was ist das Problem?«

»Das Problem ist, dass ich so gern jemanden hätte wie sie, jemanden, der diese zweite Seite in mir zum Vorschein bringt, diese gefangene Seite ...«

»Charlie, hör mir zu. Seit deinem letzten Anruf habe ich mich ziemlich zusammengerissen. Und offen gestanden, ich finde, du solltest dich ebenfalls zusammenreißen. Wir können das alles besprechen, wenn du wieder da bist. Aber in einer Stunde oder so kommt Emily zurück, und bis dahin muss ich hier so weit fertig sein. Ich hab die Situation jetzt im Griff, Charlie. Ich nehme an, das hörst du an meiner Stimme.«

»Scheißfantastisch, Mann! Du hast die Situation im Griff. Toll! Ein Scheißfreund ...«

»Charlie, ich glaube, du bist aufgeregt, weil dir dein Hotel nicht passt. Aber du musst dich jetzt zusammennehmen. Die Perspektive zurechtrücken. Mut fassen! Ich habe die Situation hier im Griff. Ich ziehe diese Hundegeschichte durch, dann spiele ich meine Rolle bis an die Grenze des Möglichen, für dich. Emily, werd ich sagen, Emily, schau mich an, schau nur, wie jämmerlich ich bin. Tatsache ist, dass die meisten Leute genauso jämmerlich sind. Nur Charlie, der ist anders. Charlie ist eine andere Liga.«

»Das kannst du nicht sagen. Das klingt total unnatürlich.«

»Natürlich werd ich es nicht wörtlich so formulieren, du Idiot. Überlass das einfach mir. Ich habe alles unter Kontrolle. Also beruhig dich. Ich muss jetzt Schluss machen.«

Ich legte das Telefon auf den Küchentisch und betrachtete den Topf. Die Flüssigkeit kochte inzwischen, und es dampfte ordentlich, aber einen Geruch registrierte ich nicht, noch nicht. Ich drehte die Flamme niedriger, bis es zart brodelte. Nun überkam mich ein dringendes Bedürfnis nach frischer Luft, und nachdem ich die Dachterrasse noch nicht in Augenschein genommen hatte, öffnete ich die Küchentür und trat hinaus.

Für einen englischen Abend Anfang Juni war es überraschend mild. Nur der Anflug einer Kühle sagte mir, dass ich nicht zu Hause in Spanien war. Der Himmel war noch nicht ganz dunkel, aber es funkelten schon die ersten Sterne. Jenseits der Terrassenbegrenzungsmauer sah ich auf Meilen im Umkreis die Fenster und Hinterhöfe der benachbarten Anwesen. Viele Fenster waren erleuchtet, und wenn man die Augen zusammenkniff, sahen die fernen Lichter fast aus wie eine Fortsetzung des Sternenhimmels. Groß war diese Dachterrasse nicht, aber sie hatte etwas sehr Romantisches. Man konnte sich gut vorstellen, wie ein mitten im geschäftigen urbanen Leben stehendes Paar an warmen Abenden hier herauskommt und Arm in Arm zwischen den Topfpflanzen umherschlendert und sich gegenseitig vom Arbeitstag erzählt.

Ich wäre noch viel länger draußen geblieben, aber ich fürchtete, meinen Elan zu verlieren. Ich kehrte in die Küche zurück und ging an dem sprudelnden Topf vorbei bis zur Wohnzimmertür, um mein bisheriges Werk zu betrachten. Der Hauptfehler, ging mir auf, lag darin, dass ich es vollständig verabsäumt hatte, die Aufgabe aus der Sicht eines Geschöpfes wie Hendrix zu betrachten. Entscheidend war doch, dass ich mich in Hendrix' Wesen und Sichtweise versetzte.

Sobald mir das klar geworden war, erkannte ich nicht nur die Unangemessenheit meiner früheren Bemühungen, sondern auch, wie absurd Charlies Anregungen in der Mehrzahl gewesen waren. Warum sollte ein übermütiger Hund eine kleine Porzellanfigur von einer Hi-Fi-Anlage herunterziehen und zerschmettern? Und die Idee, das Sofa aufzuschlitzen und die Füllung herauszureißen, war völlig idiotisch: Um so etwas zu schaffen, hätte Hendrix Rasiermesserzähne gebraucht. Die umgekippte Zuckerdose in der Küche war in Ordnung, aber die Verwüstung im Wohnzimmer, erkannte ich, musste von Grund auf neu konzipiert werden.

Auf allen vieren betrat ich den Raum, um ihn mehr oder weniger aus Hendrix' Augenhöhe zu betrachten. Auf der Stelle entpuppten sich die auf dem Couchtisch gestapelten Illustrierten als naheliegendes Ziel, und ich wischte sie auf einer Flugbahn vom Tisch, die dem Schwung einer ungestümen Hundeschnauze entsprach. Wie die Zeitschriften auf dem Boden gelandet waren, sah zufriedenstellend echt aus. Ermutigt kniete ich nieder, schlug eine Illustrierte auf und zerknüllte eine Seite in einer Weise, die hoffentlich ein Echo in Emilys Kalender fände, wenn sie ihn dann entdeckte. Diesmal aber war das Resultat enttäuschend: Es war unverkennbar das Werk einer Menschenhand, nicht eines Hundegebisses. Ich war wieder in meinen vorigen Irrtum verfallen und hatte mich nicht ausreichend mit Hendrix identifiziert.

Also ließ ich mich auf Hände und Knie nieder, senkte den Kopf zu der Illustrierten hinunter und packte die Seiten mit den Zähnen. Es schmeckte parfümiert, gar nicht unangenehm. Ich schlug ein zweites Magazin auf, ungefähr in der Mitte, und begann die Prozedur zu wiederholen. Die ideale Technik, wurde mir bald klar, war nicht unähnlich jener, die es braucht, wenn man dieses Jahrmarktsspiel macht und versucht, nur mit den Zähnen, ohne Zuhilfenahme der Hände, einen schwimmenden Apfel aus dem Wasser zu fischen. Am besten funktionierte eine leichte Kaubewegung, bei der sich der Unterkiefer die ganze Zeit geschmeidig bewegte: Auf diese Weise kräuselten sich die Seiten zusammen und bildeten hübsche Knitterfalten. Ein allzu zielstrebiger Biss hingegen tackerte die Seiten nur zusammen, ohne dass sich sonst viel tat.

Es wird wohl daran liegen, dass mich diese Spitzfindigkeiten derart gefangen nahmen – jedenfalls bemerkte ich Emily erst, als sie bereits draußen in der Diele stand und mich von der Tür her beobachtete. Als ich mir ihrer Anwesenheit bewusst wurde, war meine erste Empfindung nicht Panik oder Scham, sondern Gekränktheit, dass sie einfach so dastand, ohne sich zuvor irgendwie bemerkbar gemacht zu haben. Wenn ich bedachte, dass ich erst ein paar Minuten zuvor eigens in ihrem Büro angerufen hatte, eben um einer Situation wie dieser vorzubeugen, fühlte ich mich, genau genommen, als Opfer vorsätzlicher Täuschung. Vielleicht war das der Grund, weshalb meine erste wahrnehmbare Reaktion ein ermatteter Seufzer war, ohne dass ich einen Versuch unternahm, mich aus meiner geduckten Stellung zu erheben. Mein Seufzer holte Emily ins Zimmer, und sie legte mir sehr sanft die Hand auf den Rücken. Ich bin nicht sicher, ob sie wirklich neben mir niederkniete, aber ihr Gesicht schien dem meinen sehr nahe, als sie sagte:

»Raymond, ich bin wieder da. Setzen wir uns doch, ja?«

Sie half mir auf die Beine, und ich musste dem Bedürfnis widerstehen, sie abzuwehren.

»Das ist aber komisch«, sagte ich. »Noch vor ein paar Minuten warst du auf dem Weg in eine Sitzung.«

»War ich, ja. Aber nach deinem Anruf wurde mir klar, dass es Priorität hat, heimzukommen.«

»Wieso Priorität? Emily, bitte, du musst mich nicht am Arm festhalten, es besteht keine Gefahr, dass ich umfalle. Wieso sollte es Priorität haben, dass du heimkommst?«

»Dein Anruf. Ich erkannte, was das war. Ein Hilfeschrei.«

»Aber nein, nichts dergleichen. Ich wollte nur …« Ich brach ab, denn ich bemerkte, dass sich Emily mit verwundertem Ausdruck im Zimmer umsah.

»Oh, Raymond«, murmelte sie vor sich hin.

»Ich war heute Nachmittag wohl ein bisschen ungeschickt. Ich hätte schon noch aufgeräumt, aber du bist zu früh heimgekommen.«

Ich griff nach der liegenden Stehlampe, doch Emily hielt mich zurück.

»Es ist egal, Ray. Es ist wirklich ganz egal. Wir bringen das alles nachher gemeinsam in Ordnung. Setz dich jetzt einfach hin und entspann dich.«

»Schau, Emily, es ist dein Zuhause und alles, das ist schon klar. Aber warum bist du so leise hereingeschlichen?«

»Ich bin nicht geschlichen, Lieber. Ich habe gerufen, als ich an der Haustür war, aber du schienst nicht da zu sein. Also war ich kurz auf dem Klo, und als ich wieder herauskam – nun, da warst du doch da. Aber lass uns nicht darauf herumreiten, es spielt keine Rolle. Jetzt bin ich da, und wir machen uns einen gemütlichen Abend miteinander. Bitte setz dich doch, Raymond, ich mach uns Tee.«

Als sie das sagte, war sie schon auf dem Weg zur Küche. Ich fummelte unterdessen am Schirm der Stehlampe herum und brauchte einen Moment, bis mir wieder einfiel, was sich dort befand – und dann war es natürlich zu spät. Ich lauschte auf eine Reaktion von ihr, aber ich hörte nichts. Rasch stellte ich den Lampenschirm ab und ging zur Küchentür.

Der Topf kochte noch immer vor sich hin, Dampfschwaden umwaberten den Schaft des umgedrehten Stiefels. Der Geruch, den ich bis zu diesem Zeitpunkt kaum wahrgenommen hatte, war in der Küche viel ausgeprägter. Er war beißend, natürlich, und erinnerte vage an Curry. Vor allem aber beschwor er die Geruchswahrnehmung herauf, die man hat, wenn man nach einer langen, schweißtreibenden Wanderung den Fuß aus dem Stiefel zieht.

Emily stand ein paar Schritte vor dem Herd und reckte den Hals, um aus sicherer Distanz die bestmögliche Sicht auf den Topf zu haben. Sie schien von dem Anblick völlig gebannt, und als ich ein kleines Lachen ausstieß, um auf mich aufmerksam zu machen, drehte sie sich nicht um, ja sie ließ den Herd keinen Moment aus den Augen.

Ich drückte mich an ihr vorbei und setzte mich an den Küchentisch. Endlich drehte sie sich zu mir. Sie lächelte gütig. »Das ist eine furchtbar liebe Idee von dir, Raymond.« Gleich darauf zog es ihren Blick, wie gegen ihren Willen, zum Herd zurück.

Ich sah die umgekippte Zuckerdose – und den Taschenkalender –, und es überkam mich eine ungeheure Mattigkeit. Auf einmal wurde mir alles zu viel, und ich dachte, der einzige Weg nach vorn bestand darin, diese ganzen Spielchen aufzugeben und die Wahrheit zu sagen. Ich holte tief Luft und sagte:

»Schau, Emily. Es kommt dir sicher alles etwas merkwürdig vor. Aber das liegt nur an diesem Terminkalender hier, diesem Tagebuch, oder was das ist.« Ich schlug die beschädigte Seite auf und zeigte sie ihr. »Es war ein großer Fehler von mir, und es tut mir sehr leid. Aber ich hab den Kalender aus Versehen aufgeschlagen, und dann – also ich habe aus Versehen die Seite zerknittert. So …« Ich mimte eine weniger erbitterte Version meiner Geste, dann sah ich sie an.

Zu meinem Erstaunen warf sie lediglich einen flüchtigen Blick auf ihren Kalender und wandte sich wieder dem Topf zu. »Ach, das ist nur so ein Schmierheft«, sagte sie. »Nichts Privates. Mach dir deswegen keine Gedanken, Ray.« Dann trat sie einen Schritt näher an den Herd, um den Topf genauer zu begutachten.

»Was meinst du? Was heißt, ich soll mir keine Gedanken machen? Wie kannst du das sagen?«

»Was hast du, Raymond? Es ist nur ein Heft, in dem ich mir Sachen notiere, damit ich sie nicht vergesse.«

»Aber Charlie sagte, du rastest aus!« Dass Emily offensichtlich nicht mehr wusste, was sie über mich geschrieben hatte, ließ meine Entrüstung anschwellen.

»Wirklich? Charlie sagte, ich würde wütend werden?«

»Ja! Er sagte sogar, dass du ihm die Eier abschneiden würdest, wenn er je in diesem Kalender herumschnüffelt; das hast du zu ihm gesagt!«

Ich war nicht sicher, ob Emilys befremdete Miene mit meiner Bemerkung im Zusammenhang stand oder ob sie ein Nachhall des Blicks in den Kochtopf war. Sie setzte sich neben mich und schwieg einen Moment nachdenklich.

»Nein«, sagte sie schließlich. »Da ging es um was anderes. Jetzt weiß ich es wieder. Letztes Jahr, ungefähr um dieselbe Zeit, war Charlie wegen irgendwas sehr deprimiert und fragte, was ich tun würde, wenn er Selbstmord beginge. Das war nur ein Test, in Wirklichkeit ist er viel zu feige, um so was zu tun. Aber er fragte eben, also sagte ich, wenn er irgendwas in der Art unternimmt, schneide ich ihm die Eier ab. Das ist das einzige Mal, dass ich das je zu ihm gesagt habe. Ich meine, es ist kein Standardspruch von mir.«

»Das versteh ich nicht. Du würdest ihm das antun, wenn er Selbstmord begeht? Danach?«

»Es war nur eine Redensart, Raymond. Ich wollte ihm klarmachen, wie schrecklich ich es fände, wenn er sich umbringen würde. Ich wollte, dass er sich geschätzt fühlt.«

»Du verstehst nicht, was ich meine. Wenn du's *danach* tust, ist das nicht unbedingt eine Abschreckung, oder? Aber vielleicht hast du recht, und es wäre schon eine …«

»Raymond, lassen wir das. Vergessen wir das alles. Von gestern ist noch geschmortes Lamm übrig, mehr als die Hälfte. Gestern Abend war es schon ziemlich gut, und heute wird es noch besser sein. Und wir machen uns einen schönen Bordeaux dazu auf. Es ist superlieb von dir, dass du uns was kochen wolltest. Aber heute Abend ist das Lamm sicher die ideale Lösung, meinst du nicht?«

Jeder Versuch einer Erklärung schien mir jetzt jenseits meiner Fähigkeiten. »Okay. Okay, geschmortes Lamm. Super. Ja, ja.«

»Also … können wir *das hier* vorläufig wegtun?«

»Ja, ja. Bitte. Bitte tu's weg.«

Ich stand auf und ging ins Wohnzimmer hinüber – das natürlich immer noch ein Chaos war, aber ich hatte keine Energie mehr, um mit dem Aufräumen anzufangen. Ich legte mich aufs Sofa und starrte an die Decke. Irgendwann kam Emily herein, und ich dachte, sie wollte durchs Zimmer in die Diele, aber dann merkte ich, dass sie in der gegenüberliegenden Ecke kauerte, dass sie Musik auflegte. Im nächsten Moment füllte sich der Raum mit satten Geigenklängen, einem bluesigen Horn und Sarah Vaughans Stimme, die »Lover Man« sang.

Eine Welle der Erleichterung und Behaglichkeit überkam mich. Zu dem langsamen Takt nickend schloss ich die Augen und dachte daran, wie wir vor vielen Jahren in ihrem Studentenzimmer eine geschlagene Stunde lang darüber gestritten hatten, ob Billie Holiday dieses Lied immer besser gesungen hat als Sarah Vaughan.

Emily tippte mir auf die Schulter und reichte mir ein Glas Rotwein. Sie trug eine rüschenbesetzte Schürze über ihrem Geschäftskostüm und hatte ebenfalls ein Glas in der Hand. Sie setzte sich ans andere Ende des Sofas neben meine Füße und nahm einen Schluck. Dann drehte sie mit der Fernbedienung die Lautstärke ein wenig herunter.

»Es war ein furchtbarer Tag«, sagte sie. »Ich meine nicht nur die Arbeit, wo es total chaotisch zugeht. Ich meine Charlies Abreise, alles. Glaub nicht, dass es mir nicht wehtut, wenn er einfach ins Ausland fliegt, ohne dass wir uns versöhnt haben. Und dann, zur Krönung des Ganzen, drehst du auch noch durch.« Sie seufzte tief.

»Nein, wirklich, Emily, so schlimm ist es nicht. Erstens hält Charlie große Stücke auf dich. Und was mich betrifft, mir geht's gut. Wirklich gut.«

»Quatsch.«

»Nein, wirklich, mit mir ist alles bestens ...«

»Ich meine, dass Charlie große Stücke auf mich hält.«

»Ah, verstehe. Also wenn du das für Quatsch hältst, irrst du dich total. In Wirklichkeit weiß ich, dass Charlie dich mehr liebt denn je.«

»Woher willst du das wissen, Raymond?«

»Ich weiß es, weil ... Also erstens hat er es mir mehr oder

weniger so gesagt, heute Mittag beim Essen. Und selbst wenn er es nicht ganz wörtlich so gesagt hat, weiß ich es. Schau, Emily, ich weiß, dass es im Moment bei euch nicht so toll läuft. Aber dabei darfst du das Wichtigste nicht aus den Augen verlieren. Nämlich dass er dich immer noch sehr liebt.«

Sie seufzte wieder. »Weißt du, diese Platte hab ich seit Jahren nicht gehört. Und das liegt an Charlie. Wenn ich diese Art Musik auflege, fängt er sofort zu stöhnen an.«

Eine Weile sprachen wir nicht, sondern lauschten nur Sarah Vaughan. Dann, als ein instrumentales Zwischenstück anfing, sagte Emily: »Dir ist ihre andere Version dieses Songs lieber, oder, Raymond? Die Aufnahme nur mit Klavier und Bass.«

Ich gab keine Antwort; ich stemmte mich nur ein wenig hoch, um besser aus dem Glas trinken zu können.

»Ich wette«, sagte sie. »Dir ist die andere Version lieber. Stimmt doch, oder?«

»Tja«, sagte ich, »ich weiß es eigentlich nicht. Ehrlich gesagt, ich erinnere mich nicht an die andere Version.«

Ich spürte, wie sie am anderen Ende des Sofas ihre Position veränderte. »Das ist nicht dein Ernst!«

»Komischerweise höre ich solche Musik in letzter Zeit kaum. Eigentlich habe ich fast alles vergessen. Ich bin nicht mal sicher, wie dieser Song überhaupt heißt.« Ich lachte kurz, was vielleicht nicht gut ankam.

»Was redest du?« Sie klang auf einmal ungehalten. »Das ist doch lächerlich. Sofern man an dir keine Lobotomie vorgenommen hat, kannst du das unmöglich vergessen haben.«

»Na ja. Es sind viele Jahre vergangen. Manches verändert sich.«

»Wovon redest du?« Jetzt war ein Anflug von Panik in ihrem Tonfall. »So stark kann es sich nicht verändern.«

Weil ich sie von dem Thema unbedingt wieder abbringen wollte, sagte ich: »Tut mir leid, dass es bei dir im Büro so zugeht.«

Emily ging überhaupt nicht darauf ein. »Also was meinst du? Du meinst, diese gefällt dir nicht? Ich soll sie abdrehen, meinst du das?«

»Nein, nein, Emily, bitte nicht, es ist sehr schön. Es ... es lässt Erinnerungen wiederaufleben. Bitte, lass uns doch einfach wieder friedlich und locker sein, wie vor einer Minute.«

Sie seufzte abermals, und jetzt war ihr Ton wieder besänftigt, als sie sagte: »Entschuldige, Lieber, ich hab nicht dran gedacht – dass ich dich anschreie, ist wirklich das Letzte, was du jetzt brauchst. Tut mir leid!«

»Aber nein, ist schon okay.« Ich rappelte mich noch weiter auf, bis ich saß. »Weißt du, Emily, Charlie ist ein anständiger Kerl. Ein sehr anständiger Kerl. Und er liebt dich. Besser kannst du's nicht treffen.«

Emily zuckte mit einer Schulter und nahm einen Schluck Wein. »Du hast wahrscheinlich recht. Und wir sind ja weiß Gott nicht mehr jung. Wir sind beide gleich schlimm. Wir sollten uns glücklich schätzen. Aber anscheinend können wir nie zufrieden sein. Ich weiß nicht, warum. Denn wenn ich doch mal innehalte und nachdenke, dann weiß ich, dass ich niemand anderen will als ihn.«

Eine Weile nippte sie nur stumm an ihrem Glas und hörte der Musik zu. Dann sagte sie: »Weißt du, Raymond, stell dir vor, du bist auf einer Party, und es wird getanzt. Und es ist vielleicht ein langsamer Tanz, und du bist mit der Person zusammen, mit der du unbedingt zusammen sein willst: Eigentlich sollte der restliche Raum dann verschwinden. Aber irgendwie verschwindet er nicht. Es passiert einfach nicht. Du weißt, dass keiner der Typen auch nur halb so nett ist wie der in deinen Armen. Aber … da sind diese ganzen Leute überall im Raum. Sie lassen dich nicht in Ruhe. Sie rufen und winken und tun bescheuerte Sachen, bloß um auf sich aufmerksam zu machen. ›He! Wie kannst du damit zufrieden sein?! Du kannst doch viel mehr haben! Schau mal hier rüber!‹ Dauernd schreien sie solche Sachen, kommt dir vor. Und es wird aussichtslos, du kannst einfach nicht in Ruhe mit deinem Typen tanzen. Verstehst du, was ich meine, Raymond?«

Ich dachte eine Weile darüber nach, dann sagte ich: »So viel Glück wie du und Charlie habe ich nicht. Ich hab niemand Besonderen, so wie du. Aber in gewisser Weise verstehe ich sehr gut, was du meinst. Man weiß nicht so recht, wo man sich niederlassen soll. Worauf sich einlassen.«

»Verdammt richtig. Gäben sie einfach alle nur Ruhe, diese ungeladenen Gäste. Gäben sie einfach nur Ruhe und ließen uns in Frieden unsere Sachen machen.«

»Weißt du, Emily, was ich vorhin gesagt habe, das war ernst. Charlie hält enorme Stücke auf dich. Und es quält ihn schrecklich, dass es in letzter Zeit zwischen euch nicht mehr gut läuft.«

Sie saß mehr oder weniger mit dem Rücken zu mir, und eine ganze Weile schwieg sie. Dann begann Sarah Vaughan mit ihrer wunderschönen, vielleicht übertrieben langsamen Version von »April in Paris«, und Emily fuhr auf, als hätte Sarah ihren Namen gerufen. Sie wandte sich zu mir, kopfschüttelnd.

»Ich fasse es nicht, Ray. Ich kann nicht glauben, dass du diese Musik nicht mehr hörst. Alle diese Platten haben wir damals gehört. Auf dem kleinen Plattenspieler, den Mum mir zum Studienbeginn geschenkt hat. Wie konntest du das nur vergessen?«

Ich stand auf und trat, das Glas in der Hand, an die Fenstertür, und als ich zur Terrasse hinüberschaute, merkte ich, dass ich Tränen in den Augen hatte. Ich öffnete die Tür und ging hinaus, um sie abzuwischen, ohne dass Emily es merkte, aber sie kam hinter mir her, also merkte sie vielleicht doch etwas, ich weiß es nicht.

Der Abend war angenehm warm, und Sarah Vaughan und ihre Band klangen deutlich bis auf die Terrasse heraus. Die Sterne waren jetzt heller, und die Lichter der Umgebung funkelten immer noch wie eine Verlängerung des Nachthimmels.

»Ich liebe dieses Lied«, sagte Emily. »Das hast du sicher auch vergessen. Aber auch wenn du's vergessen hast, kannst du dazu tanzen, oder?«

»Ja. Das kann ich wohl.«

»Wir könnten sein wie Fred Astaire und Ginger Rogers.«

»Könnten wir.«

Wir stellten unsere Gläser auf dem Steintisch ab und begannen zu tanzen. Wir tanzten nicht fantastisch gut – zum Beispiel stießen wir ständig mit den Knien zusammen –, aber ich hielt Emily an mich gedrückt, und die Textur ihres Kleiderstoffs, ihrer Haare, ihrer Haut erfüllte meine Sinne. Wie ich sie so hielt, fiel mir wieder auf, wie viel sie zugenommen hatte.

»Du hast recht, Raymond«, sagte sie leise neben meinem Ohr. »Charlie hat recht. Wir sollten unsere Probleme in den Griff kriegen.«

»Ja. Das solltet ihr.«

»Du bist ein guter Freund, Raymond. Was täten wir ohne dich?«

»Wenn das so ist, dann freut es mich. Denn sonst tauge ich zu nicht sehr viel. Eigentlich bin ich ziemlich unnütz.«

An meiner Schulter spürte ich einen jähen Ruck.

»Sag so was nicht«, flüsterte sie. »Red nicht so.« Einen Moment später sagte sie es noch einmal: »Du bist so ein guter Freund, Raymond.«

»April in Paris« war Sarah Vaughans Version von 1954, mit Clifford Brown an der Trompete. Deshalb wusste ich, dass es ein langes Stück war, mindestens acht Minuten. Das freute mich, denn mir war klar, dass wir nach dem Lied nicht weitertanzen, sondern ins Haus gehen und das Lamm essen würden. Und so wie ich sie kannte, würde Emily noch einmal darüber nachdenken, was ich mit ihrem Taschenkalender angestellt hatte, und diesmal zu dem Schluss kommen, dass es doch kein so geringfügiges Vergehen war. Wer weiß. Aber noch mindestens ein paar Minuten lang war alles gut, und wir tanzten weiter unter dem sternenübersäten Himmel.

MALVERN HILLS

Ich hatte den Frühling in London verbracht, und obwohl ich nicht alles erreicht hatte, was ich mir vorgenommen hatte, war es insgesamt doch ein spannendes Intermezzo gewesen. Aber als die Wochen ins Land gingen und der Sommer näher kam, setzte meine alte Rastlosigkeit wieder ein. Schon deshalb, weil ich allmählich eine unbestimmte Paranoia entwickelte, ich könnte noch mehr ehemalige Studienfreunde treffen. Es waren mir schon zu viele begegnet, wenn ich in Camden Town herumspaziert war oder mir in den Megastores im West End CDs angesehen hatte, die ich mir nicht leisten konnte, und natürlich wollten sie alle wissen, was ich denn so getrieben hätte, seitdem ich von der Uni abgegangen sei, »um Ruhm und Reichtum zu finden«. Nicht, dass es mir peinlich gewesen wäre, ihnen zu erzählen, was ich hier vorgehabt hatte. Es war nur so, dass keiner von ihnen – bis auf sehr wenige Ausnahmen – imstande war zu begreifen, was das für mich, zu diesem speziellen Zeitpunkt, bedeutete: ein paar »erfolgreiche« Monate.

Wie gesagt, ich hatte nicht sämtliche Ziele erreicht, die ich mir gesteckt hatte, aber gut, das waren ja schon immer eher langfristige Ziele gewesen. Und jedes Vorspielen, selbst ein wirklich trostloses, war doch auch eine unschätzbare Erfahrung. In fast allen Fällen hatte ich etwas mitgenommen, hatte etwas über die Londoner Szene oder aber über das Musikgeschäft im Allgemeinen gelernt.

Manchmal war das Vorspielen eine ziemlich professionelle Sache. Man fand sich in einer Lagerhalle oder in einem umgebauten Garagenblock ein, und es war ein Manager anwesend, vielleicht auch die Freundin eines Bandmitglieds, man nannte seinen Namen, wurde gebeten zu warten, bekam Tee angeboten, während aus dem Nebenraum die Band dröhnte, immer wieder abbrach und neu einsetzte. In den meisten Fällen ging so ein Vorspielen allerdings sehr viel chaotischer vonstatten. Wenn man sah, wie die Mehrzahl der Bands die Sache anging, brauchte man sich eigentlich nicht mehr zu wundern, weshalb die ganze Londoner Szene im Stehen einschlief. Wieder und wieder ging ich in irgendeiner Vorstadtstraße eine anonyme, spießige Reihenhauszeile entlang, trug meine Akustikgitarre eine Treppe hinauf und betrat eine muffig riechende Wohnung, in der Matratzen und Schlafsäcke auf dem Boden herumlagen und die Bandmitglieder vor sich hin nuschelten und einem kaum in die Augen schauten. Ich sang und spielte, während sie mich leer anstarrten, bis einer von ihnen der Sache ein Ende machte, indem er irgendwas sagte wie: »Ja, gut. Jedenfalls danke, aber das ist nicht ganz unser Genre.«

Bald kam ich drauf, dass die meisten dieser Typen entweder schüchtern oder schlicht völlig verkrampft waren, wenn es ums Vorspielen ging, aber wenn ich mit ihnen über andere Dinge plauderte, wurden sie gleich viel lockerer. Dabei erfuhr ich alle möglichen nützlichen Infos: wo die interessanten Clubs waren oder welche Bands sonst noch einen Gitarristen suchten. Manchmal bekam ich auch einfach nur einen Tipp zu einem neuen Act, den man unbedingt gesehen haben musste. Wie gesagt, irgendetwas nahm ich immer mit.

Insgesamt gefiel den Leuten meine Art zu spielen schon sehr gut, und viele sagten, meine Stimme sei was für den Background. Aber es stellte sich bald heraus, dass zwei Faktoren gegen mich sprachen. Der erste war, dass ich kein Equipment besaß. Viele Bands suchten jemanden mit E-Gitarre, Verstärker, Boxen, möglichst einem Transporter, bereit, sich sofort in ihren Terminkalender einzufügen. Ich aber war zu Fuß unterwegs, und zwar mit einer ziemlich beschissenen Akustikgitarre. Auch wenn ihnen meine Rhythmik, meine Stimme noch so gut gefielen, mussten sie mir zwangsläufig absagen. Das war schon okay.

Viel schwerer zu akzeptieren war der andere Hinderungsgrund – und ich muss sagen, auf den war ich überhaupt nicht vorbereitet. Offensichtlich war es ein Problem, dass ich meine Songs selber schrieb. Nicht zu fassen. Da stand ich in irgendeiner fragwürdigen Wohnung herum, spielte vor einem Kreis ausdrucksloser Gesichter, und am Ende, nach einem Schweigen, das auch schon mal fünfzehn, dreißig Sekunden dauerte, fragte einer argwöhnisch: »Und von wem war das jetzt?« Und wenn ich sagte, von mir, dann gingen sofort die Rollläden herunter, man konnte es richtig sehen. Achselzucken, Kopfschütteln, verstohlenes Grinsen, dann die Standardabsage.

Als zum x-ten Mal dasselbe passierte, wurde ich so verzweifelt, dass ich sagte: »Also ich kapier das nicht. Wollt ihr ewig eine Coverband bleiben? Und selbst wenn, was glaubt ihr, wo eure Songs ursprünglich herkommen? Genau! Jemand schreibt sie!«

Aber der Typ, mit dem ich redete, starrte mich nur leer an,

dann sagte er: »Nix für ungut, Mann. Aber es laufen eben massenhaft Wichser herum, die Songs schreiben.«

Die Idiotie dieser Einstellung, die anscheinend in der gesamten Londoner Szene verbreitet war, brachte mich schließlich zu der Überzeugung, dass es hier unten, auf der untersten Stufe der Leiter, etwas extrem Seichtes und Unechtes, vielleicht überhaupt total Krankes gab, und das war zweifellos ein Spiegelbild davon, wie es in der gesamten Musikindustrie zuging, bis ganz hinauf zur Spitze.

Diese Erkenntnis und der Umstand, dass die Fußböden, auf denen ich übernachten konnte, allmählich rar wurden, je näher der Sommer kam, ließen mich einsehen, dass es trotz aller Faszination, die London ausübte – meine Studentenzeit verblasste daneben –, nicht schlecht wäre, eine Auszeit von der Stadt zu nehmen. Deshalb rief ich meine Schwester Maggie an, die oben in den Malvern Hills zusammen mit ihrem Mann ein Café betreibt, und so wurde beschlossen, dass ich den Sommer bei ihnen verbringen würde.

Maggie ist vier Jahre älter als ich, und weil sie sich sowieso dauernd Sorgen um mich macht, war mir klar, dass sie von der Idee begeistert wäre. Vor allem merkte ich, wie froh sie über die zusätzliche Hilfe war. Wenn ich sage, ihr Café ist in den Malvern Hills, dann meine ich nicht den Ort Great Malvern oder die Hauptstraße, die hindurchführt, sondern wirklich den Höhenzug, die Hügel ringsherum. Es ist ein altes, frei stehendes viktorianisches Haus, das nach Westen ausgerichtet ist, sodass man sich bei schönem Wetter mit Tee und Kuchen auf die Terrasse setzen und den überwältigend weiten Blick über Herfordshire genießen kann. Maggie und Geoff müssen das Haus über den Winter schließen, aber im Sommer ist immer Hochbetrieb: Es kommen vorwiegend Leute aus der Umgebung – die auf dem West-of-England-Parkplatz hundert Meter unterhalb ihr Auto abstellen und in Sandalen und Blümchenkleidern den Weg heraufkeuchen – und ansonsten die Fraktion der Profiwanderer mit Landkarten und Ausrüstung.

Maggie sagte, sie könnten es sich nicht leisten, mir einen Lohn zu zahlen, was mir sehr recht war, denn das hieß, dass sie auch keinen Dauereinsatz von mir erwarten konnten. Aber als Bezieher von Kost und Logis galt ich anscheinend doch als dritter Mitarbeiter. Das war alles mehr oder weniger ungeklärt, am Anfang war besonders Geoff hin- und hergerissen: Einerseits wollte er mir in den Arsch treten, weil ich nicht genug tat, und andererseits schien er sich entschuldigen zu wollen, dass er überhaupt was von mir verlangte – als wäre ich ein Gast. Aber bald stellte sich eine Routine ein. Die Arbeit war ja leicht – besonders gut war ich darin, Sandwiches zu machen –, und manchmal musste ich mir direkt wieder in Erinnerung rufen, weshalb ich eigentlich hierher aufs Land gekommen war: nämlich um bis zu meiner Rückkehr nach London im Herbst ein Repertoire ganz neuer Lieder zu schreiben.

Ich bin von Natur aus ein Frühaufsteher, aber mir war bald klar, dass das Frühstück im Café ein Albtraum ist – die einen wollen ihr Ei so, die anderen ihren Toast so, und früher oder später ist sowieso alles zerkocht. Also kreuzte ich grundsätzlich nie vor elf auf. Wenn von unten das Geklapper und Geklirr heraufdrang, öffnete ich die Erkerfenster in meinem Zimmer, setzte mich auf das breite Fensterbrett und spielte Gitarre, vor mir endlose Meilen freies Land. Nach meiner Ankunft hatten wir mehrere schöne Tage am Stück, und das war wirklich ein erhebendes Gefühl, so als könnte ich ewig weit schauen und meine Akkorde ans Ohr der gesamten Nation dringen lassen. Nur wenn ich mich abwandte und den Kopf direkt durchs Fenster streckte, hatte ich den Blick auf die Caféterrasse unter mir und nahm das Kommen und Gehen der Leute mit ihren Hunden und Kinderwagen wahr.

Die Gegend war mir nicht fremd. Maggie und ich sind nur ein paar Meilen entfernt, in Pershore, aufgewachsen, und unsere Eltern waren oft mit uns in den Hügeln unterwegs. Ich war von diesen Ausflügen nie besonders begeistert, und sobald ich alt genug war, weigerte ich mich mitzugehen. In diesem Sommer aber erschien mir die Gegend als die schönste der Welt, und ich empfand diese Hügel in vielerlei Weise als meine Heimat, aus der ich kam, in die ich gehörte. Vielleicht hatte es damit zu tun, dass unsere Eltern getrennt sind, das kleine graue Haus gegenüber dem Friseur schon seit einer Weile nicht mehr »unser« Haus ist. Wie auch immer, statt des Gefühls qualvoller Enge, das ich aus meiner Kindheit in Erinnerung hatte, empfand ich diesmal Zuneigung zu der Landschaft, sogar Heimweh.

So kam es, dass ich jetzt fast täglich in den Hügeln spazieren ging, manchmal, wenn ich sicher war, dass es nicht regnen würde, auch mit meiner Gitarre. Besonders gern mochte ich den Table Hill und den End Hill am nördlichen Ende des Höhenzugs, die von den Ausflüglern gern vernachlässigt werden. Dort verbrachte ich oft Stunden tief in Gedanken, ohne einer Menschenseele zu begegnen. Es war, als entdeckte ich die Hügel zum ersten Mal, und ich konnte die neuen Lieder, die mir hier kämen, beinahe schmecken.

Die Arbeit im Café war allerdings eine andere Sache. Ich schnappte eine Stimme auf oder sah ein Gesicht vor der Theke auftauchen, während ich einen Salat zubereitete, und sofort riss es mich zurück in einen früheren Abschnitt meines Lebens. Alte Freunde meiner Eltern kreuzten auf und horchten mich aus, was ich so trieb, und ich musste ihnen irgendwas auftischen, bis sie mich endlich in Frieden ließen. Zum Abschied hatten sie meist eine Lebensweisheit wie »Wenigstens bist du weg von der Straße« auf Lager, nickten zu den Brot- und Tomatenscheiben hinüber und watschelten dann mit Tasse und Untertasse an ihren Tisch zurück. Oder es kam jemand herein, den ich von der Schule kannte, und fing an, in seinem neuen »Universitätstonfall« mit mir zu reden, analysierte womöglich mit oberschlauen Sprüchen den neuesten Batman-Film oder verbreitete sich über die wahren Ursachen der Armut in der Welt.

Das alles störte mich nicht weiter. Bei manchen freute ich mich sogar, dass ich sie wiedersah. Eine Person allerdings war unter den Cafégästen in diesem Sommer, bei deren Anblick mir das Blut in den Adern gefror, und bis ich auf die Idee kam, in die Küche zu fliehen, hatte sie mich bereits entdeckt.

Diese Person war Mrs Fraser – Hexe Fraser, wie wir sie genannt hatten. Ich erkannte sie in dem Moment, als sie mit einer schlammverkrusteten kleinen Bulldogge hereinkam. Ich hätte ihr gern gesagt, dass der Hund hier drin nichts verloren hatte, aber die Leute brachten immer ihre Hunde mit herein, wenn sie sich von der Theke ihre Sachen holten. Hexe Fraser war eine Lehrerin an der Schule in Pershore gewesen. Zum Glück ging sie in Pension, bevor ich in die Oberstufe kam, aber in meiner Erinnerung überschattet sie meine gesamte schulische Existenz. Sie ausgenommen, war die Schule nicht so schlimm gewesen, aber sie hatte es von Anfang an auf mich abgesehen, und wenn du erst elf Jahre alt bist, kannst du dich gegen Leute wie sie nicht wehren. Ihre Tricks waren die üblichen, wie alle abartigen Lehrer sie anwenden, zum Beispiel stellte sie mir im Unterricht genau die Fragen, bei denen sie ahnte, dass ich keine Antwort wusste, dann ließ sie mich aufstehen und sorgte dafür, dass die ganze Klasse über mich lachte. Später wurde sie subtiler. Ich weiß noch, wie ich einmal, als ich vierzehn war, im Unterricht einen witzigen Wortwechsel mit einem neuen Lehrer, Mr Travis, gehabt hatte. Das waren keine Witze auf meine Kosten, sondern wie von gleich zu gleich, die Klasse hatte gelacht, und ich war stolz. Aber ein paar Tage später ging ich einen Flur entlang, Mr Travis kam mir entgegen, und er war im Gespräch mit *ihr*, und als wir auf gleicher Höhe waren, hielt sie mich auf und machte mich wegen nicht erledigter Hausaufgaben oder sonst was zur Schnecke. Die Veranstaltung hatte keinen anderen Zweck als Mr Travis klarzumachen, dass ich ein »Störenfried« sei und dass es ein Riesenirrtum sei zu glauben, ich sei womöglich einer, der seinen Respekt verdient hatte. Ich weiß nicht, warum, vielleicht weil sie alt war – jedenfalls schienen die anderen Lehrer sie nie zu durchschauen. Sie nahmen immer alles für bare Münze, was sie von sich gab.

Als die Hexe Fraser an diesem Tag hereinkam, war klar, dass sie sich an mich erinnerte, aber natürlich lächelte sie weder, noch begrüßte sie mich. Sie holte sich eine Tasse Tee und ein Päckchen gefüllte Kekse und ging damit hinaus auf die Terrasse. Ich dachte, das war's. Aber später kam sie wieder herein, stellte ihre leere Tasse mit Untertasse auf die Theke und sagte: »Nachdem Sie hier die Tische nicht abräumen, bringe ich mein Geschirr selbst zurück.« Sie musterte mich mit einem Blick, der eine oder zwei Sekunden länger als normal dauerte – ihrem alten Könnte-ich-dich-nur-erschlagen-Blick –, dann ging sie.

Mein alter Hass auf diesen entsetzlichen Drachen flammte wieder auf, und als Maggie ein paar Minuten später herunterkam, schäumte ich vor Wut. Sie merkte es sofort und fragte, was los sei. Weil drinnen niemand war und nur auf der Terrasse noch ein paar Gäste saßen, fing ich an zu schreien und beschimpfte die Hexe Fraser mit sämtlichen Unflätigkeiten, die mir einfielen. Maggie beschwichtigte mich, dann sagte sie:

»Schau, sie ist doch keine Lehrerin mehr. Sie ist bloß eine traurige alte Frau, die von ihrem Mann verlassen wurde.«

»Kein Wunder!«

»Aber du musst auch ein bisschen Mitleid mit ihr haben. Gerade als sie denkt, sie könnte ihren Ruhestand genießen, wird sie wegen einer jüngeren Frau verlassen. Und jetzt muss sie allein diese Frühstückspension führen, und die Leute sagen, das Haus ist schrecklich heruntergekommen.«

Das freute mich ganz außerordentlich. Kurz darauf vergaß ich die Hexe Fraser wieder, denn eine größere Gruppe kam herein, und ich musste massenhaft Thunfischsalat machen. Aber ein paar Tage später, als ich in der Küche mit Geoff plauderte, erfuhr ich weitere Details: dass ihr Mann nach mehr als vierzig Jahren Ehe mit seiner Sekretärin abgehauen war; dass ihr Hotel am Anfang gar nicht schlecht gelaufen war, aber jetzt hörte man, dass die Gäste ihr Geld zurückverlangten oder wenige Stunden nach der Ankunft wieder abreisten. Ich sah das Haus selbst einmal, als ich Maggie beim Großmarkteinkauf half und wir dran vorbeifuhren. Hexe Frasers Hotel war direkt an der Elgar Route, eigentlich ein recht gediegenes Granitgebäude mit einem überdimensionalen Schild, auf dem »Malvern Lodge« stand.

Aber ich will gar nicht so lang auf der Hexe Fraser herumreiten. Es ist durchaus nicht so, dass sie mir im Kopf herumgeht, so wenig wie ihr Hotel. Ich erwähne das alles hier nur wegen der späteren Ereignisse, als Tilo und Sonja ins Spiel kamen.

Geoff war an dem Tag nach Great Malvern gefahren, Maggie und ich hielten allein die Stellung. Der Mittagsansturm war schon vorbei, aber wir hatten immer noch alle Hände voll zu tun, als die Krauts hereinkamen. Als »die Krauts« hatte ich sie bei mir abgespeichert, nachdem ich ihren Akzent gehört hatte. Das hat nichts mit Rassismus zu tun. Wenn du hinter einer Theke stehst und dich erinnern musst, wer keine Roten Rüben, wer extra Brot, wer was auf welcher Rechnung haben will, bleibt dir einfach nichts anderes übrig, als aus allen Gästen Charaktere zu machen, ihnen Namen zu geben, körperliche Merkmale herauszugreifen. Eselsgesicht hatte ein Ploughman's Sandwich und zwei Kaffee. Thunfisch-Mayonnaise-Baguettes für Winston Churchill und Gattin. So machte ich das. Tilo und Sonja waren also »die Krauts«.

An dem Nachmittag war es sehr heiß, trotzdem wollten die meisten Gäste draußen auf der Terrasse sitzen – Engländer eben; manche mieden sogar die Sonnenschirme, um in der Sonne krebsrot zu werden. Die Krauts aber beschlossen, drinnen im Kühlen zu sitzen. Sie trugen weite, kamelfarbene Hosen, Sportschuhe und T-Shirts, wirkten aber irgendwie schick, wie es bei Leuten vom Festland oft der Fall ist. Ich schätzte sie auf Ende vierzig, Anfang fünfzig – zu dem Zeitpunkt schenkte ich ihnen nicht viel Beachtung. Beim Essen unterhielten sie sich leise miteinander, und ich nahm sie wahr als ein x-beliebiges Touristenpaar mittleren Alters, ganz sympathisch. Nach einer Weile stand der Mann auf und begann durch den Raum zu wandern. Vor einem alten vergilbten Foto des Hauses aus dem Jahr 1915, das Maggie an der Wand hängen hat, blieb er stehen und studierte es; dann reckte er die Arme und sagte:

»Ihre Gegend ist grandios! Wir haben viele schöne Berge in der Schweiz. Aber was Sie hier haben, ist etwas ganz anderes. Das sind Hügel. Keine Berge, sondern Hügel. Sie haben einen ganz eigenen Reiz, denn sie sind lieblich und sanft.«

»Oh, Sie sind aus der Schweiz«, sagte Maggie in ihrem höflichen Ton. »Da wollte ich schon immer mal hin. Es klingt alles so fantastisch, die Alpen, die Bergbahnen.«

»Natürlich hat die Schweiz viele schöne Eigenschaften. Aber Ihre Gegend hier hat wirklich einen besonderen Zauber. Wir wollten schon so lang diesen Teil Englands besuchen. Immer wieder haben wir davon geredet, und jetzt sind wir endlich hier!« Er lachte herzlich. »Wir sind so glücklich, hier zu sein!«

»Das ist ja schön«, sagte Maggie. »Viel Spaß wünsche ich Ihnen. Sind Sie länger hier?«

»Wir haben noch drei Tage, dann heißt es zurück an die Arbeit. Wir haben uns auf die Gegend hier gefreut, seitdem wir vor vielen Jahren mal einen wunderbaren Dokumentarfilm über Elgar gesehen haben. Elgar hat diese Hügel offensichtlich geliebt und ausgiebig auf dem Fahrrad erkundet. Und jetzt sind wir endlich hier!«

Maggie plauderte etliche Minuten mit ihm über Orte in England, die sie schon besucht hatten, über Sehenswürdigkeiten in der Umgebung – das übliche Zeug eben, das man mit Touristen so redet. Nachdem ich es schon unzählige Male gehört hatte und es selber mehr oder weniger automatisch abspulen konnte, klinkte ich mich aus. Ich bekam nur mit, dass die Krauts keine Deutschen waren, sondern Schweizer und mit einem Mietwagen unterwegs. Er sagte immer wieder, was für ein großartiges Land England sei und wie freundlich die Leute hier, und stieß ein lautes Gelächter aus, wann immer Maggie etwas auch nur annähernd Witziges sagte. Aber wie gesagt – ich klinkte mich aus, nachdem ich sie als ziemlich langweiliges Paar abgehakt hatte. Meine Neugier erwachte erst etwas später, als mir auffiel, wie der Mann dauernd versuchte, seine Frau ins Gespräch zu verwickeln, sie aber stumm blieb, beharrlich in ihrem Reiseführer las und sich überhaupt benahm, als bekäme sie von der Unterhaltung gar nichts mit. Daraufhin nahm ich die beiden genauer in Augenschein.

Sie hatten eine gleichmäßige, natürliche Sonnenbräune, ganz anders als die verschwitzten Hummergestalten der Einheimischen draußen, und trotz ihres Alters waren sie beide schlank und wirkten durchtrainiert. Sein Haar war grau, aber dicht und sorgfältig frisiert, allerdings irgendwie im Stil der Siebzigerjahre, ein bisschen wie die Sänger von ABBA. Ihr Haar hingegen war hellblond, fast weiß, und ihre Miene streng, und sie hätte ausgesehen wie eine schöne ältere Frau, hätten nicht die Falten um den Mund diesen Eindruck verdorben. Und wie gesagt, er versuchte sie immer wieder ins Gespräch einzubeziehen.

»Meine Frau hat Elgar natürlich sehr gern und würde nichts lieber tun, als sein Geburtshaus zu besichtigen.«

Schweigen.

Oder: »Ich bin kein großer Fan von Paris, muss ich gestehen. London ist mir viel lieber. Aber Sonja liebt Paris.«

Keine Reaktion.

Bei jeder solchen Bemerkung drehte er sich zu der Ecke, in der seine Frau saß, und Maggie war gezwungen, zu ihr hinüberzusehen; die Frau aber las stur in ihrem Buch weiter. Der Mann ließ sich davon nicht beirren, sondern plauderte munter weiter. Dann reckte er abermals die Arme und sagte: »Wenn Sie mich kurz entschuldigen – ich glaube, ich muss jetzt mal Ihre prächtige Aussicht bewundern!«

Er ging hinaus, und wir sahen ihn die Terrasse entlangschlendern. Dann verschwand er aus unserem Blickfeld. Die Frau saß noch immer in der Ecke und las in ihrem Reiseführer, und als Maggie nach einer Weile zu ihrem Tisch hinüberging, um abzuräumen, ignorierte die Frau sie vollkommen – bis meine Schwester einen Teller nehmen wollte, auf dem noch ein winziges Stück Semmel lag. Da warf sie ihr Buch hin und sagte, viel lauter als nötig: »Ich bin noch nicht fertig!«

Maggie entschuldigte sich und ließ sie mit ihrem Stück Semmel allein – die Frau aber machte keine Anstalten, es zu essen. Maggie warf mir einen Blick zu, als sie an mir vorbeikam, und ich zuckte die Achseln. Kurz darauf fragte meine Schwester die Frau – sehr freundlich –, ob sie noch einen Wunsch habe.

»Nein, ich will nichts mehr.«

Ihrem Tonfall war anzuhören, dass sie in Ruhe gelassen werden wollte, aber bei Maggie ist das eine Art Reflex: Als wollte sie es wirklich wissen, fragte sie: »War denn alles in Ordnung?«

Mindestens fünf, sechs Sekunden lang las die Frau weiter, als hätte sie nichts gehört. Dann legte sie abermals ihr Buch nieder und funkelte meine Schwester an.

»Wenn Sie schon fragen«, antwortete sie, »will ich's Ihnen sagen. Das Essen war völlig okay. Besser als in den meisten grässlichen Lokalen, die Sie hier haben. Aber wir mussten fünfunddreißig Minuten warten, bis wir ein schlichtes Sandwich und einen Salat bekamen. Fünfunddreißig Minuten.«

Jetzt war mir klar, dass die Frau vor Wut kochte. Es war

nicht die Sorte Wut, die jäh zuschlägt und wieder verebbt. Nein. Diese Frau, erkannte ich, kochte schon seit einer ganzen Weile. Es war die Art von Wut, die kommt und auf einem bestimmten Pegel stehen bleibt, wie ein schlimmes Kopfweh, sie erreicht keinen echten Höhepunkt und weigert sich, ein geeignetes Ventil zu finden. Maggie ist immer so ausgeglichen, dass sie die Symptome nicht erkannte, und wahrscheinlich dachte sie, dass die Frau sich auf einer mehr oder weniger rationalen Ebene beschwerte. Denn sie bat um Verzeihung und begann mit einer Rechtfertigung: »Wissen Sie, wenn so viel Andrang herrscht wie vorhin ...«

»Den haben Sie sicher jeden Tag, oder? Etwa nicht? Ist nicht im Sommer, bei gutem Wetter, jeden Tag so ein Andrang? Wie? Wieso sind Sie dann nicht drauf vorbereitet? Etwas passiert jeden Tag, und Sie sind überrascht. Ist es das, was Sie mir sagen wollen?«

Die Frau hatte meine Schwester wütend angestarrt, aber als ich jetzt hinter der Theke hervorkam und mich neben Maggie stellte, verlagerte sie ihren Blick auf mich. Und es mag mit meinem Gesichtsausdruck zu tun gehabt haben – jedenfalls sah ich, dass ihre Wut noch um ein paar Grad anstieg. Maggie drehte sich zu mir, sah mich an und begann mich sanft fortzuschieben, aber ich leistete Widerstand und blickte die Frau unverwandt an. Sie sollte nur wissen, dass das nicht nur eine Sache zwischen Maggie und ihr war. Wer weiß, wohin das geführt hätte, wäre nicht in dem Moment der Mann wieder hereingekommen.

»So eine wunderbare Aussicht! Eine wunderbare Aussicht, ein wunderbares Essen, ein wunderbares Land!«

Ich war gespannt, ob er merkte, wohinein er geraten war, aber wenn ihm etwas auffiel, ging er jedenfalls nicht darauf ein. Er lächelte seine Frau an und sagte – auf Englisch, vermutlich unseretwegen –: »Sonja, du musst unbedingt rauskommen und dich umschauen. Geh einfach bis ans Ende dieses kleinen Wegs dort draußen!«

Sie sagte etwas auf Deutsch und wandte sich wieder ihrem Buch zu. Er kam weiter in den Raum herein und sagte zu uns:

»Ursprünglich wollten wir ja heute Nachmittag nach Wales weiterfahren. Aber Ihre Malvern Hills sind so wunderschön, dass ich finde, wir sollten die letzten drei Tage unseres Urlaubs in der Gegend hier verbringen. Wenn Sonja einverstanden ist, bin ich überglücklich.«

Er blickte seine Frau an, die mit den Schultern zuckte und wieder etwas auf Deutsch sagte, woraufhin er sein lautes, offenes Lachen hören ließ.

»Gut! Sie ist einverstanden! Also das ist geklärt. Wir fahren nicht nach Wales. Wir bleiben die nächsten drei Tage hier in Ihrer Gegend!«

Er strahlte uns an, und Maggie sagte irgendwas Aufmunterndes. Mit Erleichterung sah ich die Frau jetzt ihr Buch zuklappen und ihre Sachen packen. Auch der Mann trat nun an den Tisch, hob seinen kleinen Rucksack auf und hängte ihn sich über die Schulter. Dann fragte er Maggie:

»Sagen Sie, gibt es vielleicht in der Nähe ein kleines Hotel, das Sie uns empfehlen könnten? Nichts zu Teures, aber komfortabel und angenehm. Und womöglich was typisch Englisches?«

Maggie war erst einmal überfragt, und statt einer konkreten Empfehlung sagte sie etwas Bedeutungsloses wie: »Was schwebt Ihnen denn vor?« Aber ich schaltete mich rasch ein und sagte:

»Das beste Quartier in der Gegend hat Mrs Fraser. Es liegt gleich an der Straße nach Worcester. Malvern Lodge heißt es.«

»Malvern Lodge! Das klingt genau richtig!«

Maggie wandte sich missbilligend ab und räumte angelegentlich Sachen beiseite, während ich ihnen detailliert den Weg zu Hexe Frasers Hotel beschrieb. Dann zogen sie ab, die beiden, der Mann mit breitem Lächeln und Dankesbekundungen, die Frau ohne einen Blick zurück.

Meine Schwester warf mir einen verdrossenen Blick zu und schüttelte den Kopf. Ich lachte nur und sagte:

»Diese Frau und Hexe Fraser passen doch ganz ausgezeichnet zusammen. Gib's zu! So eine Chance darf man sich nicht entgehen lassen.«

»Ja, du kannst dir natürlich deinen Jux machen«, sagte Maggie, als sie an mir vorbei in die Küche drängte. »Aber ich muss hier leben.«

»Na und? Schau, diese Krauts siehst du nie wieder. Und wenn Hexe Fraser erfährt, dass wir ihre Bruchbude an Touristen weiterempfohlen haben, wird sie sich wohl kaum beschweren, oder?«

Maggie schüttelte den Kopf, aber jetzt war der Anflug eines Lächelns in ihrem Gesicht.

Danach wurde es im Café ruhiger, später kam auch Geoff zurück, und ich ging nach oben, zumal ich das Gefühl hatte, dass ich vorerst mehr als genug getan hatte. In meinem Zimmer setzte ich mich mit meiner Gitarre ins Erkerfenster und ging eine Zeit lang völlig in einem Lied auf, das zur Hälfte fertig war. Aber dann – und es schien mir, als sei gar keine Zeit vergangen – hörte ich, wie unten der Nachmittagsteeansturm begann. Wenn es richtig schlimm wurde, wie meistens, müsste mich Maggie natürlich herunterbitten – und nach allem, was ich an dem Tag schon getan hatte, schien mir das wirklich nicht fair. Ich fand es also das Beste, ins Freie zu entwischen und meine Arbeit in den Hügeln fortzusetzen.

Ich verschwand durch die Hintertür, ohne einer Menschenseele zu begegnen, und war sofort erleichtert, draußen zu sein. Allerdings war es ziemlich warm, vor allem wenn man einen Gitarrenkoffer schleppt, und ich war froh um die Brise.

Ich hatte eine bestimmte Stelle im Sinn, die ich in der Woche zuvor entdeckt hatte. Der Weg dorthin führt einen steilen Pfad hinter dem Haus hinauf, dann folgt man ein paar Minuten einem sanfteren Anstieg und gelangt schließlich zu dieser Bank hier. Ich hatte mir bewusst diese ausgesucht, nicht nur wegen der fantastischen Aussicht, sondern vor allem weil sie an keiner Wegkreuzung steht, wo von allen Seiten Leute mit ermatteten Kindern herbeiwanken und sich zu einem setzen. Andererseits war sie auch nicht komplett aus der Welt, sondern es kamen ab und zu Wanderer vorbei, grüßten, wie sie's immer tun, fügten vielleicht noch irgendwas Geistreiches über meine Gitarre hinzu, aber alles, ohne das Tempo zu verlangsamen. Das störte mich gar nicht. Es war, als hätte man ein Publikum und auch wieder nicht – für meine Fantasie war das genau der richtige Anstoß.

Ich hatte vielleicht eine halbe Stunde auf meiner Bank gesessen, als zwei Wanderer, die mit dem üblichen kurzen Gruß vorbeimarschiert waren, ein paar Meter entfernt stehen blieben und mich beobachteten. Das wiederum störte mich durchaus, und ich sagte leicht sarkastisch:

»Schon gut. Sie müssen mir keine Münzen zuwerfen.«

Zur Antwort ertönte ein lautes, herzhaftes Lachen, das mir bekannt vorkam, und als ich aufblickte, kamen die Krauts auf meine Bank zu.

Im ersten Moment schoss mir der Gedanke durch den

Kopf, dass sie womöglich schon bei der Hexe Fraser gewesen waren, begriffen hatten, dass ich mir einen Scherz erlaubt hatte, und jetzt zurückgekommen waren, um ein Hühnchen mit mir zu rupfen. Aber dann sah ich, dass nicht nur der Mann, sondern auch die Frau vergnügt lächelten. Sie kamen bis zu mir zurück, und nachdem die Sonne inzwischen niedrig stand, waren sie erst einmal nur zwei Silhouetten unter dem weiten Nachmittagshimmel. Dann kamen sie noch näher, und ich sah sie beide auf meine Gitarre starren, während ich weiterspielte, sie starrten mit einer seligen Verwunderung, wie die Leute oft Babys anstaunen. Noch verblüffender war, dass die Frau mit dem Fuß den Takt klopfte. Ich wurde verlegen und hörte auf.

»Hey, machen Sie weiter!«, sagte die Frau. »Das ist wirklich gut, was Sie da spielen!«

»Ja«, sagte der Mann, »wunderbar! Wir haben es schon aus der Ferne gehört.« Er deutete nach oben. »Wir waren dort oben auf dem Grat, und ich sagte zu Sonja: Ich höre Musik.«

»Auch Gesang«, sagte die Frau. »Ich sagte zu Tilo: Horch, da singt jemand. Und ich hatte recht, oder? Gerade haben Sie doch noch gesungen?«

Ich konnte nicht glauben, dass diese lächelnde Frau dieselbe war, die uns mittags noch so angeschnauzt hatte, und ich sah mir die beiden noch einmal genauer an – konnte ja sein, dass es doch ein ganz anderes Paar war. Aber sie trugen dieselben Klamotten, und obwohl der Wind die ABBA-Frisur des Mannes ein bisschen aus der Fasson gebracht hatte, bestand kein Zweifel. So oder so sagte er jetzt:

»Ich glaube, Sie sind der Herr, der uns in diesem köstlichen Restaurant das Mittagessen serviert hat.«

Ich gab es zu. Dann sagte die Frau:

»Diese Melodie, die Sie gesungen haben. Wir hörten sie dort oben, erst nur im Wind. Wie sie am Ende jeder Zeile abfällt, finde ich schön.«

»Danke«, sagte ich. »Ich arbeite dran. Ist noch nicht fertig.«

»Ihre eigene Komposition? Dann sind Sie ja ungemein talentiert! Bitte singen Sie uns die Melodie noch mal, wie vorhin!«

»Wissen Sie«, sagte der Mann, »wenn Sie Ihr Lied dann einspielen, müssen Sie dem Produzenten sagen, dass Sie den Sound genau *so* wollen. So!« Er deutete auf das vor uns hingebreitete Herfordshire. »Sie müssen ihm sagen, dass das der Klang ist, die akustische Umgebung, die Sie brauchen. Dann kommt Ihr Lied beim Zuhörer so an, wie wir es heute gehört haben: vom Wind getragen, während wir den Hang herunterkommen …«

»Aber natürlich ein bisschen klarer«, sagte die Frau. »Sonst kriegt man den Text nicht mit. Aber Tilo hat recht. Es braucht die Andeutung von freier Natur. Von Luft, von Echo.«

Sie schienen nahe daran, sich hinreißen zu lassen, als wären sie hier in den Hügeln einem neuen Elgar begegnet. Meinem anfänglichen Argwohn zum Trotz begann ich mich für sie zu erwärmen.

»Na ja«, sagte ich, »nachdem ich den größten Teil des Lieds hier oben geschrieben habe, ist es eigentlich kein Wunder, dass es auch was von der Gegend hier enthält.«

»Ja, ja«, sagten sie beide gleichzeitig, nickend. Dann sagte die Frau: »Seien Sie nicht schüchtern, bitte, lassen Sie uns noch mehr von Ihrer Musik hören. Das hat sich wunderbar angehört.«

»Na gut«, sagte ich und spielte eine kleine Figur. »Na gut, wenn Sie wirklich wollen, sing ich Ihnen ein Lied vor. Nicht das von vorhin, das ist noch nicht fertig. Ein anderes. Aber schauen Sie, ich kann es nicht tun, wenn Sie beide so über mir stehen.«

»Natürlich«, sagte Tilo. »Wie rücksichtslos von uns. Sonja und ich, wir mussten schon unter so merkwürdigen und schwierigen Umständen auftreten, dass wir unsensibel für die Bedürfnisse anderer Musiker geworden sind.«

Er sah sich um und setzte sich mit dem Rücken zu mir auf ein Büschel stoppeliges Gras am Wegesrand, von wo aus er ins Tal blickte. Sonja warf mir ein aufmunterndes Lächeln zu, dann setzte sie sich neben ihn. Sofort legte er einen Arm um ihre Schultern, sie schmiegte sich an ihn, und es war, als wäre ich nicht mehr da, als wären sie zwei Verliebte, die in einer romantischen Anwandlung beieinander saßen und auf die Landschaft im Nachmittagslicht hinausblickten.

»Okay, es geht los«, sagte ich und begann mit dem Lied, mit dem ich praktisch immer anfange, wenn ich vorspiele. Ich richtete meine Stimme gegen den Horizont, blickte dabei aber immer wieder zu Tilo und Sonja hinüber. Ihre Gesichter konnte ich nicht sehen, aber die Art, wie sie aneinandergekuschelt dasaßen, ohne eine Spur von Unruhe, sagte mir, dass ihnen mein Spiel gefiel. Als ich fertig war, drehten sie sich strahlend zu mir um und applaudierten, dass es von den Hügeln widerhallte.

»Fantastisch!«, sagte Sonja. »So talentiert!«

»Prächtig, prächtig«, sagte Tilo.

Mir war das viele Lob ein bisschen peinlich, und ich tat, als wäre ich in die Gitarrenbegleitung vertieft. Als ich schließlich wieder aufschaute, saßen sie noch immer im Gras, hatten sich aber umgesetzt und blickten jetzt zu mir her.

»Sie sind also beide Musiker?«, fragte ich. »Ich meine, Berufsmusiker?«

»Ja«, sagte Tilo. »So kann man uns wohl nennen. Sonja und ich, wir treten als Duo auf. In Hotels, in Restaurants. Auf Hochzeiten, auf Partys. In ganz Europa, obwohl wir am liebsten in der Schweiz und in Österreich arbeiten. Wir leben davon, also kann man schon sagen, ja, wir sind Berufsmusiker.«

»Aber vor allen Dingen«, sagte Sonja, »spielen wir, weil wir an die Musik glauben. Ich sehe, dass es bei Ihnen genauso ist.«

»Wenn ich von meiner Musik nicht mehr überzeugt wäre«, sagte ich, »dann würde ich damit aufhören, einfach so.« Dann fügte ich hinzu: »Ich würde sie wirklich gern zum Beruf machen. Es muss ein gutes Leben sein.«

»Oh ja, das ist es«, sagte Tilo. »Wir haben wirklich Glück, dass wir in der Lage sind, das zu tun, was wir tun.«

»Hören Sie«, sagte ich, vielleicht ein bisschen unvermittelt. »Waren Sie in dem Hotel, das ich Ihnen genannt habe?«

»Wie unhöflich von uns!«, rief Tilo aus. »Jetzt waren wir derart von Ihrer Musik gebannt, dass wir ganz vergessen haben, danke zu sagen. Ja, waren wir, und es ist genau das Richtige. Zum Glück hat es noch freie Zimmer.«

»Es ist genau das, was wir wollten«, sagte Sonja. »Danke.«

Ich tat wieder sehr von meinen Akkorden in Anspruch genommen, dann sagte ich so beiläufig, wie es ging: »Was mir im Nachhinein noch eingefallen ist: Es gibt da auch noch ein anderes Hotel, das ich kenne. Ich glaube, es ist besser als Malvern Lodge. Vielleicht wollen Sie wechseln.«

»Ach nein, wir sind jetzt schon ganz gut eingerichtet«, sagte Tilo. »Wir haben unsere Sachen ausgepackt, und außerdem ist es wirklich genau das, was wir brauchen.«

»Ja, aber … Also die Sache ist die, dass ich vorhin, als Sie mich nach einem Hotel fragten, nicht wusste, dass Sie Musiker sind. Ich dachte, Sie sind bei einer Bank oder so.«

Sie brachen in einhelliges Gelächter aus, als hätte ich einen fantastischen Witz gemacht. Dann sagte Tilo: »Nein, nein, wir sind keine Bankleute. Obwohl wir uns oft und oft gewünscht haben, wir wären welche!«

»Ich meine«, sagte ich, »es gibt andere Hotels, die viel passender sind für, ich weiß nicht – für künstlerische Typen, wie Sie's sind. Es ist schwer, Touristen ein Hotel zu empfehlen, wenn man nicht weiß, was für Leute sie sind.«

»Das ist nett, dass Sie sich Gedanken machen«, sagte Tilo. »Aber das müssen Sie wirklich nicht. Es ist perfekt, wo wir jetzt sind. Außerdem sind die Menschen ja nicht so verschieden. Banker, Musiker – letztlich wollen wir vom Leben alle dasselbe.«

»Ich weiß nicht, ob das so stimmt«, sagte Sonja. »Unser junger Freund hier, siehst du, er strebt nicht nach einem Job in einer Bank. Er hat andere Träume.«

»Ja, da magst du recht haben, Sonja. Wie dem auch sei – das jetzige Hotel ist uns ganz recht.«

Ich beugte mich über die Saiten und übte wieder eine kleine Phrase vor mich hin, und eine Zeit lang sprach niemand. Dann fragte ich: »Was für eine Musik machen Sie denn überhaupt?«

Tilo zuckte die Achseln. »Sonja und ich kommen zusammen auf eine ganz hübsche Reihe von Instrumenten. Beide spielen wir Keyboard. Ich liebe die Klarinette. Sonja ist eine sehr gute Geigerin und auch eine prächtige Sängerin. Was wir am liebsten machen, ist wohl unsere traditionelle Schweizer Volksmusik, aber wir spielen sie auf zeitgenössische Weise. Manchmal sogar, könnte man sagen, radikal modern. Unser Vorbild dabei sind große Komponisten, die einen ähnlichen Weg eingeschlagen haben, Janáček zum Beispiel. Ihr Vaughan Williams.«

»Aber diese Art Musik«, sagte Sonja, »die spielen wir heutzutage nicht mehr so oft.«

Sie wechselten einen Blick, in dem ich den Anflug einer Spannung zu erkennen meinte. Dann war Tilos Lächeln wieder da.

»Ja, wie Sonja sagt – in der realen Welt müssen wir die meiste Zeit das spielen, was unser Publikum erwartungsgemäß am meisten schätzt. Deshalb spielen wir viele Hits nach. Die Beatles, die Carpenters. Auch neuere Sachen. Das ist ganz befriedigend.«

»Was ist mit ABBA?«, fragte ich aus einer Laune heraus und bedauerte es noch im selben Augenblick. Aber Tilo schien keinen Spott wahrzunehmen.

»Das stimmt, wir machen auch Songs von ABBA. ›Dancing Queen‹. Das kommt immer gut. Tatsächlich singe ich in ›Dancing Queen‹ auch selber ein bisschen, bei der Stimmführung. Sonja wird Ihnen allerdings sagen, dass ich die scheußlichste Stimme habe. Deshalb müssen wir zusehen, dass wir dieses Lied nur dann vortragen, wenn unser Publikum mitten im Essen ist, damit keiner die Flucht ergreifen kann!«

Er ließ sein herzhaftes Gelächter hören, und Sonja lachte ebenfalls, nur leiser. Ein Mountainbiker in einem Gewand, das wie ein schwarzer Taucheranzug aussah, flitzte an uns vorüber, und während der nächsten Minuten starrten wir alle seiner rasenden, kleiner werdenden Gestalt nach.

»Ich war mal in der Schweiz«, sagte ich schließlich. »Im Sommer vor ein paar Jahren. In Interlaken. Ich hab dort in der Jugendherberge gewohnt.«

»Ach ja, Interlaken. Schöne Gegend. Manche Schweizer spotten darüber. Das ist angeblich nur was für Touristen. Aber Sonja und ich, wir treten sehr gern dort auf. Tatsächlich ist es was Wunderbares, an einem Sommerabend in Interlaken vor glücklichen Menschen aus aller Welt zu spielen. Hat's Ihnen dort gefallen?«

»Ja, es war toll.«

»In Interlaken gibt es ein Restaurant, in dem wir jeden Sommer ein paar Abende lang auftreten. Wir bauen uns unter dem Baldachin auf, sodass wir zu den Esstischen hinschauen, denn an so einem Sommerabend sitzen die Leute natürlich draußen. Und während wir spielen, können wir uns die vielen Touristen anschauen, die unter den Sternen miteinander essen und reden. Und hinter den Touristen sehen wir die große weite Ebene, auf der tagsüber die Gleitschirmflieger landen, die nachts aber von den Lampen entlang dem Höheweg beleuchtet wird. Und wenn Sie den Blick noch weiter schweifen lassen, sehen Sie über der Ebene die Berge aufragen. Die Silhouetten von Eiger, Mönch, Jungfrau. Und die Luft ist angenehm warm und von der Musik erfüllt, die wir machen. Wenn wir dort sind, denke ich immer: Es ist ein Privileg. Ich denke: Ja, es ist gut, dass wir das machen.«

»Dieses Restaurant«, sagte Sonja. »Letztes Jahr zwang uns der Manager, in Tracht aufzutreten, die volle Montur, obwohl es so heiß war. Es war sehr unangenehm, und wir sagten, was macht es denn für einen Unterschied, wieso müssen wir dieses dicke Wams, Schal und Hut tragen? Allein mit unseren Hemden sehen wir auch schick und immer noch sehr schweizerisch aus. Aber der Restaurantmanager sagt: Entweder Tracht oder gar nicht. Sie haben die Wahl, sagt er und lässt uns einfach stehen.«

»Aber Sonja, das ist doch in jedem Job so. Irgendeine Uniform gibt es immer, jeder Arbeitgeber besteht auf einer bestimmten Kleidung. Bei den Bankleuten ist es doch dasselbe!

Und in unserem Fall ist es wenigstens etwas, an das wir glauben. Schweizer Kultur. Schweizer Tradition.«

Wieder schwebte etwas irgendwie Angespanntes zwischen ihnen, aber das dauerte nur eine oder zwei Sekunden, dann lächelten beide und richteten den Blick wieder auf meine Gitarre. Ich fand, ich sollte was sagen, und deshalb sagte ich:

»Ich glaube, das würde mir gefallen. In verschiedenen Ländern aufzutreten. Bestimmt zwingt es Sie, immer wach zu sein, wirklich aufmerksam für Ihr Publikum.«

»Ja«, sagte Tilo, »das ist nicht schlecht, dass wir vor den verschiedensten Leuten auftreten. Und nicht nur in Europa. Alles in allem müssen wir viele Städte sehr gut kennen.«

»Düsseldorf zum Beispiel«, sagte Sonja. Ihr Tonfall hatte sich verändert, war irgendwie härter geworden, und ich erkannte die Person wieder, die ich im Café erlebt hatte. Tilo jedoch schien nichts zu bemerken und sagte in seiner unbekümmerten Art zu mir:

»In Düsseldorf lebt unser Sohn jetzt. Er ist in Ihrem Alter. Vielleicht ein bisschen älter.«

»In diesem Frühjahr«, sagte Sonja, »waren wir in Düsseldorf. Wir hatten dort ein Engagement für einen Auftritt. Nicht das Übliche, sondern endlich mal wieder eine Gelegenheit, unsere eigentliche Musik zu spielen. Also rufen wir unseren Sohn an, unser einziges Kind, wir rufen an, um ihm zu sagen, wir kommen in seine Stadt. Er geht nicht ans Telefon, also hinterlassen wir eine Nachricht. Wir hinterlassen viele Nachrichten. Keine Antwort. Wir kommen nach Düsseldorf, wir hinterlassen weitere Nachrichten. Wir sind da, sagen wir, wir sind in deiner Stadt. Noch immer nichts. Tilo sagt, mach dir keine Sorgen, vielleicht kommt er heute Abend ins Konzert. Aber er kommt nicht. Wir treten auf, dann fahren wir weiter in die nächste Stadt, zu unserem nächsten Engagement.«

Tilo gab einen glucksenden Laut von sich. »Ich denke, Peter hat als Kind wohl genug von unserer Musik gehört! Der arme Junge, er musste uns ja Tag für Tag beim Proben zuhören.«

»Tja, das ist bestimmt nicht ganz einfach«, sagte ich. »Als Musiker Kinder und Beruf unter einen Hut ...«

»Wir haben nur dieses eine Kind«, sagte Tilo, »es war also nicht so schlimm. Natürlich hatten wir Glück. Wenn wir auf Tour waren und ihn nicht mitnehmen konnten, haben seine Großeltern immer sehr gern ausgeholfen. Und als Peter älter war, konnten wir ihn in ein gutes Internat schicken. Wieder kamen uns die Großeltern zu Hilfe. Sonst hätten wir uns das Schulgeld nicht leisten können. Wir hatten also großes Glück.«

»Ja, wir hatten Glück«, sagte Sonja. »Nur dass Peter diese Schule hasste.«

Die gute Atmosphäre von vorhin war endgültig dahin. Um die Stimmung wieder ein bisschen zu heben, sagte ich rasch: »Jedenfalls hab ich das Gefühl, dass Ihnen beiden Ihr Beruf wirklich Spaß macht.«

»Oh ja, das stimmt«, sagte Tilo. »Er bedeutet uns alles. Trotzdem wissen wir einen Urlaub auch sehr zu schätzen. Wissen Sie, das ist unser erster echter Urlaub in drei Jahren.«

Daraufhin flammte mein schlechtes Gewissen wieder auf, und ich war drauf und dran, sie noch einmal zu einem Hotelwechsel zu überreden, aber mir war klar, wie lächerlich ein zweiter Versuch aussehen würde; ich konnte nur hoffen, dass die alte Hexe Fraser sich zusammenriss. Also sagte ich:

»Wenn Sie mögen, spiel ich Ihnen das Lied vor, an dem ich gearbeitet habe. Es ist noch nicht fertig, und eigentlich tu ich so was nicht. Aber nachdem Sie sowieso schon einen Teil gehört haben, kann ich Ihnen genauso gut alles vorspielen, was ich bis jetzt habe.«

Das Lächeln kehrte in Sonjas Gesicht zurück. »Ja«, sagte sie, »bitte lassen Sie es uns hören. Vorhin hat es so wunderschön geklungen.«

Als ich mich einstimmte, drehten sie sich wieder in die vorige Position, sodass sie mir den Rücken zukehrten und ins Tal blickten. Diesmal aber schmiegten sie sich nicht aneinander, sondern saßen befremdlich aufrecht dort im Gras, beide mit einer Hand über den Augen, um sie gegen die Sonne abzuschirmen. So verharrten sie die ganze Zeit, während ich spielte, eigenartig reglos, und nachdem sie beide jetzt auch noch einen langen Nachmittagsschatten warfen, sahen sie aus wie zusammengehörige Kunstobjekte. Ich ließ mein unfertiges Lied verhalten auslaufen, und im ersten Moment rührten sie sich nicht. Dann entspannte sich ihre Haltung, und sie applaudierten, allerdings nicht ganz so enthusiastisch wie beim letzten Mal. Tilo stand auf, Komplimente murmelnd, dann half er Sonja auf. Erst wenn man sah, wie sie aufstanden, fiel einem wieder ein, dass sie tatsächlich schon älter waren. Vielleicht waren sie einfach müde – schließlich waren sie schon ein ordentliches Stück gewandert, bevor sie auf mich gestoßen waren. Trotzdem hatte ich den Eindruck, dass sie sich ziemlich anstrengen mussten, um auf die Beine zu kommen.

»Sie haben uns wunderbar unterhalten«, sagte Tilo. »Jetzt sind wir die Touristen, und jemand anderes spielt für uns! Eine willkommene Abwechslung.«

»Ich würde das Lied sehr gern hören, wenn es fertig ist«, sagte Sonja, und sie schien es ernst zu meinen. »Vielleicht höre ich es eines Tages im Radio, wer weiß?«

»Ja«, sagte Tilo, »und dann werden Sonja und ich den Kunden unsere Coverversion vorspielen!« Sein mächtiges Lachen scholl über das Land. Dann machte er eine höfliche kleine Verbeugung und sagte: »Heute stehen wir also dreimal in Ihrer Schuld. Ein prächtiges Essen. Eine prächtige Hotelempfehlung. Und ein prächtiges Freiluftkonzert in den Hügeln!«

Als wir uns voneinander verabschiedeten, hatte ich den Drang, ihnen die Wahrheit zu sagen. Zu gestehen, dass ich sie absichtlich ins übelste Hotel der Gegend geschickt hatte, und ihnen zu raten, wieder auszuziehen, solang es noch ging. Aber die freundschaftliche Art, wie sie mir die Hand schüttelten, machte das Geständnis nur umso schwieriger. Und dann waren sie schon auf dem Weg hügelabwärts, und ich war auf meiner Bank wieder allein.

Als ich zurückkam, hatte das Café schon geschlossen. Maggie und Geoff machten einen erschöpften Eindruck. Maggie sagte, noch nie sei so viel los gewesen wie an diesem Tag, und schien sich darüber zu freuen. Aber als Geoff beim Abendessen – wir aßen im Café verschiedene Reste auf – dasselbe sagte, klang es aus seinem Mund wie etwas Negatives, als wäre es furchtbar, dass sie so viel hatten schuften müssen, und wo ich die ganze Zeit gewesen sei, statt zu helfen. Maggie fragte, wie mein Nachmittag verlaufen sei, und ich erwähnte nichts von Tilo und Sonja – es schien mir zu kompliziert –, aber ich sagte, ich sei oben am Sugarloaf gewesen, um an meinem Lied zu arbeiten. Und als sie fragte, ob es Fortschritte mache, sagte ich Ja, ich käme jetzt richtig gut voran. Geoff stand auf und ging missmutig hinaus, obwohl er noch nicht aufgegessen hatte. Maggie tat, als wäre nichts, und wirklich kam er kurz darauf mit einer Bierdose wieder, und dann saß er da, las seine

Zeitung und redete nicht viel. Weil ich nicht Ursache eines Streits zwischen meiner Schwester und meinem Schwager sein wollte, entschuldigte ich mich kurz darauf und ging hinauf, um mit meinem Lied weiterzumachen.

Mein Zimmer, bei Tageslicht so inspirierend, war nach Einbruch der Dunkelheit nicht annähernd so reizvoll. Es fing damit an, dass sich die Vorhänge nicht vollständig zuziehen ließen, was bedeutete, dass ich, wenn ich wegen der Bruthitze ein Fenster öffnete, mit dem Licht sämtliche Insekten aus dem Umkreis von Meilen anlockte. Und das Licht, das ich hatte, war nur diese eine nackte Glühbirne, die von der Rosette an der Decke herabhing und trübsinnige Schatten warf und den Raum so ungenutzt aussehen ließ, wie er im Grunde war. An diesem Abend brauchte ich Licht zum Arbeiten, um Textzeilen gleich zu notieren, wenn sie mir einfielen. Aber es wurde mir bald viel zu stickig, und schließlich machte ich das Licht aus, zog die Vorhänge zurück und riss die Fenster weit auf. Dann setzte ich mich mit meiner Gitarre in den Erker, wie ich es tagsüber zu tun pflegte.

Ich hatte vielleicht eine Stunde so gesessen und verschiedene Ideen für die Überleitung durchgespielt, als es an der Tür klopfte und Maggie ihren Kopf hereinsteckte. Natürlich war alles dunkel, aber unten auf der Terrasse brannte eine Notbeleuchtung, in deren Widerschein ich Maggies Gesicht halbwegs erkennen konnte. Sie hatte dieses verlegene Lächeln aufgesetzt, dass ich dachte, sie wird mich gleich bitten, herunterzukommen und wieder bei irgendwas zu helfen. Sie kam direkt herein, schloss die Tür hinter sich und sagte:

»Tut mir leid, Bruderherz. Aber Geoff hat heute wirklich schwer gearbeitet und ist fürchterlich müde. Und jetzt sagt er, er möchte in Ruhe seinen Film sehen?«

Genau so sagte sie es, als wäre es eine Frage, und ich brauchte einen Moment, um zu begreifen, dass sie mich bat, mit meiner Musik aufzuhören.

»Aber ich arbeite hier an etwas Wichtigem«, sagte ich.

»Ich weiß. Aber er ist heute wirklich müde, und er sagt, er kann wegen deiner Gitarre nicht ausspannen.«

»Geoff sollte endlich mal kapieren«, sagte ich, »dass ich ebenfalls zu arbeiten habe, genau wie er.«

Meine Schwester schien darüber nachzudenken. Aber dann seufzte sie tief und sagte: »Ich glaube nicht, dass ich ihm das so weitergeben sollte.«

»Wieso nicht? Warum sagst du's ihm nicht? Es wird Zeit, dass die Botschaft bei ihm ankommt.«

»Warum nicht? Weil er vermutlich nicht sehr erfreut darüber sein wird, darum. Und ich fürchte, er wird nicht einsehen, dass seine Arbeit und deine Arbeit so ganz auf demselben Niveau sind.«

Im ersten Moment verschlug es mir die Sprache, und ich starrte Maggie nur an. Dann sagte ich: »Du redest so einen Mist. Warum redest du so einen Mist?«

Sie schüttelte müde den Kopf, sagte aber nichts.

»Ich versteh nicht, warum du so einen Mist redest«, sagte ich. »Und ausgerechnet jetzt, wo es für mich so gut läuft?«

»Ach ja? Es läuft gut für dich?« Sie sah mich im Dämmerlicht stumm und unverwandt an. »Na gut«, sagte sie schließlich, ich werd nicht mit dir streiten.« Sie wandte sich ab und öffnete die Tür. »Komm doch runter und setz dich zu uns, wenn du magst«, sagte sie, als sie ging.

Starr vor Wut stierte ich auf die Tür, die sie hinter sich geschlossen hatte. Gedämpft drangen die Stimmen aus dem Fernseher unten in mein Bewusstsein ein, und selbst in meinem gegenwärtigen Zustand teilte mir ein separater Teil meines Gehirns mit, dass mein Zorn sich nicht gegen Maggie, sondern gegen Geoff richten sollte, der seit dem Tag meiner Ankunft systematisch gegen mich hetzte. Wütend aber war ich auf meine Schwester. In der ganzen Zeit, die ich hier war, hatte sie nicht ein einziges Mal ein Lied von mir hören wollen, so wie Tilo und Sonja heute. Von der eigenen Schwester war das doch sicher nicht zu viel verlangt, vor allem von einer, die, wie ich mich zufällig erinnerte, als Teenager ein riesiger Musikfan gewesen war. Jetzt waren wir schon so weit, dass sie mich unterbrach, wenn ich zu arbeiten versuchte, und diesen Mist von sich gab. Jedes Mal, wenn mir wieder diese Worte »Na gut, ich werd nicht mit dir streiten« durch den Kopf gingen, durchströmte mich neuer Zorn.

Ich sprang vom Fensterbrett, verstaute meine Gitarre und warf mich auf die Matratze. Dann starrte ich eine Weile auf das Muster an der Decke. Es schien mir klar, dass ich unter Vorspiegelung falscher Tatsachen hierhergelockt worden war – es war ihnen nur darum gegangen, eine billige Saisonhilfe zu kriegen, einen Trottel, dem sie nicht mal was zahlen mussten. Und worum es mir ging, worum ich mich bemühte, dafür hatte meine Schwester so wenig Sinn wie ihr Schwachkopf von Ehemann. Es geschah ihnen beiden recht, wenn ich sie hier sitzen ließ und auf der Stelle nach London zurückfuhr. Eine Stunde oder länger brütete ich vor mich hin, bis ich mich ein bisschen beruhigt hatte und fand, dass es Zeit war, schlafen zu gehen.

Als ich am nächsten Tag wie gewohnt kurz nach dem morgendlichen Hochbetrieb herunterkam, redete ich nicht viel mit den beiden. Ich machte mir Toast und Kaffee, nahm mir vom übrig gebliebenen Rührei und setzte mich in eine Ecke des Cafés. Während des Frühstücks kam mir immer wieder der Gedanke, ob ich oben in den Hügeln womöglich noch einmal Tilo und Sonja begegnete, und mir wurde klar, dass ich sogar darauf hoffte – auch wenn das hieß, dass sie mir wegen des Quartiers bei der Hexe Fraser die Leviten lasen. Aber auch wenn es dort wirklich grauenhaft war, kämen sie doch nie auf die Idee, ich hätte sie aus Gemeinheit dorthin geschickt. Auf jeden Fall gäbe es verschiedene Wege, wie ich mich aus der Affäre ziehen konnte.

Maggie und Geoff erwarteten sicher, dass ich wieder zur Stelle war, wenn der Mittagsansturm einsetzte, aber ich fand, sie hatten eine Lektion über mangelnden Respekt gegenüber Mitarbeitern verdient. Deshalb ging ich nach dem Frühstück wieder nach oben, holte meine Gitarre und schlich zur Hintertür hinaus.

Es war wieder ein wirklich heißer Tag, und mir lief der Schweiß über die Wangen, als ich den Weg zu meiner Bank hinaufstieg. Zwar hatte ich beim Frühstück an Tilo und Sonja gedacht, aber inzwischen hatte ich sie wieder vergessen und erlebte also eine Überraschung, als ich auf dem letzten Anstieg zur Bank aufschaute und Sonja allein dort sitzen sah. Sie entdeckte mich sofort und winkte.

Sie war mir noch immer nicht ganz geheuer, vor allem ohne Tilo in der Nähe, und ich war nicht sehr erpicht darauf, mich zu ihr zu setzen. Aber sie strahlte mich breit an und rückte bereitwillig zur Seite, wie um mir eigens Platz zu machen – was blieb mir also anderes übrig.

Wir sagten Hallo, und dann saßen wir eine Zeit lang nur nebeneinander, ohne zu reden. Das wirkte zunächst gar nicht so merkwürdig, schon allein deshalb, weil ich erst mal verschnaufen musste, aber auch wegen der Aussicht: An diesem

Tag war es dunstiger und bewölkter als tags zuvor, aber wenn man sich konzentrierte, konnte man bis zu den Black Mountains jenseits der Grenze zu Wales sehen. Es ging ein ziemlicher Wind, der aber nicht unangenehm war.

»Wo ist denn Tilo?«, fragte ich schließlich.

»Tilo? Oh ...« Sie beschirmte ihre Augen und hielt Ausschau. Dann streckte sie die Hand aus. »Dort. Sehen Sie? Dort drüben. Das ist Tilo.«

Ein gutes Stück entfernt erkannte ich eine Gestalt, die möglicherweise ein grünes T-Shirt und eine weiße Schirmmütze trug und den Weg Richtung Worcestershire Beacon hinaufging.

»Tilo wollte spazieren gehen«, sagte sie.

»Und Sie wollten nicht mit?«

»Nein. Ich wollte lieber hier bleiben.«

Zwar erinnerte sie in keiner Hinsicht an den zornentbrannten Gast aus dem Café, doch war sie auch nicht ganz dieselbe wie am Vortag, als sie mir gegenüber so herzlich und ermutigend gewesen war. Es lag eindeutig etwas in der Luft, und ich begann mir eine Rechtfertigung wegen der Hexe Fraser zurechtzulegen.

»Übrigens«, sagte ich, »hab ich an dem Lied weitergearbeitet. Wenn Sie mögen, spiel ich's Ihnen vor.«

Sie überlegte kurz, dann sagte sie: »Wenn Sie mir nicht böse sind, dann vielleicht bitte lieber ein bisschen später. Wissen Sie, Tilo und ich hatten gerade ein Gespräch. Sie können es Streit nennen.«

»Oh, verstehe. Das tut mir leid.«

»Und jetzt geht er eben spazieren.«

Wieder saßen wir stumm da. Dann seufzte ich und sagte: »Vielleicht ist das alles meine Schuld.«

133

Sie drehte sich zu mir. »Ihre Schuld? Wieso das denn?«

»Dass Sie gestritten haben. Dass Ihr Urlaub jetzt im Eimer ist. Meine Schuld. Es liegt an diesem Hotel, oder? Es ist nicht grad fantastisch, stimmt's?«

»Das Hotel?« Sie wirkte verwirrt. »Ah, das Hotel. Na ja, es hat schon ein paar Schwachstellen. Aber es ist ein Hotel, wie viele andere.«

»Aber sie sind Ihnen nicht entgangen, oder? Diese ganzen Schwachstellen sind Ihnen nicht entgangen? Kann ja nicht anders sein.«

Sie schien darüber nachzudenken, dann nickte sie. »Das stimmt, die Schwachstellen sind nicht zu übersehen. Aber Tilo hat nichts gemerkt. Tilo hält das Hotel natürlich für prächtig. Was für ein Glück, sagte er immer wieder, was für ein Glück, dass wir so ein Hotel gefunden haben. Dann das Frühstück heute Morgen. Für Tilo ist es ein wunderbares Frühstück, das beste, das er je hatte. Ich sage, Tilo, sei nicht blöd. Das ist ein miserables Frühstück. Das ist ein miserables Hotel. Aber er sagt, nein, nein, wir haben so ein Glück. Daraufhin werde ich wütend. Ich zähle der Besitzerin alles auf, was unmöglich ist. Tilo führt mich weg. Gehen wir spazieren, sagt er. Dann geht's dir gleich besser. Wir kommen also hierher. Und er sagt: Sonja, schau dir diese Landschaft an, ist sie nicht wunderschön? Haben wir nicht ein großes Glück, dass wir in unserem Urlaub gerade hier gelandet sind? Diese Hügel, sagt er, sind noch schöner, als er sie sich vorgestellt hat, während er Elgar hörte. Stimmt es nicht, fragt er mich. Ich werde wohl wieder wütend. So wunderschön sind sie auch wieder nicht, sage ich. Sie sind nicht so, wie ich sie mir vorstelle, wenn ich Elgars Musik höre. Elgars Hügel sind majestätisch und geheimnisvoll. Hier sieht es einfach aus wie in einem Park. Das sage ich zu ihm, und jetzt ist er böse auf mich. In dem Fall, sagt er, geht er allein spazieren. Er sagt, wir sind fertig miteinander, nie sind wir in irgendwas einer Meinung. Ja, sagt er, Sonja, wir beide, wir sind fertig miteinander. Und weg ist er! So, jetzt wissen Sie Bescheid. Deswegen ist er dort oben, und ich bin hier unten.« Wieder beschirmte sie ihre Augen und beobachtete den sich entfernenden Tilo.

»Tut mir wirklich leid«, sagte ich. »Hätte ich Sie nur gar nicht erst in dieses Hotel geschickt …«

»Ich bitte Sie! Das Hotel ist doch nicht wichtig.« Sie beugte sich vor, um einen besseren Blick auf Tilo zu haben. Dann wandte sie sich zu mir und lächelte, obwohl ich Tränen in ihren Augen zu erkennen meinte. »Erzählen Sie«, sagte sie. »Werden Sie heute ein neues Lied schreiben?«

»So ist es geplant. Zumindest will ich das Lied abschließen, an dem ich gearbeitet habe. Das Sie gestern gehört haben.«

»Das war wunderschön. Und was haben Sie vor, wenn Sie damit fertig sind, hier ihre Lieder zu schreiben? Haben Sie einen Plan?«

»Ich gehe nach London zurück und gründe eine Band. Diese Lieder brauchen genau die richtige Band, sonst funktionieren sie nicht.«

»Wie spannend! Ich wünsche Ihnen viel Glück.«

Nach einem Moment sagte ich leise: »Aber vielleicht lass ich's auch bleiben. Es ist nicht so einfach, wissen Sie.«

Sie gab keine Antwort, und ich dachte, sie hatte vielleicht nicht gehört, denn sie wandte sich wieder ab und blickte zu Tilo.

»Wissen Sie«, sagte sie schließlich, »als ich jünger war, konnte mich nichts aus der Ruhe bringen. Heute rege ich mich ständig über alles Mögliche auf. Ich weiß nicht, warum ich so geworden bin. Es ist nicht gut. Na ja, ich glaube nicht, dass Tilo hierher zurückkommt. Ich gehe ins Hotel und warte dort auf ihn.« Den Blick immer noch auf die ferne Gestalt geheftet, stand sie auf.

»Es ist wirklich zu schade«, sagte ich und stand ebenfalls auf, »dass Sie sich in Ihrem Urlaub streiten. Dabei wirkten Sie gestern, als ich Ihnen vorgespielt habe, noch so glücklich miteinander.«

»Ja, das war ein guter Moment. Danke, dass Sie das sagen.« Unversehens streckte sie mir die Hand entgegen und lächelte herzlich. »Es war sehr schön, Sie kennenzulernen.«

Wir gaben einander schwach die Hand, wie man das mit Frauen so tut. Sie machte sich auf den Weg, aber nach ein paar Schritten blieb sie stehen und drehte sich noch einmal um.

»Wenn Tilo hier wäre«, sagte sie, »würde er Ihnen sagen: Lassen Sie sich bloß nie unterkriegen. Er würde sagen: Natürlich müssen Sie nach London und versuchen, eine Band auf die Beine zu stellen. Natürlich werden Sie's schaffen. Das würde Tilo sagen. So ist er.«

»Und was würden *Sie* sagen?«

»Ich würde gern dasselbe sagen. Denn Sie sind jung und talentiert. Aber ich bin nicht so sicher. Das Leben hat an sich schon genügend Enttäuschungen parat. Wenn Sie obendrein noch solche Träume haben …« Sie lächelte wieder und zuckte die Achseln. »Aber ich sollte so was nicht sagen. Ich bin Ihnen kein gutes Vorbild. Außerdem sehe ich, dass Sie viel eher so wie Tilo sind. Wenn die Enttäuschungen dann kommen, machen Sie trotzdem weiter. Genau wie er werden Sie sagen: Ich hab so ein Glück.« Ein paar Sekunden lang sah sie mich an, als prägte sie sich mein Aussehen ein. Der Wind fuhr ihr in die Haare und ließ sie älter wirken als sonst. »Viel Glück«, sagte sie schließlich.

»Ihnen ebenfalls«, antwortete ich. »Ich hoffe, Sie versöhnen sich wieder.«

Sie winkte ein letztes Mal, dann ging sie den Weg hinab und war bald verschwunden.

Ich nahm die Gitarre aus dem Kasten und setzte mich wieder auf die Bank. Aber ich fing noch nicht zu spielen an, denn ich blickte in die Ferne, Richtung Worcestershire Beacon, und auf Tilos winzige Gestalt auf dem Hang. Vielleicht hatte es mit dem Einfallswinkel der Sonne auf diesem Teil des Hügels zu tun, jedenfalls sah ich ihn jetzt viel deutlicher als vorher, obwohl er weiter weg war. Er blieb kurz stehen und schien sich umzuschauen, fast als versuchte er die ringsum liegenden Hügel mit anderen Augen zu sehen. Dann setzte sich seine Gestalt wieder in Bewegung.

Ich arbeitete ein paar Minuten lang an meinem Lied, aber meine Konzentration ließ immer mehr nach, vor allem weil ich ständig daran denken musste, welches Gesicht Hexe Fraser gemacht hatte, als Sonja ihr am Morgen den Kopf gewaschen hatte. Dann blickte ich auf die Wolken und auf das weite Land unter mir und zwang mich, wieder an mein Lied zu denken und an die Überleitung, die noch immer nicht stimmte.

BEI ANBRUCH
DER NACHT

Bis vor zwei Tagen wohnte ich Tür an Tür mit Lindy Gardner. Okay, denken Sie jetzt, wenn Lindy Gardner meine Nachbarin war, dann heißt das wahrscheinlich, dass ich in Beverly Hills wohne; dass ich womöglich Filmproduzent bin oder Schauspieler oder Musiker. Also ein Musiker bin ich. Aber ich bin nicht das, was man Oberliga nennt – auch wenn ich schon mit ein, zwei Künstlern aufgetreten bin, von denen Sie vielleicht gehört haben. Bradley Stevenson, mein Manager, der mir auf seine Weise im Lauf der Jahre ein guter Freund war, behauptet ja, ich hätte das Zeug zur Oberliga. Nicht nur Oberliga-Studiomusiker, sondern Oberliga-Bühnenstar. Es stimmt nicht, dass Saxofonisten heutzutage keine Stars mehr werden, sagt er, und er betet seine Namensliste herunter. Marcus Lightfoot. Silvio Tarrentini. Das sind alles Jazzer, wende ich ein. »Ja was bist du denn, etwa kein Jazzer?«, sagt er. Nur in meinen geheimsten Träumen bin ich noch ein Jazzer. In der realen Welt – wenn mein Gesicht nicht komplett bandagiert ist wie jetzt – bin ich bloß ein Aushilfstenor-Mann, der halbwegs gefragt ist, im Studio oder als Lückenbüßer, wenn bei einer Band der reguläre Saxofonist ausgefallen ist. Wollen sie Pop haben, gut, spiele ich Pop. R&B? Okay. Autowerbung, Titelmusik für Talkshows – mach ich. Jazz spiele ich heutzutage nur noch daheim in meinem Kabuff.

Natürlich würde ich lieber im Wohnzimmer spielen, aber der Wohnblock ist so windig gebaut, dass sich den ganzen Flur entlang die Nachbarn beschweren würden. Deshalb habe ich unser kleinstes Zimmer in einen Probenraum umgewandelt. Eigentlich ist es nicht mehr als ein Wandschrank – man kann einen Bürostuhl hineinstellen, und das war's –, aber ich habe den Raum mit Schaum und Eierkartons und alten wattierten Umschlägen, die mein Manager Bradley aus seinem Büro verschickt, schalldicht gemacht. Als Helen, meine Frau, noch bei mir wohnte, lachte sie immer, wenn sie mich mit meinem Sax darin verschwinden sah, und sagte, das sei, als ginge ich aufs Klo, und manchmal kam es mir wirklich so vor. In diesem schummrigen, fensterlosen Kabuff zu sitzen und einer Privatangelegenheit nachzugehen, von der niemand was mitkriegen will, das ist ja im Grunde nichts anderes.

Inzwischen ahnen Sie wahrscheinlich schon, dass ich Lindy Gardner nicht in der Wohnung, von der ich rede, als Nachbarin hatte. Sie war auch keine der Nachbarn, die an die Tür hämmerten, wenn ich mal wagte, außerhalb des Kabuffs zu spielen. Wenn ich sage, sie war meine Nachbarin, meine ich etwas anderes, und das will ich jetzt gleich erklären.

In diesem protzigen Hotel hier war Lindy bis vor zwei Tagen meine Zimmernachbarin und hatte, wie ich, das Gesicht komplett einbandagiert. Lindy hat natürlich ein großes, komfortables Haus hier in der Nähe, und weil sie sich bezahlte Hilfe leisten kann, hat Dr. Boris sie nach Hause gelassen. Das heißt, aus rein medizinischer Sicht hätte sie wahrscheinlich schon viel früher gehen können, aber es spielten offensichtlich noch andere Faktoren eine Rolle. Zum Beispiel hätte sie sich vor Kameras und Klatschreportern zu Hause nicht so leicht verstecken können. Vor allem aber habe ich eine dumpfe Ahnung, dass Dr. Boris seinen gigantischen Ruhm manchem Verfahren verdankt, das nicht hundertprozentig legal ist, und das mag der Grund sein, weshalb er seine Patienten hier oben in dieser streng geheimen Hoteletage, fernab vom normalen Betrieb unterbringt und uns anweist, unser Zimmer nur im äußersten Notfall zu verlassen. Könnte man unter all die Verbände schauen, bekäme man hier oben in einer einzigen Woche mehr Stars zu Gesicht als in einem ganzen Monat im Chateau Marmont.

Wie aber gerät jemand wie ich mit all den Stars und Millionären hierher, wo mir der beste plastische Chirurg der Stadt ein neues Gesicht verpasst? Wahrscheinlich hat alles mit meinem Manager Bradley angefangen, der selber nicht gerade Oberliga ist und mit George Clooney so wenig Ähnlichkeit hat wie ich. Als er es vor ein paar Jahren zum ersten Mal erwähnte, meinte er es wohl noch im Scherz, aber es schien ihm jedes Mal, wenn er wieder drauf zurückkam, ernster zu werden. Was er sagte, war, mit einem Wort, dass ich hässlich bin. Und das sei der Grund, weshalb ich es nicht in die Oberliga schaffte.

»Schau dir Marcus Lightfoot an«, sagte er. »Oder Kris Bugoski. Oder Tarrentini. Hat einer von denen einen so unverwechselbaren Sound wie du? Nein. Haben sie deine Zärtlichkeit? Deine Ideen? Haben sie auch nur halb so viel Technik wie du? Nein. Aber sie sehen okay aus, und deswegen öffnen sich ihnen immer wieder alle möglichen Türen.«

»Was ist mit Billy Fogel?«, sagte ich. »Er ist hässlich wie die Nacht, und trotzdem läuft es bei ihm.«

»Klar ist Billy hässlich. Aber er ist sexy, ein richtig fieser Typ. Du, Steve, du bist … Na ja, du bist – langweilig, versagerhässlich. Das ist die falsche Sorte von hässlich. Sag, hast du je dran gedacht, mal was machen zu lassen? Chirurgisch, meine ich?«

Ich ging nach Hause und erzählte Helen das alles, weil ich dachte, sie findet es so komisch wie ich. Und zuerst lachten wir ja auch, ausgiebig, auf Bradleys Kosten. Dann kam Helen zu mir, schlang die Arme um mich und sagte, für sie wenigstens sei ich der schönste Mann des Universums. Dann wich sie irgendwie zurück und wurde still, und als ich fragte, was los sei, sagte sie: Gar nichts. Dann sagte sie, vielleicht, na ja, vielleicht hat Bradley nicht ganz unrecht. Vielleicht sollte ich wirklich mal drüber nachdenken, ob ich nicht was machen lassen will.

»Du brauchst mich gar nicht so anzuschauen!«, fuhr sie mich an. »Alle tun das. Und du, du hast einen *beruflichen* Grund. Wenn einer Luxuschauffeur werden will, geht er hin und kauft sich eine Luxuskarosse. Bei dir ist das genau dasselbe.«

Aber zu dem Zeitpunkt dachte ich nicht weiter darüber nach, allerdings begann ich mich mit dem Etikett »versagerhässlich« abzufinden. Ohnehin hatte ich kein Geld für eine OP. Tatsache ist, dass wir zu dem Zeitpunkt, als Helen von Luxuschauffeuren redete, neuneinhalbtausend Dollar Schulden hatten. Übrigens war das typisch Helen. Ein feiner Mensch in vielerlei Hinsicht, aber dass sie's fertigbringt, den wahren Zustand unserer Finanzen komplett zu verdrängen und sich auszumalen, wie man ordentlich klotzen könnte: Das ist Helen.

Abgesehen vom finanziellen Aspekt, passte mir die Vorstellung nicht, mich unters Messer zu legen. Ich bin in solchen

Dingen nicht sehr gut. Einmal, am Anfang unserer Beziehung, wollte Helen mit mir laufen gehen. Es war ein frischer Wintermorgen, und ich war zwar nie ein begeisterter Läufer, aber von ihr war ich so hingerissen, dass ich unbedingt einen guten Eindruck machen wollte. Wir rannten also durch den Park, und ich hielt einigermaßen mit ihr Schritt, bis ich plötzlich über etwas Hartes stolperte, das aus dem Boden ragte. Mein Fuß tat weh, eigentlich nicht sehr schlimm, aber als ich Schuh und Socke auszog und sah, dass sich der Nagel der großen Zehe wie zu einem Hitlergruß aufgestellt hatte, wurde mir schlecht, und ich kippte um. So bin ich. Also sehen Sie, ich war nicht gerade erpicht auf eine Schönheitsoperation.

Dann war das natürlich eine Frage des Prinzips. Gut, ich sagte es schon, in künstlerischer Hinsicht bin ich kein Purist. Für Geld spiele ich alles mögliche Zeug. Aber das hier war eine Zumutung anderer Art, und ich hatte durchaus noch einen Rest Stolz. In einem hat Bradley nämlich recht: Ich kann doppelt so viel wie die meisten anderen Leute in dieser Stadt. Leider zählt das heutzutage anscheinend nicht viel. Worum es wirklich geht, das sind Image, Vermarktbarkeit, Präsenz in Zeitschriften und im Fernsehen, Partys und dass man mit den richtigen Leuten essen geht. Mich machte das alles krank. Ich bin Musiker, warum soll ich dieses Spiel mitmachen? Warum kann ich nicht einfach meine Musik machen, so gut es eben geht, und immer besser werden, wenn auch nur in meinem Kabuff, und vielleicht, vielleicht hören mich ja eines Tages echte Musikliebhaber und schätzen das, was ich tue. Wozu soll ich einen Schönheitschirurgen brauchen?

Helen schien es anfangs genauso zu sehen wie ich, und das Thema kam eine ganze Weile nicht mehr aufs Tapet. Bis sie mich aus Seattle anrief und sagte, dass sie mich verlässt und zu Chris Prendergast zieht. Sie kannte den Typen seit der Highschool, er besitzt jetzt eine erfolgreiche Diner-Kette in Washington. Ich hatte diesen Prendergast im Lauf der Jahre ein paarmal gesehen – er war einmal zum Abendessen bei uns gewesen –, aber ich hatte nie irgendeinen Verdacht gehegt. »Diese Schalldämpfung in deinem Wandschrank«, sagte Bradley damals, »die funktioniert in beide Richtungen.« Da hatte er wohl recht.

Aber ich will jetzt nicht weiter auf Helen und Prendergast herumreiten, ich will nur erklären, welchen Anteil die beiden daran haben, dass ich jetzt hier bin. Sie denken vielleicht, ich sei die Küste hinaufgefahren, hätte das glückliche Paar zur Rede gestellt, und plastische Chirurgie sei die unausweichliche Folge einer mannhaften Auseinandersetzung mit meinem Rivalen gewesen. Romantisch, aber so war es leider nicht.

Sondern es war so, dass Helen ein paar Wochen nach diesem Anruf in die Wohnung zurückkam, um den Abtransport ihrer Sachen zu organisieren. Sie sah traurig aus, wie sie so in der Wohnung herumging – schließlich hatten wir hier auch eine gute Zeit gehabt –, und ich rechnete ständig damit, dass sie zu weinen anfing. Aber das passierte nicht, sie ging nur weiter herum und stapelte ihr Hab und Gut ordentlich aufeinander. In ein, zwei Tagen werde jemand kommen und die Sachen abholen, sagte sie. Und als ich, das Saxofon in der Hand, in meinem Kabuff verschwinden wollte, blickte sie auf und sagte leise:

»Bitte Steve. Geh nicht schon wieder dahinein. Wir müssen reden.«

»Worüber denn?«

»Steve, in Gottes Namen.«

Also legte ich das Sax in den Kasten zurück, und wir gingen

in unsere kleine Küche und setzten uns einander gegenüber an den Tisch. Dann legte sie los.

Ihre Entscheidung stehe fest. Sie sei glücklich mit Prendergast, für den sie schon seit der Schule geschwärmt habe. Aber die Trennung von mir falle ihr schwer, vor allem jetzt, wo es beruflich nicht so gut laufe. Deswegen habe sie über alles noch einmal nachgedacht und mit ihrem Neuen gesprochen, und der habe auch ein schlechtes Gewissen wegen mir. Offenbar hatte er gesagt: »Das geht doch nicht, dass Steve den Preis für unser Glück zahlen muss«, und daher folgender Vorschlag: Prendergast sei bereit, mir den besten Chirurgen in der Stadt zu zahlen, damit er mein Gesicht in Ordnung bringt. »Es stimmt«, sagte sie, als ich sie sprachlos anstarrte. »Es ist sein voller Ernst. Er scheut keine Kosten. Sämtliche Krankenhausrechnungen, Reha, alles. Der beste Chirurg der Stadt.« Sobald mein Gesicht in Ordnung sei, gäbe es keinen Hinderungsgrund mehr, sagte sie. Dann käme ich bald ganz nach oben, bei dem Talent, das ich hätte, könne ja nichts schiefgehen.

»Steve, wieso schaust du mich so an? Das ist ein fantastisches Angebot. Und Gott weiß, ob es in sechs Monaten noch steht. Sag jetzt gleich Ja und tu dir selber einen Riesengefallen. Du hast ein paar Wochen Beschwerden, und dann ab die Post! Jupiter und noch weiter hinauf!«

Fünfzehn Minuten später, schon an der Tür, fragte sie, in viel strengerem Ton: »Also was sagst du? Dass es dir reicht, für den Rest deines Lebens in diesem Kabuff Saxofon zu spielen? Dass du *gern* ein solcher Versager bist?« Und damit ging sie.

Am nächsten Tag suchte ich Bradley in seinem Büro auf, um zu fragen, ob er was für mich habe, und ich erzählte – nur so zum Spaß –, was passiert war; ich dachte, wir würden darüber lachen. Aber er lachte überhaupt nicht.

»Dieser Typ ist reich? Und er ist bereit, dir einen Spitzenchirurgen zu zahlen? Vielleicht schickt er dich zu Crespo. Oder sogar zu Boris.«

Jetzt fing also auch Bradley damit an. Ich sollte die Chance nur ja nutzen, denn wenn nicht, bliebe ich für den Rest meines Lebens ein Versager. Ich war ziemlich sauer, als ich sein Büro verließ, aber er rief mich noch am selben Nachmittag an und redete auf mich ein. Wenn es der Anruf sei, der mich zurückschrecken lasse, sagte er, wenn es meinen Stolz verletze, zum Telefon zu greifen und Helen zu sagen, ja, bitte, ich will es machen, bitte lass deinen Liebhaber einen großen Scheck unterschreiben – wenn es das sei, was mich abhalte, dann werde er, Bradley, liebend gern sämtliche Verhandlungen für mich übernehmen. Leck mich kreuzweise, sagte ich und legte auf. Aber eine Stunde später rief er schon wieder an. Er sagte, er habe jetzt alles kapiert, und ich sei ein Trottel, dass ich nicht selber draufgekommen sei.

»Helen hat das alles sorgfältig geplant. Bedenke ihre Lage. Sie liebt dich. Aber aussehensmäßig – tja, da bist du ihr eher peinlich, wenn ihr in der Öffentlichkeit gesehen werdet. Du bist keine Augenweide. Sie will, dass du was dagegen unternimmst, aber du weigerst dich. Was soll sie tun? Also, ihr nächster Schritt ist wirklich grandios. Sehr subtil. Als professioneller Manager kann ich sie nur bewundern. Sie tut sich mit diesem Typen zusammen. Okay, vielleicht hatte sie schon immer eine Schwäche für ihn, aber von echter Liebe kann keine Rede sein. Sie bringt ihn dazu, dass er dir ein neues Gesicht zahlt. Sobald du auskuriert bist, kommt sie zurück, du siehst gut aus, sie giert nach deinem Körper, sie kann's gar nicht erwarten, sich in der Öffentlichkeit mit dir zu zeigen …«

An dieser Stelle unterbrach ich ihn und sagte, ich sei zwar

nach den vielen Jahren an die Niederungen, in die er hinabsteige, wenn er was von mir wolle, das beruflich für ihn von Vorteil sein könnte, gewöhnt, aber dieser neueste Trick sei derart tief unten, dass kein Lichtstrahl mehr dorthinab gelange und dampfender Pferdemist innerhalb von Sekunden zu Eis gefroren sei. Und apropos Pferdemist könne ich zwar verstehen, dass er von Natur aus die ganze Zeit Scheiße schaufeln müsse, aber dass es doch eine vernünftigere Strategie seinerseits wäre, wenn er sich was einfallen ließe, bei dem wenigstens die Chance bestehe, dass ich ein, zwei Minuten zuhörte. Dann legte ich auf.

Die nächsten paar Wochen waren die Jobs noch dünner gesät als sonst, und wann immer ich Bradley anrief und fragte, ob er was für mich habe, sagte er sinngemäß: »Es ist schwer, jemandem zu helfen, der sich nicht selbst helfen will.« Irgendwann fing ich an, die Sache pragmatischer zu sehen. Dass ich Geld verdienen musste, war nicht zu leugnen. Und wenn ich diese OP auf mich nähme: Wäre es denn ein so schlechtes Ergebnis, wenn in der Folge davon wirklich sehr viel mehr Menschen meine Musik zu hören bekämen? Und was war mit meinen Plänen, eines Tages eine eigene Band zu haben? Wie sollte es je dazu kommen?

Etwa sechs Wochen nach Helens Angebot erwähnte ich schließlich beiläufig gegenüber Bradley, dass ich darüber nachdächte. Das reichte ihm. Er legte sofort los, telefonierte, arrangierte, schrie herum und wurde immer aufgeregter. Eines muss man ihm lassen, er hielt sein Wort: Er übernahm die ganzen Vermittlungen, sodass ich kein einziges demütigendes Gespräch mit Helen, geschweige denn mit Prendergast führen musste. Zeitweise erzeugte Bradley sogar die Illusion, er handle ein Geschäft für mich aus, ich sei derjenige, der was anzubieten hatte. Trotzdem überkamen mich mehrmals am Tag Zweifel. Als es dann so weit war, passierte es sehr plötzlich. Bradley rief an: Bei Dr. Boris habe in letzter Minute jemand abgesagt, und ich müsse noch am selben Nachmittag um halb vier mit gepacktem Koffer bei dieser und jener Adresse erscheinen. Vielleicht bekam ich im letzten Moment doch noch Muffensausen, denn ich weiß noch, wie mich Bradley durchs Telefon anbrüllte, ich solle mich zusammenreißen, er komme jetzt her, um mich persönlich hinzubringen, und dann wurde ich eine Serpentinenstraße hinauf zu einer Villa in den Hügeln von Hollywood gefahren und unter Narkose gesetzt, genau wie eine Figur aus einem Raymond-Chandler-Roman.

Nach ein paar Tagen brachte man mich hierherunter, in dieses Hotel in Beverly Hills. Im Schutz der Dunkelheit schob man mich durch den Hintereingang herein und diesen Flur entlang, der so exklusiv ist, dass wir vom normalen Leben im Hotel vollständig abgeriegelt sind.

In der ersten Woche schmerzte mein Gesicht, und von den Betäubungsmitteln in meinem Blutkreislauf war mir ständig leicht übel. Ich musste in halb sitzender Position schlafen, was bedeutete, dass ich kaum schlief, und weil die Krankenschwester darauf bestand, mein Zimmer dauernd im Dunkeln zu halten, verlor ich jedes Zeitgefühl. Trotzdem ging es mir nicht schlecht. Eigentlich war ich recht beschwingt und voller Hoffnung. Ich hatte absolutes Vertrauen zu Dr. Boris, schließlich war er ein Mann, in dessen Hände Filmstars ihre gesamte Karriere legten. Mehr noch, ich war mir sicher, dass er an mir sein Meisterwerk verrichtet hatte; dass beim Anblick meines Versagergesichts sein tiefster Ehrgeiz erwacht war, dass er sich erinnert hatte, weshalb er diesen Beruf überhaupt ergriffen hatte, und alles gegeben hatte und mehr. Wenn der Verband herunterkäme, könnte ich mich auf ein sauber modelliertes Gesicht freuen, ein bisschen brutal und doch voller Nuancen. Ein Mann seines Rufs hätte die Erfordernisse eines ernsthaften Jazzmusikers gründlich durchdacht und sie nicht mit den Bedürfnissen eines, sagen wir: Fernsehmoderators verwechselt. Vielleicht hätte er sogar noch etwas hineingelegt, um mir dieses leicht Getriebene zu verleihen, ein bisschen wie der junge De Niro oder wie Chet Baker, bevor ihn die Drogen verwüsteten. Ich dachte an die Platten, die ich aufnehmen würde, an die Musiker, die ich als Begleitung anheuern würde. Ich war siegestrunken und wusste nicht mehr, wie ich je hatte zögern können.

Dann kam die zweite Woche, das Medikamentenhoch ließ nach, und jetzt war ich niedergeschlagen, fühlte mich einsam und minderwertig. Gracie, die Krankenschwester, erlaubte ein bisschen mehr Licht im Zimmer – allerdings blieben die Jalousien immer mindestens halb geschlossen –, und ich durfte im Bademantel herumgehen. Also schob ich eine CD nach der anderen in die Bang-&-Olufsen-Anlage und wanderte auf dem Teppich im Kreis, nur hin und wieder blieb ich vor dem Spiegel über der Kommode stehen, um das seltsame, einbandagierte Monster zu begutachten, das mich aus Augenschlitzen anstarrte.

In diesem Stadium erzählte mir Gracie, dass nebenan Lindy Gardner untergebracht sei. Hätte sie mir diese Neuigkeit in meiner früheren, euphorischen Phase präsentiert, hätte ich sie begeistert aufgenommen. Vielleicht hätte ich sie gar als Vorboten des glanzvollen Lebens genommen, zu dem ich unterwegs war. Zum gegenwärtigen Zeitpunkt allerdings, als ich mich meiner Talsohle näherte, erfüllte sie mich mit solchem

Abscheu, dass mir wieder richtig übel wurde. Sollten Sie zu Lindys vielfältigen Bewunderern zählen, bitte ich im Voraus um Verzeihung für das, was jetzt kommt. Wenn es irgendwen gab, der alles verkörperte, was mir an der Welt flach und unerträglich war, dann war das, in dem Moment, Lindy Gardner: eine Person von nicht nachweisbarer Begabung – okay, seien wir ehrlich, dass sie keine Schauspielerin ist, hat sie *demonstriert*, und dass sie musikalisches Talent habe, behauptet nicht mal sie selber –, die es aber trotzdem geschafft hat, berühmt zu werden, eine, um die sich Fernsehsender und Hochglanzmagazine reißen, von deren lächelnder Miene sie gar nicht genug kriegen können. Ich kam dieses Jahr mal an einem Buchladen vorbei und sah die Leute Schlange stehen und dachte schon, dass hier mindestens ein Stephen King Autogramme gibt, aber nein, es war Lindy Gardner, die ihre neueste, selbstverständlich aus der Feder eines Ghostwriters stammende Autobiografie signierte. Und wie hat sie das alles erreicht? Auf dem üblichen Weg natürlich. Die richtigen Affären, die richtigen Ehen, die richtigen Scheidungen. Das alles führt zu den richtigen Titelseiten, den richtigen Talkshows und Auftritten wie dieser Sendung, in der sie zuletzt war, ich weiß nicht mehr, wie sie hieß; darin gab sie allerlei Ratschläge: wie frau sich für ihre erste große Verabredung nach der Scheidung kleidet oder was sie tun soll, wenn sie den Verdacht hat, der Ehemann sei schwul. Solche Sachen. Die Leute behaupten, sie sei »der geborene Star«, aber das angeblich Faszinierende an ihr ist leicht genug zu durchschauen: Es ist die schiere Menge der Fernsehauftritte und Titelbilder, der unzähligen Fotos, die sie auf Premieren und Partys Arm in Arm mit legendären Gestalten zeigen. Und jetzt war sie hier, direkt nebenan, und erholte sich genau wie ich von einer Gesichts-OP, die Dr. Boris vorgenommen hatte. Keine andere Nachricht hätte das Ausmaß meines moralischen Abstiegs besser symbolisieren können als diese. Eine Woche zuvor war ich noch Jazzmusiker gewesen. Jetzt war ich nur noch einer von vielen armseligen Möchtegernen, die sich das Gesicht richten lassen, weil sie hoffen, den Lindy Gardners dieser Welt in einen geistlosen Ruhm nachkriechen zu können.

Während der nächsten paar Tage versuchte ich mir lesend die Zeit zu vertreiben, aber ich konnte mich nicht konzentrieren. Teile meines verbundenen Gesichts pochten schrecklich, andere juckten wie die Hölle, und ich hatte Hitzewallungen und Anfälle von Klaustrophobie. Ich sehnte mich nach meinem Saxofon, und der Gedanke, dass es noch Wochen dauern würde, bis ich mit meinen Gesichtsmuskeln wieder ausreichend Druck erzeugen konnte, machte mich noch trübsinniger. Schließlich kam ich drauf, dass ich den Tag am besten hinter mich brachte, wenn ich abwechselnd CDs hörte und auf Notenblätter starrte – ich hatte den Ordner mit Charts und Leadsheets mitgebracht, mit dem ich in meinem Kabuff arbeite – und mir Improvisationen vorsummte.

Gegen Ende der zweiten Woche, als es körperlich und seelisch ein bisschen bergauf ging, reichte mir die Krankenschwester mit wissendem Lächeln einen Umschlag und sagte: »Also so was wie das hier kriegen Sie nicht alle Tage.« Ich zog ein Blatt vom Notizpapier des Hotels heraus, und weil ich es hier neben mir liegen habe, zitiere ich es so, wie es kam.

Gracie sagt, Sie haben dieses Luxusleben langsam satt. Mir geht's genauso. Wie wär's, wenn Sie zu mir zu Besuch kämen? Wenn fünf Uhr heute Nachmittag nicht zu früh für einen Cocktail ist? Dr. B. sagt, kein Alkohol, wahrscheinlich gilt das auch für Sie. Es wird also wohl Soda und Perrier sein müssen. Hol ihn der Teufel. Dann sehe ich Sie heute um fünf, sonst bricht mir das Herz. Lindy Gardner.

Vielleicht lag es daran, dass mir zu diesem Zeitpunkt schon grenzenlos langweilig war; oder dass es mit meiner Stimmung wieder aufwärtsging; oder dass mir der Gedanke, mit einer Mitgefangenen Geschichten austauschen zu können, extrem verlockend schien. Vielleicht war ich aber auch gegen Glamour nicht so gefeit, wie ich dachte. Jedenfalls empfand ich bei dieser Nachricht, trotz meiner Vorurteile gegenüber Lindy Gardner, ein Kribbeln der Aufregung, und ohne nachzudenken, sagte ich zu Gracie, sie könne Lindy ausrichten, dass ich um fünf Uhr zu ihr käme.

Lindy Gardner war noch schlimmer einbandagiert als ich. Bei mir war der Verband wenigstens oben offen, sodass die Haare herausstanden wie Palmen aus einer Wüstenoase. Aber bei Lindy hatte Boris den gesamten Kopf eingewickelt, sodass er, bis auf die Schlitze für Augen, Nase, Mund, die Form einer Kokosnuss hatte. Was aus der üppigen blonden Mähne geworden war, wusste ich nicht. Ihre Stimme war allerdings nicht so beeinträchtigt, wie man erwartet hätte; ich erkannte sie aus dem Fernsehen wieder.

»Na, wie finden Sie das alles hier?«, fragte sie. Als ich antwortete, ich fände es nicht so schlimm, sagte sie: »Steve – darf ich Sie Steve nennen? Gracie hat mir alles über Sie erzählt.«

»Ach? Das Schlimme hat sie hoffentlich weggelassen?«

»Also, ich weiß, dass Sie Musiker sind. Und ein sehr vielversprechender.«

»Das hat sie gesagt?«

»Steve, Sie sind angespannt. Ich möchte, dass Sie locker werden, wenn Sie bei mir sind. Manche Prominente haben es gern, wenn die Leute in ihrer Gegenwart nervös sind, das weiß ich. Da fühlen sie sich dann noch außergewöhnlicher. Aber ich hasse das. Behandeln Sie mich bitte so, als wäre ich eine ganz normale Bekannte von Ihnen. Also was haben Sie gesagt? Sie sagten, dass Ihnen das alles hier nicht so viel ausmacht.«

Ihr Zimmer war um einiges größer als meines, und es war überhaupt nur der Aufenthaltsraum ihrer Suite. Wir saßen uns auf identischen weißen Sofas gegenüber, und zwischen uns stand ein niedriger Couchtisch, bestehend aus einer Rauchglasplatte, durch die man das Trumm Treibholz sah, das den Sockel bildete. Auf der Tischplatte lagen Hochglanzmagazine verstreut, dazwischen stand ein noch in Zellophan verpackter Früchtekorb. Wie ich hatte sie die Klimaanlage auf höchster Stufe laufen – es wird einem warm unter den Verbänden – und die Jalousien vor den Fenstern gegen die Abendsonne heruntergelassen. Ein Zimmermädchen hatte mir ein Glas Wasser und einen Kaffee gebracht – beides mit Strohhalm: So muss hier alles serviert werden – und war wieder gegangen.

Als Antwort auf ihre Frage sagte ich, das Schlimmste für mich sei, dass ich nicht Saxofon spielen könne.

»Aber Sie sehen ein, warum Boris Sie nicht lässt, oder?«, sagte sie. »Stellen Sie sich bloß vor! Sie blasen einen Tag zu früh in Ihr Horn, und es fliegen Teile Ihres Gesichts durchs Zimmer!«

Das schien sie urkomisch zu finden, denn sie fügte mit einer wegwerfenden Handbewegung hinzu: »Hören Sie bloß auf, Sie sind schrecklich!« – als hätte *ich* diesen Witz gemacht. Ich stimmte in ihr Lachen ein und nippte mit dem Strohhalm an meinem Kaffee. Sie begann nun von verschiedenen Freunden zu berichten, die sich in letzter Zeit hatten operieren lassen, erzählte, wie es ihnen ergangen war, was sie an Komischem erlebt hatten. Alle, die sie erwähnte, waren entweder selbst prominent oder mit einer Prominenz verheiratet.

Dann wechselte sie plötzlich das Thema. »Sie sind also Saxofonist«, sagte sie. »Das war eine gute Entscheidung. Das ist ja ein wunderschönes Instrument. Wissen Sie, was ich zu allen jungen Saxofonisten sage? Ich sage, sie sollen den alten Hasen zuhören. Ich kannte mal einen Saxofonisten, aufstrebender Nachwuchs wie Sie, der hörte ständig lauter unerreichbare Cracks. Wayne Shorter und so. Ich sagte, von den alten Hasen lernst du mehr. Mag sein, sie waren nie bahnbrechend, sag ich zu ihm, aber diese alten Hasen verstehen ihr Geschäft. Steve, darf ich Ihnen was vorspielen? Um Ihnen zu zeigen, was ich meine?«

»Ja, klar. Aber Mrs Gardner …«

»Bitte. Nennen Sie mich Lindy. Wir sitzen hier doch alle im selben Boot.«

»Okay. Lindy. Ich wollte nur sagen: Ich bin nicht so jung. Fakt ist, dass ich demnächst neununddreißig werde.«

»Ach wirklich? Na, das ist immer noch jung. Aber Sie haben recht, ich dachte tatsächlich, Sie sind viel jünger. Mit diesen exklusiven Masken, die Boris uns gemacht hat, lässt sich das Alter schwer schätzen, nicht? Nach dem, was Gracie sagte, dachte ich, Sie sind so ein junges Talent, und vielleicht haben Ihre Eltern Ihnen die OP bezahlt, um Ihnen einen rasanten Start zu ermöglichen. Tut mir leid, mein Fehler.«

»Hat Gracie gesagt, ich sei ein ›Nachwuchstalent‹?«

»Seien Sie ihr nicht böse. Sie sagte, Sie sind Musiker, und deshalb fragte ich sie nach Ihrem Namen. Und als ich sagte,

156

den hätte ich nie gehört, sagte sie: ›Das liegt daran, dass er ein Nachwuchstalent ist.‹ Mehr war's nicht. Aber schauen Sie, was spielt es denn für eine Rolle, wie alt Sie sind? Sie können immer noch von den alten Hasen lernen. Ich möchte, dass Sie sich das anhören. Ich glaube, das wird Sie interessieren.«

Sie trat an eine Vitrine, suchte eine Weile, dann hielt sie mir eine CD hin. »Das wird Ihnen gefallen. Das Saxofon hier ist einfach perfekt.«

Ihr Zimmer war wie das meine mit einer Bang-&-Olufsen-Anlage ausgestattet, und bald füllte sich der Raum mit satten Streicherklängen. Ein paar Takte später brach mit einem schläfrigen Klang, der an Ben Webster erinnerte, ein Tenorsax durch und übernahm bald die Führung über das Orchester. Wenn man sich nicht so gut auskennt, hätte man es vielleicht für eines dieser Intros halten können, die Nelson Riddle für Sinatra komponiert hat. Aber die Stimme, die schließlich einsetzte, gehörte Tony Gardner. Das Lied – ich hatte es nur undeutlich in Erinnerung – hieß »Back at Culver City«, eine Ballade, die nie den Durchbruch geschafft hat und die heute kaum noch gespielt wird. Die ganze Zeit, die Tony Gardner sang, hielt das Sax mit ihm Schritt und antwortete ihm Zeile für Zeile. Das Ganze war total vorhersehbar und viel zu schmalzig.

Nach einer Weile aber achtete ich kaum noch auf die Musik, denn vor mir war Lindy, die sich in einer Art Entrückung befand und selbstvergessen zu dem Lied tanzte. Ihre Bewegungen waren leicht und anmutig – operiert war offensichtlich nur ihr Gesicht –, und sie hatte einen wohlgeformten, schlanken Körper. Sie trug etwas, das halb Morgenrock, halb Cocktailkleid war; also, es war irgendwie krankenhausartig und elegant zugleich. Außerdem zermarterte ich mir das Gedächtnis, denn ich hatte das deutliche Gefühl, dass sich Lindy jüngst von Tony Gardner hatte scheiden lassen, aber in Sachen Gesellschaftstratsch bin ich wirklich völlig unbeleckt, und ich war sicher, dass ich mich irrte. Warum sollte sie sonst auf diese Weise tanzen, so der Musik hingegeben und sichtlich voller Wonne?

Tony Gardner verstummte für einen Moment, die Streicher schwollen zur Überleitung an, dann begann der Pianist mit einem Solo, und Lindy schien auf die Erde zurückzukehren. Ihre wiegenden Bewegungen brachen ab, sie stoppte die Musik mit der Fernbedienung, kam zurück und setzte sich wieder mir gegenüber.

»Ist das nicht wunderbar? Verstehen Sie, was ich meine?«

»Ja, sehr schön«, sagte ich und wusste nicht, ob wir noch ausschließlich über das Saxofon redeten.

»Ihre Ohren haben Sie übrigens nicht getäuscht.«

»Wie bitte?«

»Der Sänger. Sie vermuten richtig. Nur weil er nicht mehr mein Mann ist, heißt das ja nicht, dass ich nicht seine Platten hören kann, oder?«

»Nein, natürlich nicht.«

»Und es ist ein großartiges Saxofon. Jetzt sehen Sie, warum ich es Ihnen vorspielen wollte.«

»Ja, wirklich schön.«

»Steve, gibt es irgendwo Aufnahmen von Ihnen? Ich meine, auf denen Sie selber spielen?«

»Na klar. Ich hab sogar ein paar CDs nebenan.«

»Wenn Sie das nächste Mal herüberkommen, Süßer, bringen Sie welche mit, ja? Ich möchte hören, wie Sie klingen. Tun Sie das?«

»Okay, wenn es Sie nicht langweilt.«

»Aber nein, das langweilt mich ganz bestimmt nicht. Ich hoffe nur, Sie halten mich nicht für neugierig. Tony sagte immer, ich sei schrecklich neugierig, ich soll die Leute in Ruhe lassen, aber wissen Sie, ich finde, er war einfach ein Snob. Viele Prominente denken, sie sollten sich nur für andere Prominente interessieren. Das finde ich nicht. Ich sehe jeden als möglichen Freund. Gracie zum Beispiel. Sie ist meine Freundin. Alle meine Hausangestellten, sie sind ebenfalls meine Freunde. Sie sollten mich mal auf Partys erleben. Alle erzählen sich gegenseitig von ihrem neuesten Film oder sonst was, während ich diejenige bin, die sich mit dem Catering-Mädchen oder dem Barmann unterhält. Das ist doch keine Neugier, oder?«

»Nein, das halte ich gar nicht für Neugier. Aber schauen Sie, Mrs Gardner …«

»Lindy, bitte.«

»Lindy. Schauen Sie, es war wirklich schön bei Ihnen. Aber diese Medikamente – irgendwie machen sie mich furchtbar müde. Ich glaube, ich muss mich eine Weile hinlegen.«

»Oh, geht's Ihnen nicht gut?«

»Doch, doch. Es sind nur diese Medikamente.«

»Wie schade! Sie müssen unbedingt wiederkommen, wenn's Ihnen besser geht. Und bringen Sie die Aufnahmen mit, auf denen Sie spielen. Abgemacht, ja?«

Ich musste ihr abermals versichern, dass ich gern bei ihr gewesen war und wiederkommen würde. Als ich schon aus der Tür war, sagte sie:

»Steve, spielen Sie Schach? Ich bin die mieseste Schachspielerin der Welt, aber ich besitze die hübschesten Schachfiguren. Meg Ryan hat sie mir letzte Woche mitgebracht.«

Zurück in meinem Zimmer, holte ich mir eine Cola aus der Minibar, setzte mich an den Schreibtisch und blickte aus dem Fenster auf einen ungeheuer purpurnen Sonnenuntergang. Und weil wir ziemlich hoch oben waren, sah ich in der Ferne die Autos auf der Schnellstraße. Ein paar Minuten lang saß ich so da, dann rief ich Bradley an. Seine Sekretärin ließ mich lange in der Leitung warten, aber irgendwann hatte ich ihn am Apparat.

»Wie geht's dem Gesicht?«, fragte er besorgt, als erkundigte er sich nach einem geliebten Haustier, das er in meiner Obhut zurückgelassen hatte.

»Woher soll ich das wissen? Ich bin nach wie vor der Unsichtbare.«

»Geht's dir gut? Du klingst … niedergeschlagen.«

»Ich *bin* niedergeschlagen. Die ganze Sache war ein Fehler. Das ist mir inzwischen klar. Es wird nicht klappen.«

Einen Moment lang herrschte Stille, dann fragte er: »Ist die Operation schiefgegangen?«

»Sicher nicht. Nein, ich meine alles andere, wo das alles hinführen soll. Dieser *Plan* … Das wird nie so funktionieren, wie du gesagt hast. Ich hätte mich nie von dir überreden lassen dürfen.«

»Was ist los mit dir? Du klingst deprimiert. Was für Drogen haben sie dir verpasst?«

»Mir geht's gut. Tatsächlich bin ich klarer im Kopf als die ganze letzte Zeit. Das ist ja das Problem. Ich durchschaue jetzt alles. Dieser Plan von dir … Ich hätte nie auf dich hören dürfen.«

»Was soll das? Was für ein Plan? Hör zu, Steve, da gibt's doch nichts zu durchschauen. Du bist ein begabter Künstler. Wenn du das alles hinter dir hast, musst du nur weitermachen wie bisher. Jetzt räumst du lediglich ein Hindernis aus dem Weg, das ist alles. Es gibt keinen *Plan* ...«

»Schau, Bradley, es ist schrecklich hier. Ich meine nicht nur die körperlichen Beschwerden. Ich erkenne jetzt, was ich mir antue. Es war ein Fehler. Ich hätte mehr Respekt vor mir haben sollen.«

»Steve, woher kommt diese Stimmung? Ist irgendwas passiert?«

»Das kannst du laut sagen! Deswegen ruf ich dich an: Du musst mich hier rausholen. Du musst mich in ein anderes Hotel bringen.«

»Ein anderes Hotel? Was glaubst du, wer du bist, Kronprinz Abdullah? Was hast du denn auf einmal gegen dein Hotel, verdammt?«

»Was ich dagegen habe? Dass direkt nebenan Lindy Gardner wohnt. Und dass sie mich zu sich eingeladen hat – gerade komm ich von ihr zurück. Und dass sie die Absicht hat, mich noch öfter einzuladen. Das hab ich dagegen!«

»Lindy Gardner wohnt nebenan?«

»Hör zu, ein zweites Mal halt ich das nicht mehr aus. Ich war eben drüben bei ihr, ich hätte keine Minute länger bleiben können. Und jetzt sagt sie, wir müssen mit ihren Meg-Ryan-Figuren Schach spielen ...«

»Steve, ist das dein Ernst, dass Lindy Gardner nebenan wohnt? Dass du drüben warst?«

»Sie hat eine Aufnahme von ihrem Ehemann aufgelegt! Scheiße, ich glaube, sie hört sich jetzt noch eine an. So weit ist es mit mir gekommen! Auf diesem Niveau bin ich jetzt!«

»Moment, Steve, noch mal von vorn. Steve, halt jetzt einfach deine verdammte Klappe und erklär's mir dann in Ruhe.

Erklär mir, wie es kommt, dass Lindy Gardner dich zu sich eingeladen hat.«

Tatsächlich beruhigte ich mich kurz und lieferte ihm dann eine Zusammenfassung, wie mich Lindy eingeladen hatte und wie der Besuch verlaufen war.

»Warst du nicht unhöflich zu ihr?«, fragte er, als ich fertig war.

»Nein, ich war nicht unhöflich. Ich hab mich zusammengerissen. Aber ich geh da nicht noch mal hin. Ich muss in ein anderes Hotel ziehen.«

»Du wirst *nicht* umziehen, Steve. Lindy Gardner? Sie ist bandagiert, du bist bandagiert. Sie ist im Zimmer nebenan. Steve, das ist eine einmalige Chance!«

»Auf keinen Fall, Bradley. Es ist der innerste Kreis der Hölle. Ihre Meg-Ryan-Schachfiguren, um Gottes willen!«

»Meg-Ryan-Schachfiguren? Wie muss man sich das vorstellen? Sieht jede aus wie Meg Ryan?«

»Und sie will meine Aufnahmen hören! Sie besteht drauf, dass ich das nächste Mal CDs mitbringe!«

»Sie will … Jesus, Steve, du hast noch nicht mal den Verband runter, und schon läuft alles wie geschmiert. Sie will deine Musik hören?«

»Bitte, Bradley, tu irgendwas. Okay, ich sitze in der Tinte, ich hab die OP machen lassen, du hast mich dazu überredet, weil ich blöd genug war, auf dich zu hören. Aber das muss ich mir jetzt nicht mehr antun. Ich muss nicht die nächsten zwei Wochen mit Lindy Gardner verbringen. Ich bitte dich, mich verlegen zu lassen, und zwar schnell!«

»Ich lasse dich nirgendwohin verlegen. Ist dir eigentlich klar, was für eine wichtige Person Lindy Gardner ist? Weißt du, mit was für Leuten sie verkehrt? Was sie mit einem einzigen

Anruf für dich tun kann? Okay, von Tony Gardner ist sie jetzt geschieden. Aber das ändert gar nichts. Hol sie in dein Team, krieg dein neues Gesicht, es werden sich alle möglichen Türen für dich öffnen. In null Komma nix bist du Oberliga.«

»Es wird keine Oberliga geben, Bradley, weil ich dort nicht mehr hingehe, und ich will nicht, dass sich für mich Türen öffnen, solange sie es nicht wegen meiner Musik tun! Und ich glaube nicht, was du gesagt hast, diesen Mist von wegen Plan, das glaub ich nicht ...«

»Ich finde, du solltest dich nicht derart echauffieren. Ich mache mir große Sorgen wegen der Wundnähte ...«

»Bradley, du wirst dir sehr bald überhaupt keine Sorgen mehr wegen irgendwelcher Nähte machen müssen, denn weißt du, was ich jetzt mache? Ich reiße jetzt diese Mumienmaske runter und steck mir die Finger in die Mundwinkel und zieh mein Gesicht in alle Richtungen auseinander! So brutal wie möglich! Verstehst du mich, Bradley?«

Ich hörte ihn seufzen. Dann sagte er: »Okay, komm wieder runter. Komm einfach wieder runter. Du hattest in der letzten Zeit viel Stress. Das ist verständlich. Wenn du Lindy jetzt nicht sehen willst, wenn du Gold an dir vorbeitreiben lassen willst, bitte sehr, ich verstehe deine Sichtweise. Aber bleib höflich, okay? Lass dir eine plausible Ausrede einfallen. Brich keine Brücken hinter dir ab.«

Nach dem Gespräch mit Bradley ging es mir viel besser, und ich hatte einen einigermaßen heiteren Abend, an dem ich einen halben Film sah, dann Bill Evans hörte. Am nächsten Morgen nach dem Frühstück kam Dr. Boris mit zwei Schwestern, schien zufrieden und ging wieder. Etwas später, gegen elf, hatte ich Besuch – ein Schlagzeuger namens Lee, mit dem ich vor ein paar Jahren in einer Hausband in San Diego gespielt hatte. Den Besuch hatte Bradley arrangiert, der auch Lees Manager ist.

Lee ist okay, und ich freute mich, ihn zu sehen. Er blieb etwa eine Stunde, wir tauschten Neuigkeiten über gemeinsame Bekannte aus, wer in welcher Band spielte, wer sein Zeug gepackt hatte und nach Kanada oder nach Europa gegangen war.

»Es ist ewig schade, dass so viele von der alten Truppe nicht mehr da sind«, sagte er. »Ist doch wahr. Man hat eine gute Zeit miteinander, und gleich drauf weiß man nicht mehr, wo sie alle sind.«

Er erzählte von seinen letzten Gigs, und wir lachten über ein paar Erlebnisse in unserer Zeit in San Diego. Kurz bevor er ging, sagte er:

»Und was sagst du zu Jake Marvell? Was hältst du davon? Verrückte Welt, oder?«

»Wirklich verrückt«, sagte ich. »Andererseits war Jake immer ein guter Musiker. Er hat es verdient.«

»Ja, aber verrückt ist es schon. Weißt du noch, wie Jake damals war? In San Diego? Du, Steve, du hättest ihn an jedem einzelnen Abend der Woche von der Bühne herunterblasen können. Und jetzt schau ihn dir an. Ist das einfach Glück oder was?«

»Jake war immer ein netter Typ«, sagte ich. »Und ich persönlich finde es gut, dass wenigstens ein Saxspieler mal öffentliche Anerkennung kriegt.«

»Anerkennung ist gut«, sagte Lee. »Und noch dazu in diesem Hotel. Warte, ich hab's dabei.« Er durchwühlte seine Tasche und zog ein ramponiertes Exemplar der *LA Weekly* heraus. »Bitte, hier ist es. Die Simon and Wesbury Music Awards.

Jazzmusiker des Jahres. Jake Marvell. Warte, wann ist das jetzt? Morgen, im Festsaal. Du könntest ganz einfach hier die Treppe runtergehen und dir die Zeremonie anschauen.« Er ließ die Zeitung sinken und schüttelte den Kopf. »Jake Marvell. Jazzmusiker des Jahres. Wer hätte das gedacht, was, Steve?«

»Ich schätze, bis in den Festsaal schaff ich's nicht«, sagte ich. »Aber ich werd einen auf ihn heben.«

»Jake Marvell. Junge, ist das eine verkorkste Welt oder was?«

Etwa eine Stunde nach dem Mittagessen läutete das Telefon, und es war Lindy.

»Die Schachfiguren sind aufgestellt, Süßer«, sagte sie. »Sind Sie bereit? Bitte sagen Sie nicht Nein, ich werde hier verrückt vor Langeweile. Oh, und vergessen Sie nicht, Ihre CDs mitzubringen. Ich bin wahnsinnig gespannt drauf, Sie spielen zu hören.«

Ich legte auf, dann saß ich auf der Bettkante und versuchte zu analysieren, wie es kam, dass ich mich nicht durchgesetzt hatte. Tatsächlich hatte ich nicht mal Anstalten gemacht, Nein zu sagen! Vielleicht war es schlichte Rückgratlosigkeit. Vielleicht hatte ich mir Bradleys Argumentation am Telefon doch mehr zu Herzen genommen, als ich zugegeben hatte. Jedenfalls war jetzt keine Zeit zum Überlegen, denn ich musste entscheiden, welche meiner CDs am ehesten Eindruck auf sie machen würden. Die Avantgarde-Sachen kamen definitiv nicht infrage – das waren die Stücke, die ich letztes Jahr in San Francisco mit den Elektro-Funk-Leuten aufgenommen hatte. Schließlich suchte ich nur eine einzige CD aus, zog ein frisches Hemd an und den Morgenrock wieder darüber, dann ging ich nach nebenan.

Sie trug ebenfalls einen Morgenrock, allerdings einen von der Sorte, die sie auch zu einer Filmpremiere hätte tragen können, ohne sich groß schämen zu müssen. Das Schachbrett war natürlich auf dem niedrigen Glastisch aufgebaut, und wir setzten uns wieder einander gegenüber und begannen eine Partie. Die Stimmung war wesentlich lockerer als beim letzten Mal, was vielleicht daran lag, dass unsere Hände was zu tun hatten. Während wir spielten, redeten wir über dies und jenes: TV-Sendungen, ihre Lieblingsstädte in Europa, chinesisches Essen. Diesmal fielen sehr viel weniger Promi-Namen, und sie wirkte viel ruhiger. Irgendwann sagte sie:

»Wissen Sie, was mein Trick ist, um hier drin nicht verrückt zu werden? Mein großes Geheimnis? Ich sag's Ihnen, aber kein Wort zu irgendwem, nicht mal zu Gracie, versprochen? Ich mache Nachtspaziergänge. Nur hier im Gebäude, aber das ist ja so weitläufig, dass Sie ewig herumlaufen können. Und mitten in der Nacht, es ist erstaunlich. Wie lang war ich letzte Nacht auf Achse? Bestimmt eine Stunde. Sie müssen vorsichtig sein, es ist ständig Personal unterwegs, aber ich bin nie erwischt worden. Beim geringsten Geräusch husche ich fort und verstecke mich irgendwo. Einmal haben mich eine Sekunde lang diese Putzleute erblickt, aber ich – nichts wie weg, in den Schatten. Es ist so aufregend! Den ganzen Tag bist du eingesperrt, und dann ist es, als wärst du auf einmal vollkommen frei, es ist wirklich großartig. Irgendwann nehm ich Sie mal mit, Süßer. Ich zeig Ihnen ein paar tolle Sachen. Die Bars, die Restaurants, Konferenzräume. Wunderbarer Festsaal. Und nirgends ein Mensch, alles ist dunkel und leer. Und was absolut Fantastisches hab ich gefunden, eine Art Penthouse, vielleicht wird das mal eine Präsidentensuite? Sie bauen noch dran, es ist erst halb fertig, aber ich hab's entdeckt und konnte einfach hineingehen. Dort drin war ich vielleicht zwanzig Minuten, halbe Stunde, und habe über alles Mögliche nachgedacht. Hey, Steve, ist das okay? Kann ich das tun und Ihre Königin nehmen?«

»Oh. Ja, wahrscheinlich. Hab ich übersehen. Hey, Lindy, Sie spielen viel besser, als Sie zugeben. Was soll ich jetzt machen?«

»Na gut, ich sag Ihnen was. Nachdem Sie der Gast sind und Sie sich durch mein Gerede offensichtlich haben ablenken lassen, tu ich so, als hätte ich nichts gemerkt. Ist das nicht nett von mir? Sagen Sie, Steve, ich weiß nicht mehr, ob ich Sie das schon gefragt habe. Sie sind verheiratet, richtig?«

»Richtig.«

»Wie denkt denn Ihre Frau über das alles? Ich meine, das kostet doch eine Stange Geld. Davon könnte sie sich etliche Paar Schuhe kaufen.«

»Sie ist einverstanden. Eigentlich war es überhaupt ihre Idee. Schauen Sie, wer jetzt nicht aufgepasst hat.«

»Oh, verdammt. Aber ich bin sowieso eine miese Spielerin. Sagen Sie, ich will nicht neugierig sein, aber kommt sie oft zu Besuch?«

»Genau genommen war sie gar nie hier. Aber so war es von Anfang an ausgemacht.«

»Ach ja?«

Sie schien so verblüfft, dass ich sagte: »Ich weiß schon, es klingt komisch, aber wir wollten es so haben.«

»Na gut.« Nach einer Weile fragte sie: »Heißt das, Sie kriegen hier gar keinen Besuch?«

»Doch, schon. Zufällig war gerade heute Vormittag jemand da. Ein Musiker, mit dem ich mal zusammengearbeitet habe.«

»Ach ja? Das ist schön. Wissen Sie, Süßer, ich war mir noch nie sicher, wie diese Springer sich fortbewegen. Wenn Sie mich einen Fehler machen sehen, sagen Sie's einfach, ja? Das heißt nicht, dass ich versuche, Sie zu beschummeln.«

»Klar.« Dann sagte ich: »Der Typ, der mich heute besucht hat, der hatte vielleicht eine Neuigkeit auf Lager. Irgendwie verrückt. Seltsamer Zufall.«

»Ja?«

»Da gibt es diesen Saxofonspieler, den wir beide vor paar Jahren kennengelernt haben, in San Diego, Jake Marvell heißt er. Vielleicht haben Sie von ihm gehört. Jetzt ist er Oberliga. Aber damals, als wir ihn kannten, war er nichts. Eigentlich war er ein Hochstapler. Was man einen Bluffer nennt. Kam dauernd mit den Tonarten durcheinander. Und ich hab ihn auch in letzter Zeit gehört, oft sogar, und muss sagen, er hat wirklich nichts dazugelernt. Aber er hatte ein paar Breaks, und plötzlich gilt er als angesagt. Ich schwör Ihnen, er ist keinen Deut besser als früher, wirklich nicht. Aber raten Sie, was ich heute erfahren habe? Dieser selbe Typ, Jake Marvell, er kriegt morgen einen wichtigen Musikpreis, und ausgerechnet hier in unserem Hotel. Jazzmusiker des Jahres. Total verrückt, oder? Es laufen so viele begabte Saxspieler herum, und ausgerechnet Jake kriegt den Preis.«

Ich riss mich zusammen und schwieg. Dann blickte ich vom Schachbrett auf und lachte ein bisschen. »Da kann man nichts machen«, sagte ich, weniger aufgeregt.

Lindy saß aufrecht auf dem Sofa und war ganz Ohr. »Was für ein Pech. Und dieser Typ, der ist überhaupt nicht gut, sagen Sie?«

»Tut mir leid, das ist eigentlich gar nicht meine Art. Nein, ist schon gut, wenn sie Jake einen Preis geben wollen, warum denn nicht?«

»Aber wenn er gar nicht gut ist …«

»Er ist so gut wie irgendwer. Ich hab nur so dahingeredet. Tut mir leid, vergessen Sie's wieder.«

»Hey, das bringt mich auf was«, sagte Lindy. »Haben Sie dran gedacht, Ihre Musik mitzubringen?«

Ich deutete auf die CD neben mir auf dem Sofa. »Ich weiß nicht, ob Sie das überhaupt interessiert. Sie müssen es sich nicht anhören ...«

»Oh doch, unbedingt. Lassen Sie sehen.«

Ich reichte ihr die CD. »Das ist eine Band, mit der ich in Pasadena gespielt habe. Standards, altmodischen Swing, ein bisschen Bossa Nova. Nichts Besonderes, ich hab sie nur mitgebracht, weil Sie gefragt haben.«

Sie betrachtete die CD-Hülle, hielt sie sich nah vors Gesicht, dann ein Stück weiter weg. »Sind Sie mit auf dem Bild?« Sie sah sich das Foto wieder aus der Nähe an. »Ich bin irgendwie neugierig, wie Sie aussehen. Nein, ich sollte sagen: wie Sie ausgesehen *haben.*«

»Ich bin der Zweite von rechts. In dem Hawaiihemd, mit dem Bügelbrett in der Hand.«

»*Der?*« Sie starrte auf die CD, dann zu mir her. Dann sagte sie: »Hey, Sie sehen ja nett aus.« Aber sie sagte es leise, in einem wenig überzeugten Ton. Tatsächlich hörte ich einen deutlichen Anflug von Mitgefühl heraus. Sie hatte sich aber sofort wieder in der Hand und sagte: »Okay, hören wir rein!«

Als sie auf die Bang & Olufsen zuging, sagte ich: »Track neun. ›The Nearness of You.‹ Das ist meine Spezialnummer.«

»Gut, ›The Nearness of You‹.«

Ich hatte dieses Stück nach reiflicher Überlegung ausgesucht. Die Musiker der Band waren erste Sahne gewesen. Jeder Einzelne von uns hatte sonst radikalere Vorstellungen, aber wir hatten uns mit der ausdrücklichen Absicht zusammengetan, hochwertige Mainstream-Sachen zu spielen, die Art, wie man sie in Restaurants gern hört. Unsere Version von »The Nearness of You« – in der mein Tenor die ganze Zeit einen tragenden Part hat – war zwar nicht hundert Meilen von Tony Gardners Territorium entfernt, aber ich war immer stolz darauf, ehrlich. Vielleicht glauben Sie, dass Sie schon alle Versionen davon gehört haben. Tja, hören Sie sich unsere Fassung an. Mit spezieller Beachtung des, sagen wir, zweiten Chorus. Oder des Augenblicks, wenn wir mit den acht Takten des A-Teils fertig sind und die Band von C^{-5} nach B^{bdim} wechselt, während ich in die Höhe gehe, und zwar in Intervallen, die Sie nie für möglich halten würden, und dann dieses süße, sehr zarte hohe B halte. Ich finde, da sind Farben drin, da sind eine Sehnsucht und ein Bedauern, wie Sie's vorher wahrscheinlich noch nicht gehört haben.

Man könnte also sagen, ich war zuversichtlich, dass diese Aufnahme Lindys Zustimmung finden würde. Und am Anfang, die erste Minute oder so, schien es ihr auch zu gefallen. Sie blieb stehen, nachdem sie die CD eingelegt hatte, und wie beim letzten Mal, als sie mir die Aufnahme ihres Ex vorgespielt hatte, begann sie sich träumerisch in dem langsamen Takt zu wiegen. Aber dann schwand der Rhythmus aus ihren Bewegungen, bis sie, mit dem Rücken zu mir, den Kopf gesenkt, wie scharf konzentriert, stocksteif dastand. Ich sah darin erst mal noch kein schlechtes Zeichen. Erst als sie zurückkam und sich aufs Sofa setzte, während die Musik noch mitten im Fluss war, merkte ich, dass etwas nicht stimmte. Wegen des Verbands konnte ich natürlich ihren Gesichtsausdruck nicht sehen, aber die Art, wie sie im Sofa zusammensackte – wie eine verkrampfte Gliederpuppe –, das sah nicht gut aus.

Als der Track zu Ende war, nahm ich die Fernbedienung

vom Tisch und drehte die Musik ganz ab. Ewig lang, wie mir vorkam, verharrte sie in dieser steifen, hölzernen Haltung. Dann rappelte sie sich ein wenig auf und griff nach einer Schachfigur, die sie befingerte.

»Das war sehr schön«, sagte sie. »Danke, dass Sie es mich haben hören lassen.« Dass es total formelhaft klang, schien sie gar nicht zu merken.

»Vielleicht war das nicht so ganz Ihres?«

»Doch, doch.« Ihr Tonfall war missmutig und leise geworden. »Ausgezeichnet. Danke, dass Sie es mich haben hören lassen.« Sie stellte die Figur auf ein Feld und sagte: »Sie sind dran.«

Ich blickte auf das Schachbrett und versuchte mich zu erinnern, wo wir stehen geblieben waren. Nach einer Weile fragte ich behutsam: »Verbinden Sie vielleicht besondere Erinnerungen mit diesem Stück?«

Sie blickte auf, und ich nahm den Ärger hinter ihren Verbänden wahr. Aber sie sagte im selben leisen Ton: »Mit diesem Stück? Nein, ich verbinde nichts damit. Gar nichts.« Auf einmal lachte sie, es war ein kurzes, unfreundliches Lachen. »Ah, Sie meinen Erinnerungen an *ihn*, an Tony? Nein, nein. Er hatte das Lied nie in seinem Repertoire. Sie spielen sehr gut. Wirklich professionell.«

»*Professionell?* Was soll das heißen?«

»Ich meine … dass es wirklich professionell ist. Das sollte ein Kompliment sein.«

»Professionell?« Ich stand auf, durchquerte das Zimmer und nahm meine CD aus der Anlage.

»Worüber sind Sie denn jetzt so sauer?« Ihr Tonfall war immer noch distanziert und kalt. »Hab ich was Falsches gesagt? Tut mir leid, es war nett gemeint.«

Ich kehrte zum Tisch zurück und verstaute die CD in ihrer Hülle, setzte mich aber nicht mehr.

»Also spielen wir diese Partie fertig?«, fragte sie.

»Wenn sie nichts dagegen haben, hätte ich noch einiges zu erledigen. Anrufe. Papierkram.«

»Warum sind Sie sauer? Ich versteh Sie nicht.«

»Ich bin gar nicht sauer. Es ist spät geworden, das ist alles.«

Wenigstens stand sie auf und begleitete mich zur Tür, wo wir uns mit einem kalten Händedruck verabschiedeten.

Ich sagte schon, dass mein Schlafrhythmus nach der Operation ziemlich durcheinandergeraten war. An diesem Abend wurde ich urplötzlich müde, ging früh zu Bett, schlief ein paar Stunden tief und fest, wachte dann aber mitten in der Nacht wieder auf und konnte nicht mehr einschlafen. Irgendwann stand ich auf und schaltete den Fernseher ein. Ich fand einen Film, den ich als Kind mal gesehen hatte, zog mir einen Stuhl vor den Apparat und sah mir mit leise gedrehtem Ton den Rest an. Als der Film vorbei war, sah ich zwei Predigern zu, die sich vor johlendem Publikum gegenseitig anschrien. Alles in allem war ich recht zufrieden. Ich hatte es gemütlich und fühlte mich von der Außenwelt eine Million Meilen entfernt. Deshalb sprang mir fast das Herz aus der Brust, als auf einmal das Telefon läutete.

»Steve? Sind Sie das?« Es war Lindy. Ihre Stimme klang merkwürdig, und ich fragte mich, ob sie getrunken hatte.

»Ja, das bin ich.«

»Es ist spät, ich weiß. Aber als ich vorhin an Ihrer Tür vorbeikam, sah ich, dass Sie noch Licht haben, und dachte, Sie können vielleicht nicht schlafen, wie ich.«

»Stimmt schon. Hier drin ist es schwierig, feste Zeiten einzuhalten.«

»Ja, das ist wahr.«

»Alles in Ordnung?«, fragte ich.

»Klar. Alles ist gut. *Sehr* gut.«

Inzwischen war mir klar, dass sie nicht betrunken war, aber was sonst mit ihr los war, hätte ich nicht sagen können. Sie hatte wahrscheinlich auch sonst nichts genommen, sondern war nur eigenartig wach und wegen irgendwas anscheinend so aufgekratzt, dass sie es unbedingt erzählen musste.

»Ist wirklich alles okay?«, fragte ich noch einmal.

»Ja, wirklich, aber … Hören Sie, Süßer, ich hab hier etwas, und ich möchte es Ihnen gern geben.«

»Ach ja? Und was mag das sein?«

»Ich will's nicht sagen. Es soll eine Überraschung sein.«

»Klingt interessant. Dann komme ich rüber und hole es, vielleicht nach dem Frühstück?«

»Ich hatte eigentlich gehofft, Sie kommen jetzt gleich. Ich meine, es ist hier, und Sie sind wach und ich ebenfalls. Ich weiß, es ist spät, aber … Hören Sie, Steve, wegen vorhin, was da passiert ist. Mir scheint, ich bin Ihnen eine Erklärung schuldig.«

»Vergessen Sie's. Ich nehm das nicht persönlich …«

»Sie waren sauer, weil Sie dachten, ich mag Ihre Musik nicht. Aber das stimmt nicht. Es stimmt ganz und gar nicht, im Gegenteil, es ist das genaue Gegenteil. Was Sie mir vorgespielt haben, diese Fassung von ›Nearness of You‹? Ich krieg das seitdem nicht mehr aus dem Kopf. Nein, nicht aus dem Kopf, ich meine das Herz. Ich kriege es nicht mehr aus dem *Herzen.*«

Ich wusste nicht, was ich sagen sollte, aber sie redete schon weiter, noch bevor mir etwas einfiel.

»Kommen Sie rüber? Jetzt gleich? Dann erkläre ich Ihnen alles richtig. Und vor allem … Nein, nein, ich sage nichts. Es soll eine Überraschung werden. Kommen Sie rüber, dann sehen Sie's. Und bringen Sie Ihre CD noch mal mit. Machen Sie das?«

Kaum hatte sie die Tür geöffnet, nahm sie mir die CD aus der Hand, als wäre ich ein Lieferant, aber gleich darauf packte sie mich am Handgelenk und zog mich ins Zimmer. Sie trug denselben prächtigen Morgenrock wie zuvor, sah jetzt aber ein bisschen weniger tadellos aus: Auf der einen Seite hing er tiefer herab als auf der anderen, und hinten im Nacken, oberhalb des Halsausschnitts, hing etwas Fusseliges am Verband.

»Sie waren anscheinend auf einem Ihrer Nachtspaziergänge«, sagte ich.

»Ich bin so froh, dass Sie noch auf sind. Ich weiß nicht, ob ich bis morgen früh hätte warten können. Jetzt hören Sie, ich habe, wie gesagt, eine Überraschung für Sie. Hoffentlich gefällt's Ihnen – ich glaube eigentlich schon. Aber erst müssen Sie es sich gemütlich machen. Wir hören uns noch mal Ihr Stück an. Warten Sie, welche Nummer war es?«

Ich setzte mich auf meinen üblichen Platz auf dem Sofa und sah zu, wie sie mit der Anlage beschäftigt war. Das Licht im Zimmer war gedämpft und die Temperatur angenehm kühl. Dann setzte mit ziemlicher Lautstärke »The Nearness of You« ein.

»So laut? Wird das nicht unsere Nachbarn stören?«, fragte ich.

»Zum Teufel mit ihnen. Wir zahlen genug für den Laden hier, das ist nicht unser Problem. Jetzt pst! Hören Sie, hören Sie!«

Wieder begann sie sich zur Musik zu wiegen, diesmal aber hörte sie nicht nach der ersten Strophe auf, im Gegenteil, sie schien überhaupt immer mehr in die Musik einzusinken, je länger sie dauerte; die Arme hielt sie wie um einen imaginären Tanzpartner geschlungen. Als das Stück zu Ende war, stoppte sie die CD und stand reglos, mit dem Rücken zu mir, am anderen Ende des Raums. So verharrte sie, sehr lange, schien mir, bis sie endlich zu mir zurückkehrte.

»Ich finde keine Worte«, sagte sie. »Es ist erhebend. Sie sind ein großartiger, wunderbarer Musiker. Sie sind ein Genie.«

»Oh, danke.«

»Das war mir schon beim ersten Mal klar. Das ist die reine Wahrheit. Deswegen habe ich vorhin so reagiert. So herablassend, so, als gefiele es mir nicht.« Sie setzte sich mir gegenüber und seufzte. »Tony hat mir deswegen oft Vorwürfe gemacht. Ich hatte das schon immer, anscheinend schaff ich es nicht, es abzulegen. Ich begegne jemandem, der wirklich, Sie wissen schon, sehr, sehr begabt ist, jemand, der in der Hinsicht einfach von Gott gesegnet ist, und ich kann nicht anders – mein erster Impuls ist so, wie ich's mit Ihnen gemacht habe. Es ist einfach – ich weiß nicht, ich glaube, es ist Eifersucht. Wie bei bestimmten Frauen, die man manchmal trifft, – die irgendwie, na ja, unscheinbar sind, ja? Es kommt eine schöne Frau ins Zimmer, und sie sind sofort voller Wut, sie wollen ihr direkt die Augen auskratzen. So bin ich, wenn ich jemanden wie Sie treffe. Vor allem wenn es unerwartet ist, so wie heute, und ich nicht drauf gefasst bin. Ich meine, da sitzen Sie hier auf meinem Sofa, im einen Moment denke ich noch, Sie sind einfach Publikum, und im nächsten Moment sind Sie … na, was anderes. Verstehen Sie, was ich meine? Jedenfalls versuche ich Ihnen zu erklären, warum ich mich vorhin so schlecht benommen habe. Sie hatten allen Grund, sauer auf mich zu sein.«

Eine Zeit lang hing die nächtliche Stille zwischen uns. »Also, danke«, sagte ich schließlich. »Ich weiß es wirklich zu schätzen, dass Sie das sagen.«

Sie sprang plötzlich auf. »Jetzt die Überraschung! Warten Sie einfach, bleiben Sie, wo Sie sind!«

Sie ging hinüber in den angrenzenden Raum, und ich hörte sie Schubladen öffnen und schließen. Als sie zurückkam, trug sie mit beiden Händen etwas vor sich her, aber ich konnte nicht sehen, was dieses Etwas war, denn sie hatte ein Seidentuch darübergebreitet. In der Mitte des Zimmers hielt sie inne.

»Steve, jetzt kommen Sie und nehmen dies hier entgegen. Das wird eine Verleihung.«

Ich war verdutzt, stand aber folgsam auf. Als ich auf sie zuging, zog sie das Tuch herunter und hielt mir eine blitzende Messingfigur entgegen.

»Das haben Sie sich voll und ganz verdient. Deshalb gehört es Ihnen. Jazzmusiker des Jahres. Vielleicht aller Zeiten. Herzlichen Glückwunsch.«

Sie legte es in meine Hände und gab mir einen vorsichtigen Kuss durch den Verband auf die Wange.

»Oh, danke. Das ist allerdings eine Überraschung! Hey, das sieht hübsch aus. Was ist das? Ein Alligator?«

»Ein Alligator? Na hören Sie mal! Das sind zwei süße kleine Engel, die sich küssen.«

»Ah ja, jetzt erkenn ich's. Also vielen Dank, Lindy. Ich weiß gar nicht, was ich sagen soll. Das ist wunderschön.«

»Ein Alligator!«

»Tschuldigung. Das ist nur, weil dieser kleine Bursche hier das eine Bein so weit ausgestreckt hat. Jetzt seh ich es schon. Es ist wirklich schön.«

»Es gehört Ihnen. Sie verdienen es.«

»Ich bin gerührt, Lindy, wirklich. Und was steht denn da unten? Ich hab meine Brille nicht dabei.«

»Da steht: Jazzmusiker des Jahres. Was denn sonst?«

»Das steht da?«

»Ja, klar, das steht da.«

Die Figur in der Hand, kehrte ich zum Sofa zurück, setzte mich und dachte kurz nach. »Sagen Sie, Lindy«, sagte ich schließlich. »Was Sie mir da geschenkt haben. Es kann nicht sein, oder, dass es Ihnen auf einem Ihrer Mitternachtsspaziergänge begegnet ist?«

»Doch. Doch, das kann sein.«

»Verstehe. Und es kann nicht sein, oder, dass das die echte Auszeichnung ist? Ich meine, die echte Figur, die sie Jake überreichen wollen?«

Lindy gab sekundenlang keine Antwort, sondern stand nur stocksteif da. Dann sagte sie:

»Natürlich ist es die echte Auszeichnung. Welchen Sinn hätte es, Ihnen irgendeinen alten Krempel zu überreichen? Beinahe wäre eine Ungerechtigkeit passiert, aber jetzt hat die Gerechtigkeit obsiegt. Das ist alles, was zählt. Hey, na kommen Sie, Süßer. Sie wissen, dass Sie derjenige sind, der diese Auszeichnung verdient hat.«

»Ich verstehe Ihren Standpunkt. Es ist wirklich lieb von Ihnen. Aber … na ja, irgendwie ist das Diebstahl, nicht?«

»Diebstahl? Sagten Sie nicht selber, dass der Typ nichts taugt? Ein Aufschneider ist? Und Sie sind ein Genie. Wer also versucht hier wem was zu stehlen?«

»Lindy, wo genau haben Sie das gefunden?«

Sie zuckte die Achseln. »Ach, irgendwo. Wo ich eben so unterwegs bin. In einem – Büro würden Sie es vielleicht nennen.«

»Heute Nacht? Haben Sie's heute Nacht mitgehen lassen?«

»Ja natürlich heute Nacht. Letzte Nacht wusste ich ja noch nichts von Ihrem Preis.«

»Ah ja, klar. Was würden Sie sagen – war das etwa vor einer Stunde?«

»Eine Stunde. Vielleicht zwei. Wer weiß? Ich war eine Weile draußen. Eine Zeit lang war ich in meiner Präsidentensuite.«

»Jesus.«

»Na kommen Sie, wen kümmert's denn? Warum zerbrechen Sie sich den Kopf? Es kommt ihnen dieses hier abhanden – na gut, werden sie sich halt ein neues besorgen. Wahrscheinlich haben sie irgendwo einen ganzen Schrank voll davon. Ich habe Ihnen hier eine Auszeichnung überreicht, die Sie verdienen. Sie werden sie doch nicht ablehnen, oder, Steve?«

»Ich lehne sie nicht ab, Lindy. Die Idee, die Ehre, alles, das nehme ich alles gern entgegen, und ich freue mich wirklich sehr darüber. Aber dieses, die eigentliche Trophäe. Wir müssen sie zurückbringen. Genau dorthin, wo Sie sie gefunden haben.«

»Ah, scheiß drauf! Wen kratzt das denn?«

»Lindy, Sie haben nicht zu Ende gedacht. Was ist, wenn das rauskommt? Können Sie sich vorstellen, wie sich die Presse draufstürzen wird? Dieses Gerede, der Skandal? Was wird Ihr Publikum sagen? Kommen Sie. Wir gehen jetzt gleich runter, bevor die ersten Leute aufwachen. Sie zeigen mir ganz genau, wo Sie das Teil gefunden haben.«

Sie wirkte auf einmal wie ein Kind, das ausgeschimpft wurde. Dann seufzte sie und sagte: »Wahrscheinlich haben Sie recht, Süßer.«

Als wir uns einig waren, dass wir den Preis zurückbringen mussten, wurde Lindy ziemlich besitzergreifend und hielt ihn die ganze Zeit fest an die Brust gedrückt, während wir durch die Gänge des riesigen, schlafenden Hotels hasteten. Sie führte mich verborgene Treppen hinab, durch abgelegene Korridore, vorbei an Saunen und Selbstbedienungsautomaten. Wir sahen und hörten keine Menschenseele. Dann flüsterte Lindy: »Es war hier entlang«, und wir stemmten eine schwere Tür auf und traten in einen finsteren Raum.

Als ich sicher war, dass wir allein waren, schaltete ich die Taschenlampe ein, die ich aus Lindys Zimmer mitgenommen hatte, und ließ den Lichtstrahl umherwandern. Wir waren im Festsaal; mit dem Tanzen hätte man momentan allerdings Schwierigkeiten gehabt, denn es standen lauter Tische herum, jeder festlich mit weißem Leinen gedeckt und alle mit passenden Stühlen. In der Mitte des Saals hing ein Kronleuchter an der Decke. Am anderen Ende war eine erhöhte Bühne, vermutlich geräumig genug für eine ziemlich große Show, aber jetzt waren die Vorhänge davor zugezogen. Jemand hatte mitten im Raum eine Stehleiter zurückgelassen, und an der Wand lehnte aufrecht ein Staubsauger.

»Das scheint eine größere Feier zu werden«, sagte sie. »Vier-, fünfhundert Leute?«

Ich ging ein Stück in den Raum hinein und leuchtete mit der Taschenlampe umher. »Vielleicht soll es hier stattfinden. Wo sie Jake den Preis überreichen werden.«

»Ja, sicher. Wo ich das hier gefunden habe« – sie hielt die Figur hoch –, »da war noch mehr. Bester Nachwuchsmusiker. R&B-Album des Jahres. Solche Sachen. Das wird eine Riesenveranstaltung.«

Nachdem sich meine Augen angepasst hatten, nahm ich mehr von meiner Umgebung wahr, obwohl die Taschenlampe nicht besonders stark war. Und wie ich so dastand und zur

Bühne hinaufblickte, konnte ich mir einen Moment lang genau vorstellen, wie es in ein paar Stunden aussehen würde. Ich sah die ganzen Leute mit ihren schicken Klamotten, die Leute von der Plattenfirma, die Spitzenpromoter, vereinzelte Promis aus dem Showbusiness, die lachen und sich gegenseitig loben; der kriecherisch aufrichtige Applaus bei jedem Sponsorennamen, den der Zeremonienmeister erwähnt; noch mehr Applaus, diesmal mit Jubel und Hochrufen, wenn die Preisträger aufmarschieren. Ich stellte mir Jake Marvell auf dieser Bühne vor, wie er seine Trophäe in der Hand hält, dasselbe selbstgefällige Grinsen im Gesicht wie damals in San Diego, wenn er ein Solo fertig hatte und das Publikum applaudierte.

»Vielleicht ist es falsch«, sagte ich. »Vielleicht ist es doch nicht notwendig, das Ding hier zurückzugeben. Vielleicht sollten wir es in den Müll werfen. Und alle anderen Preise, die Sie gefunden haben, gleich dazu.«

»Ja?« Lindy klang ratlos. »Ist das Ihr Ernst, Süßer?«

Ich seufzte auf. »Nein, ich glaub nicht. Aber es wäre ... befriedigend, oder? Alle diese Auszeichnungen, ab mit ihnen in den Müll. Ich wette, dass jeder Einzelne von diesen Gewinnern ein Hochstapler ist. Ich wette, sie bringen alle miteinander nicht genügend Talent mit, um einen Hotdog zu füllen.«

Ich wartete, ob Lindy etwas darauf sagte, aber es kam nichts. Als sie dann doch etwas sagte, war ein neuer Ton in ihrer Stimme, etwas Angespanntes.

»Woher wissen Sie denn, dass nicht ein paar von den Typen doch okay sind? Woher wissen Sie, dass nicht ein paar von ihnen den Preis doch verdient haben?«

»Woher ich das weiß?« Ich spürte eine jähe Wut in mir aufwallen. »Woher ich das weiß? Na, überlegen Sie doch! Eine Jury hält Jake Marvell für den herausragenden Jazzmusiker des Jahres. Wen werden sie wohl sonst noch auszeichnen?«

»Aber was wissen Sie denn über die Leute? Auch über diesen Jake. Woher wissen Sie, dass er sich nicht wirklich sehr angestrengt hat, um es dahin zu bringen, wo er jetzt ist?«

»Was soll das? Sind Sie jetzt auf einmal Jakes größter Fan?«

»Ich sage nur meine Meinung.«

»Ihre Meinung? Das ist Ihre Meinung? Na ja, wen wundert's. Jetzt hätte ich einen Moment lang beinahe vergessen, wer Sie sind.«

»Was zum Teufel soll das jetzt heißen? Wie kommen Sie dazu, so mit mir zu sprechen?!«

Mir wurde bewusst, dass ich übers Ziel hinausgeschossen war, und ich sagte rasch: »Okay, das war jetzt übertrieben. Entschuldigung! Suchen wir dieses Büro.«

Lindy war verstummt, und bei diesem spärlichen Licht hätte ich, als ich mich zu ihr umdrehte, nicht sagen können, was in ihr vorging.

»Lindy, wo ist dieses Büro? Wir müssen es finden.«

Endlich deutete sie mit der Figur zur hinteren Seite des Saals und ging, immer noch wortlos, an den Tischen entlang voraus. An der hinteren Tür angelangt, drückte ich das Ohr daran, und nachdem drinnen alles still war, öffnete ich vorsichtig.

Wir betraten einen langen, schmalen Raum, der parallel zum Festsaal verlief. Irgendwo brannte eine schwache Notbeleuchtung, sodass wir uns auch ohne Taschenlampe halbwegs zurechtfanden. Es war offensichtlich nicht das Büro, nach dem wir suchten, sondern eine Art Anrichteraum oder behelfsmäßige Küche. Die Längsseiten nahmen Arbeitsflächen ein, und in der Mitte war ein Gang frei, der breit genug war, dass hier das Personal ein letztes Mal Hand an die Speisen legen konnte.

Lindy schien sich auszukennen, denn sie schritt zielstrebig durch den Mittelgang. Etwa auf der Hälfte aber blieb sie unvermittelt stehen und inspizierte eines der Backbleche auf der Arbeitsfläche.

»Hey, Kekse!« Aller Ärger, alle Gekränktheit schienen verflogen. »Wie schade, dass alles unter Folie ist. Ich bin ausgehungert. Oh, schauen Sie! Was mag da wohl drunter sein?«

Sie ging ein paar Schritte weiter zu einem mächtigen kuppelförmigen Deckel, den sie abnahm. »Sehen Sie sich das nur an! Also das sieht *wirklich* gut aus.«

Sie beugte sich über einen drallen gebratenen Truthahn. Statt den Deckel wieder darüberzustülpen, stellte sie ihn behutsam neben der Platte ab.

»Ob sie wohl was dagegen haben, wenn ich mir ein Bein genehmige?«

»Ganz bestimmt haben sie jede Menge dagegen, Lindy. Aber was soll's.«

»Riesiges Exemplar. Teilen wir uns ein Bein?«

»Klar, wieso nicht?«

»Okay. Also los.«

Sie streckte die Hand nach dem Truthahn aus, hielt aber mitten in der Bewegung inne und richtete sich, zu mir gewandt, wieder auf.

»Was haben Sie vorhin gemeint?«

»Womit?«

»Na, was Sie da gesagt haben. Dass es einen nicht zu wundern braucht. Meine Meinung nämlich. Was meinen Sie damit?«

»Hören Sie, es tut mir leid. Ich wollte Sie nicht kränken. Ich hab nur laut gedacht, weiter nichts.«

»Laut gedacht? Wie wär's, wenn Sie noch ein bisschen länger laut denken? Warum ist es lächerlich, wenn ich der Meinung bin, dass manche dieser Typen ihren Preis womöglich verdient haben könnten?«

»Schauen Sie, ich sage nur, dass die Preise an die falschen Leute gehen. Das ist alles. Aber Sie scheinen es ja besser zu wissen. Sie denken, es läuft anders …«

»Manche dieser Leute strengen sich verdammt an, um da hinzukommen. Und vielleicht verdienen sie eine kleine Anerkennung dafür. Das Problem bei Leuten wie Ihnen, denen Gott dieses besondere Talent mitgegeben hat, das ist, dass sie denken, sie könnten sich deswegen geradezu alles erlauben. Dass sie glauben, sie seien was Besseres, sie hätten es verdient, jedes Mal ganz vorn zu stehen. Sie sehen nicht, dass es massenhaft Leute gibt, die nicht so viel Glück hatten wie sie und sich mächtig ins Zeug legen müssen, um einen Platz in der Welt zu finden …«

»Glauben Sie vielleicht, ich lege mich nicht ins Zeug? Glauben Sie, ich liege den ganzen Tag auf der faulen Haut herum? Ich schwitze und streng mich an und reiß mir den Arsch auf, um was Gutes, was Schönes zustande zu bringen, und wer kriegt die Anerkennung? Jake Marvell! Leute wie Sie!«

»Sind Sie verrückt? Was unterstehen Sie sich! Was habe ich damit zu tun? Kriege ich vielleicht heute einen Preis? Hat vielleicht *irgend*jemand *irgend*wann *mir* einen verdammten Preis verliehen? Habe ich je, wenigstens in der Schule, ein einziges windiges Zeugnis fürs Singen oder Tanzen oder sonst einen Scheiß gekriegt? Nein! Kein einziges verdammtes Mal! *Euch* musste ich zuschauen, euch widerlichen Kerlen, wie ihr dort raufmarschiert und die Preise absahnt, und alle Eltern klatschen Beifall …«

»Keine Preise? Keine Preise? Ja, schauen Sie sich doch an! Wer ist denn so berühmt? Wer hat denn die tollen Häuser …«

In dem Moment klickte ein Schalter, und wir blinzelten einander in grellem, gleißendem Licht an. Zwei Männer, die auf demselben Weg hereingekommen waren wie wir, bewegten sich auf uns zu. Der Mittelgang war gerade breit genug, dass sie nebeneinander gehen konnten. Der eine war ein riesiger schwarzer Bursche in der Uniform des Hotelwachdienstes, und was ich zuerst für eine Waffe in seiner Hand gehalten hatte, war ein Sprechfunkgerät. Neben ihm war ein kleiner weißer Mann mit hellblauem Anzug und ölglattem schwarzem Haar. Keiner von beiden wirkte irgendwie ehrerbietig. Ein, zwei Meter vor uns blieben sie stehen, dann zückte der Kleine seinen Ausweis.

»LAPD«, sagte er. »Morgan mein Name.«

»Guten Abend«, sagte ich.

Einen Moment lang starrten uns der Polizist und der Wachmann schweigend an. Dann fragte der Polizist:

»Hotelgäste?«

»Ja«, sagte ich. »Wir sind Gäste.«

Ich spürte den weichen Stoff von Lindys Morgenmantel über meinen Rücken streifen. Im nächsten Moment hatte sie sich bei mir eingehakt, und wir standen nebeneinander.

»Guten Abend, Herr Wachtmeister«, sagte sie mit einer schläfrigen Honigtaustimme, die sich von ihrem sonstigen Tonfall erheblich unterschied.

»Guten Abend, gnädige Frau«, sagte der Polizist. »Und sind Sie beide aus einem bestimmten Grund um diese Zeit unterwegs?«

Wir fingen beide gleichzeitig mit einer Antwort an, brachen wieder ab und lachten. Die beiden Männer verzogen keine Miene.

»Wir können nicht schlafen«, sagte Lindy. »Deshalb gehen wir einfach ein bisschen spazieren.«

»Spazieren.« Der Polizist sah sich in dem grellweißen Licht um. »Vielleicht auf der Suche nach was Essbarem.«

»Das stimmt, Herr Wachtmeister!« Lindys Stimme klang immer noch total übertrieben. »Wir hatten einen kleinen nächtlichen Hunger – das kennen Sie sicher auch, oder?«

»Ich schätze, der Zimmerservice taugt nichts«, sagte der Polizist.

»Nein, er ist nicht so toll«, sagte ich.

»Nur das übliche Zeug«, sagte der Polizist. »Steaks, Pizza, Hamburger; dreifaches Clubsandwich. Weiß ich, hab selber vorhin beim Nachtservice bestellt. Aber ich schätze, Leute wie Sie essen so was nicht.«

»Na ja, Sie wissen ja, wie es ist, Herr Wachtmeister«, sagte Lindy. »Es geht auch um den *Spaß*. Es ist einfach spannend, nachts hier runterzuschleichen und was zu stibitzen, Sie wissen schon – was Verbotenes zu tun eben, wie damals als Kind?«

Bei keinem der beiden waren Anzeichen eines Erweichens zu sehen. Aber der Bulle sagte:

»Entschuldigen Sie die Unannehmlichkeit. Aber Sie verstehen schon, dieser Bereich hier ist für Hotelgäste nicht zugänglich. Und gerade in letzter Zeit sind ein, zwei Sachen weggekommen.«

»Ach, wirklich?«

»Allerdings. Haben Sie womöglich was Komisches oder Verdächtiges bemerkt?«

Lindy und ich sahen einander an, dann schüttelte sie dramatisch den Kopf.

»Nein«, sagte ich. »Es ist uns nichts aufgefallen.«

»Gar nichts?«

Der Wachmann war näher getreten und quetschte sich jetzt mit seinem massigen Körper entlang der Arbeitsplatte an uns vorbei. Es war klar, was er vorhatte: uns, während sein Partner redete, von hinten in Augenschein zu nehmen, um herauszufinden, ob wir vielleicht etwas am Körper versteckt hatten.

»Nein, gar nichts«, sagte ich. »Was wäre zum Beispiel etwas Auffälliges?«

»Verdächtige Personen. Ungewöhnliche Aktivitäten.«

»Meinen Sie, Herr Wachtmeister«, fragte Lindy entsetzt und schockiert, »dass in Zimmer eingebrochen wurde?«

»Nein, das nicht, gnädige Frau. Aber es sind bestimmte Wertgegenstände verschwunden.«

Hinter uns rührte sich der Wachmann.

»Ah, deshalb sind Sie hier bei uns«, sagte Lindy. »Um uns und unser Eigentum zu schützen.«

»Das ist richtig, gnädige Frau.« Der Blick des Polizisten bewegte sich ruckartig, und ich hatte den Eindruck, dass er sich mit dem Mann hinter uns verständigte. »Wenn Ihnen also was Komisches auffällt, benachrichtigen Sie bitte sofort den Sicherheitsdienst.«

Die Befragung schien vorbei zu sein, und der Bulle rückte zur Seite, um uns durchzulassen. Ich schickte mich zum Gehen, aber Lindy sagte:

»Das war sicher nicht fein von uns, hier runterzukommen, um was zu essen. Wir wollten uns schon von dieser Tarte hier was nehmen, aber dann dachten wir, das können wir nicht tun, sie ist sicher für einen besonderen Anlass, und es wäre doch eine Schande.«

»Das Hotel hat wirklich einen guten Zimmerservice«, sagte der Polizist. »Rund um die Uhr.«

Ich zerrte Lindy am Ärmel, doch sie schien jetzt von der häufig erwähnten Manie der Kriminellen befallen, sich aus reinem Mutwillen in die Gefahr des Erwischtwerdens zu begeben.

»Und Sie haben sich vorhin was bestellt, ja?«

»Klar.«

»Und war es gut?«

»Ziemlich gut. Ich empfehle Ihnen, dasselbe zu tun.«

»Jetzt lassen wir die Herren doch ihre Arbeit tun«, sagte ich und zog sie wieder am Arm. Aber sie rührte sich noch immer nicht.

»Herr Wachtmeister, darf ich Sie was fragen?«, sagte sie. »Erlauben Sie?«

»Nur zu.«

»Weil Sie doch davon gesprochen haben, ob uns vielleicht was Komisches aufgefallen ist. Wie steht es denn mit Ihnen – fällt Ihnen was Komisches auf? Ich meine: an uns?«

»Ich weiß nicht, was Sie meinen, gnädige Frau.«

»Zum Beispiel, dass wir beide komplett einbandagierte Gesichter haben? Ist Ihnen das aufgefallen?«

Der Polizist musterte uns aufmerksam, wie um ihre Aussage zu überprüfen. Dann sagte er: »Offen gestanden, es ist mir aufgefallen, ja. Aber ich wollte keine persönlichen Bemerkungen machen.«

»Oh, verstehe«, antwortete Lindy. Und zu mir gewandt sagte sie: »Wie rücksichtsvoll von ihm, nicht?«

»Jetzt los«, sagte ich und zog sie ziemlich unsanft mit mir

fort. Während wir zum Ausgang strebten, spürte ich im Rücken die Blicke der beiden Männer.

Äußerlich betont ruhig, durchquerten wir den Festsaal. Aber kaum waren wir durch die großen Schwingtüren, gaben wir der Panik nach und verfielen beinahe in Laufschritt. Da unsere Arme nach wie vor ineinandergehakt waren, stolperten und kollidierten wir ständig, während ich hinter Lindy her durch das Gebäude hastete. Irgendwann zerrte sie mich in einen Lastenaufzug, und erst als die Türen sich schlossen und die Kabine sich in Bewegung setzte, ließ sie mich los, lehnte sich an die Metallwand und gab sonderbare Töne von sich, die, wie mir klar wurde, das Geräusch von hysterischem Gelächter hinter Verbänden waren.

Als wir den Aufzug verließen, hängte sie sich wieder bei mir ein. »Okay, jetzt sind wir in Sicherheit«, sagte sie. »Jetzt möchte ich Ihnen was zeigen. Das ist wirklich was. Sehen Sie?« Sie hielt eine Schlüsselkarte hoch. »Schauen wir mal, wohin uns das führt.«

Sie benutzte die Karte, um uns eine Tür mit der Aufschrift »Privat« zu öffnen, dann eine Tür, auf der »Gefahr. Nicht betreten« stand. Dann befanden wir uns in einer Umgebung, in der es nach Farbe und Mörtel roch. An den Wänden und von der Decke herab hingen Kabel, der kalte Estrich war übersät mit Spritzern und Flecken. Wir sahen genug, denn eine Seite des Raums war vollständig verglast und unbeeinträchtigt von Vorhängen oder Rollläden, und die starke Beleuchtung draußen warf ein gelbliches Licht in den Raum. Wir waren hier noch höher als in unserer Etage: Wie aus einem Helikopter blickten wir hinaus auf die Schnellstraße und das Gelände ringsum.

»Das wird eine neue Präsidentensuite«, sagte Lindy. »Ich bin sehr gern hier oben. Noch keine Lichtschalter, kein Teppich. Aber allmählich wird was draus. Bei meinem ersten Besuch hier war alles noch viel unfertiger. Jetzt kann man sich wirklich schon vorstellen, wie das hier mal aussehen wird. Es gibt sogar schon eine Couch.«

Mitten im Raum erhob sich eine klobige, vollständig mit einem hellen Laken verhüllte Form. Lindy ging darauf zu wie auf einen alten Freund und ließ sich müde hineinfallen.

»Es ist meine Fantasie«, sagte sie, »aber irgendwie glaub ich dran. Und zwar, dass dieser Raum hier nur für mich gebaut wird. Deswegen muss ich immer herkommen. Das Ganze hier. Sie helfen mir nämlich. Sie helfen mir, meine Zukunft aufzubauen. Vor Kurzem war hier noch das reinste Chaos. Aber schauen Sie es sich jetzt an. Es nimmt Form an. Es wird großartig.« Sie klopfte neben sich auf das Sofa. »Kommen Sie her, Süßer, ruhen Sie sich aus. Ich bin fix und fertig. Sie sicher auch.«

Das Sofa – oder was immer sich unter dem Tuch verbarg – war überraschend bequem, und kaum hatte ich mich hineinsinken lassen, überkamen mich Wellen von Müdigkeit.

»Mann, bin ich müde«, sagte Lindy im selben Moment und sank mit ganzem Gewicht an meine Schulter. »Ist das nicht schön hier? Die Schlüsselkarte fand ich im Schlitz, als ich zum ersten Mal herkam.«

Eine Weile waren wir still, und ich war fast am Einschlafen. Aber plötzlich fiel mir etwas ein.

»Hey, Lindy.«

»Hmm?«

»Lindy. Was ist aus dem Preis geworden?«

»Preis? Ah, der Preis! Ich hab ihn versteckt. Was hätte ich sonst tun sollen? Sie haben ihn wirklich verdient, diesen Preis.

Ich hoffe, es bedeutet Ihnen was, die Verleihung heute Nacht. Wissen Sie, Süßer, das war nicht nur eine Laune. Ich habe darüber nachgedacht. Ich hab wirklich gründlich darüber nachgedacht. Ich weiß nicht, ob es Ihnen groß was bedeutet. Ob Sie sich in zehn, zwanzig Jahren überhaupt noch daran erinnern.«

»Ganz bestimmt. Und es bedeutet mir wirklich viel. Aber Lindy, Sie sagten, Sie haben ihn versteckt – bloß wo? Wo haben Sie ihn versteckt?«

»Hmm?« Sie schlief schon fast wieder. »An dem einzigen Platz, an dem es ging. Im Truthahn.«

»Sie haben ihn in den Truthahn getan?«

»Das hab ich schon mal gemacht, mit neun, genau dasselbe. Damals hab ich den Glowball meiner Schwester in einem Truthahn versteckt. Das hat mich jetzt auf die Idee gebracht. Geistesgegenwärtig, nicht?«

»Ja, allerdings.« Ich war bleiern müde, zwang mich aber, mich zu konzentrieren. »Aber Lindy, wie gut haben Sie ihn versteckt? Ich meine, werden ihn die zwei Bullen inzwischen gefunden haben?«

»Wüsste nicht, wie. Es stand nichts raus, wenn Sie das meinen. Warum sollten sie da nachschauen? Ich hab ihn hinter meinem Rücken hineingeschoben, so. Immer tiefer hinein. Ich hab mich dabei nicht umgedreht, sonst hätten die beiden Knaben sich ja gefragt, was ich tue. Es war nicht nur eine Laune, wissen Sie. Dass ich beschlossen habe, Ihnen diesen Preis zu verleihen. Hab wirklich lang und gründlich darüber nachgedacht. Natürlich hoffe ich, dass es Ihnen was bedeutet. Jesus, ich muss schlafen.«

Wieder sackte sie an meiner Seite zusammen, und gleich darauf gab sie ein leises Schnarchen von sich. Besorgt um den

Erfolg ihrer Operation, bettete ich ihren Kopf vorsichtig um, sodass ihre Wange nicht an meine Schulter drückte. Dann dämmerte auch ich weg.

Irgendwann wachte ich mit einem Ruck wieder auf und sah im großen Fenster vor uns die ersten Anzeichen des Morgens. Weil Lindy noch fest schlief, wand ich mich vorsichtig unter ihr hervor, stand auf und reckte die Arme. Ich trat ans Fenster und blickte in den blassen Himmel hinaus, auf die Schnellstraße tief unten. Ich versuchte mich zu erinnern, welcher Gedanke mir im Augenblick des Einschlafens durch den Kopf gegangen war, aber mein Hirn war umnebelt und erschöpft. Plötzlich fiel es mir doch wieder ein, und ich ging zum Sofa und rüttelte Lindy wach.

»Was ist? Was ist? Was wollen Sie?«, fragte sie, ohne die Augen zu öffnen.

»Lindy«, sagte ich. »Der Preis. Wir haben den Preis vergessen.«

»Hab ich doch schon gesagt. Er ist in diesem Truthahn.«

»Ja, eben, hören Sie zu. Diese Bullen sind vielleicht nicht auf die Idee gekommen, im Truthahn nachzuschauen, aber früher oder später wird ihn jemand finden. Vielleicht wird das Vieh genau in diesem Moment tranchiert!«

»Na und? Dann finden sie das Teil eben. Was macht das?«

»Sie finden das Teil, und sie berichten von ihrem tollen Fund. Dann fällt diesem Bullen wieder ein, dass er uns in der Küche getroffen hat. Direkt neben dem Truthahn.«

Lindy schien ein wenig wacher zu werden. »Ja«, sagte sie. »Versteh schon, was Sie meinen.«

»Solange die Trophäe im Truthahn ist, können sie uns mit dem Verbrechen in Verbindung bringen.«

»Verbrechen? Wieso denn Verbrechen?«

»Nennen Sie es, wie Sie wollen. Jedenfalls müssen wir noch mal runter und das Teil aus dem Truthahn holen. Wo wir es nachher lassen, ist egal. Aber es darf nicht dort bleiben, wo es jetzt ist.«

»Süßer, sind Sie sicher, dass wir das tun müssen? Ich bin wahnsinnig müde.«

»Wir müssen, Lindy. Wenn wir nichts unternehmen, kriegen Sie Ärger. Und vergessen Sie nicht, die Presse wird eine Riesensache draus machen.«

Lindy dachte darüber nach, dann richtete sie sich ein Stück auf und sah mich von unten her an. »Na gut«, sagte sie. »Gehen wir noch mal runter.«

Diesmal drangen Staubsaugergeräusche und Stimmen durch die Korridore, aber wir schafften es trotzdem bis zum Festsaal, ohne jemandem zu begegnen. Inzwischen war es heller geworden, man sah viel mehr, und Lindy deutete auf die Mitteilung neben der Doppeltür, die, in Plastikbuchstaben geklebt, lautete: »J. A. POOL CLEANSERS INC. – FRÜHSTÜCKS-RAUM.«

»Kein Wunder, dass wir das Büro mit den ganzen Preisen nicht gefunden haben«, sagte sie. »Das ist der falsche Festsaal.«

»Egal. Was wir wollen, ist ja jetzt hier.«

Wir durchquerten den Festsaal und betraten vorsichtig den Anrichteraum. Wie zuvor brannte die Notbeleuchtung, und jetzt fiel auch ein bisschen Tageslicht durch die Lüftungsfenster herein. Es war niemand zu sehen, aber als ich die Arbeitsflächen entlangblickte, war klar, dass wir ein Problem hatten.

»Sieht so aus, als wär jemand hier gewesen«, sagte ich.

»Tja.« Lindy ging ein paar Schritte den Mittelgang entlang und sah sich um. »Tja. Sieht so aus.«

Alle Kanister, Tabletts, Kuchendosen, mit Silberkuppeln zugedeckten Servierplatten, die wir zuvor gesehen hatten, waren verschwunden. Stattdessen erblickten wir sauber gestapelte Teller und gefaltete, ordentlich bereitgelegte Servietten.

»Okay, das Essen haben sie weggeräumt«, sagte ich. »Die Frage ist: wohin?«

Lindy wanderte weiter durch den Gang, dann drehte sie sich um. »Wissen Sie noch, Steve, als wir letztes Mal hier waren, bevor die zwei Männer reinkamen? Wir hatten einen ziemlichen Streit.«

»Ja, weiß ich. Aber warum das jetzt noch mal ausbreiten. Ich hab mich danebenbenommen. Ist mir klar.«

»Ja, schon gut, vergessen wir's. Also wo ist jetzt dieser Truthahn hin?« Wieder sah sie sich um. »Wissen Sie was, Steve? Als Kind wollte ich unbedingt Tänzerin und Sängerin werden. Ich hab mich unglaublich angestrengt, weiß Gott, wie ich mich angestrengt habe, aber die Leute lachten bloß und winkten ab, und ich dachte, wie ungerecht ist die Welt. Dann wurde ich ein bisschen größer und kapierte, dass die Welt gar nicht so ungerecht ist. Dass auch Leute wie ich, die Nicht-von-Gott-Gesegneten, eine Chance haben, dass sie trotzdem einen Platz an der Sonne finden können, dass man sich nicht damit begnügen muss, nur *Publikum* zu sein. Leicht ist es nicht, das war mir schon damals klar. Man muss dran arbeiten, und man darf nicht drauf hören, was die Leute sagen. Aber eine Chance hat man jedenfalls.«

»Tja, sieht so aus, als hätten Sie alles richtig gemacht.«

»Ja, ist es nicht komisch, wie diese Welt funktioniert? Wissen Sie, es war, glaube ich, sehr einfühlsam. Von Ihrer Frau, meine ich. Dass sie Ihnen gesagt hat, Sie sollen sich operieren lassen.«

»Lassen Sie meine Frau aus dem Spiel. Hey, Lindy, wissen Sie, wo das hinführt? Dort hinten?«

Am anderen Ende des Raums, wo die Arbeitsflächen endeten, führten drei Stufen zu einer grünen Tür hinauf.

»Wieso probieren wir's nicht aus?«, sagte Lindy.

Wir öffneten die Tür so vorsichtig wie die letzte, und als wir eingetreten waren, verlor ich im ersten Moment völlig die Orientierung. Es war stockfinster, und egal, in welche Richtung ich mich wandte, ich kämpfte gegen eine Art Stoff, einen Vorhang oder eine Plane. Lindy, die irgendwo vor mir mit der Taschenlampe leuchtete, schien sich besser zurechtzufinden. Irgendwann hatte ich mich befreit und stolperte hinaus in einen dunklen Raum, in dem sie mich erwartete, den Lichtstrahl auf meine Füße gerichtet.

»Ist mir schon aufgefallen«, flüsterte sie. »Sie reden nicht gern über sie. Ihre Frau, meine ich.«

»Das stimmt nicht ganz«, flüsterte ich zurück. »Wo sind wir?«

»Und sie kommt Sie nie besuchen.«

»Weil wir im Moment nicht wirklich zusammen sind. Wenn Sie es unbedingt wissen wollen.«

»Oh, tut mir leid. Ich wollte nicht neugierig sein.«

»Sie wollten nicht neugierig sein?!«

»Hey, Süßer, schauen Sie nur! Das ist es! Wir haben's gefunden!«

Sie richtete den Lichtstrahl auf einen Tisch nicht weit von uns. Ein weißes Tischtuch lag darauf, und auf dem Tischtuch ragten, Seite an Seite, zwei Silberkuppeln empor.

Ich trat näher und hob vorsichtig die eine Kuppel hoch.

Wie nicht anders zu erwarten, lag ein dicker gebratener Truthahn darunter. Ich schob ihm einen Finger in den Bauchraum und tastete darin herum.

»Nichts drin«, sagte ich.

»Sie müssen tiefer hinein. Ich hab das Teil ganz weit hineingeschoben. Diese Truthähne sind größer, als man denkt.«

»Ich sag Ihnen, da ist nichts drin. Leuchten Sie mal hier herüber. Na gut, versuchen wir's beim anderen.« Ich nahm den Deckel vom zweiten Truthahn.

»Wissen Sie, Steve, ich finde, das ist ein Fehler. Es muss Ihnen wirklich nicht peinlich sein, darüber zu reden.«

»Worüber?«

»Dass Sie getrennt sind, Sie und Ihre Frau.«

»Hab ich gesagt, wir sind getrennt? Hab ich das gesagt?«

»Ich dachte …«

»Ich sagte, wir sind im Moment nicht zusammen. Das ist nicht dasselbe.«

»Es klingt, als wäre es dasselbe …«

»Ist es aber nicht. Es ist nur was Vorübergehendes, wir probieren es aus. Oh, ich hab was gefunden. Da ist was drin. Das ist es.«

»Warum holen Sie's nicht raus, Süßer?«

»Ja, was glauben Sie denn, genau das versuche ich doch! Jesus! Mussten Sie das wirklich so tief hineinstecken?«

»Pst! Da draußen ist wer!«

Wie viele es waren, ließ sich zuerst schwer sagen. Aber die Stimme kam näher, und nun war klar, dass es nur einer war, ein Mann, der ohne Punkt und Komma in ein Mobiltelefon redete. Jetzt begriff ich auch schlagartig, wo wir waren. Ich hatte gedacht, wir seien in irgendeinen Bereich in den Kulissen geraten, tatsächlich aber standen wir direkt auf der Bühne, und der Vorhang vor meinem Gesicht war das Einzige, das uns vom Festsaal trennte. Und der telefonierende Mann kam durch den Festsaal auf die Bühne zu.

Flüsternd wies ich Lindy an, die Taschenlampe auszuschalten. Es wurde finster. Sie sagte mir ins Ohr: »Nichts wie weg hier«, und ich hörte sie davonschleichen. Ich versuchte noch einmal, die Messingfigur aus dem Truthahn herauszuziehen, aber ich fürchtete, Geräusche zu verursachen, abgesehen davon bekam ich das Ding nicht richtig zu fassen – es ging einfach nicht.

Die Stimme kam immer näher, bis ich den Eindruck hatte, dass der Typ direkt vor mir stand.

»... ist doch nicht mein Problem, Larry. Die Logos *müssen* auf diese Menükarte. Ist mir egal, wie du das schaffst. Okay, dann mach es eben selber. Richtig, du machst es selber, und du bringst sie persönlich vorbei, ist mir egal, wie du das hinkriegst. Bring sie einfach heute Vormittag her, allerspätestens bis halb zehn. Wir brauchen das Zeug hier. Die Tische sehen gut aus. Doch, es sind genügend Tische, glaub mir. Okay. Ja, ich werd nachsehen. Okay, okay. Ja! Ich tu's jetzt gleich!«

Bei den letzten Sätzen hatte sich die Stimme zur einen Seite des Raums bewegt. Anscheinend hatte er an der Wand einen Schalter betätigt, denn jetzt ging direkt über mir ein starker Scheinwerfer an, außerdem hatte ein Surren eingesetzt, wie von einer Klimaanlage. Aber ich merkte bald, dass es keine Klimaanlage war, sondern die Vorhänge, die sich in Bewegung gesetzt hatten.

Es ist mir in meiner Laufbahn zweimal passiert, dass ich auf einer Bühne stehe und ein Solo zu spielen habe, und plötzlich wird mir bewusst, dass ich nicht weiß, wann mein Einsatz ist, in welcher Tonart ich bin, wie die Harmonien wechseln. Beide Male bin ich vollkommen erstarrt, eingefroren wie ein Standbild im Film, bis einer der anderen einspringt und mich rettet. In den mehr als zwanzig Jahren, die ich beruflich Musik mache, ist mir das nur zweimal passiert. Jedenfalls: Als jetzt über mir der Scheinwerfer anging und die Vorhänge zur Seite glitten, reagierte ich ganz genauso. Ich erstarrte einfach. Und ich fühlte mich merkwürdig distanziert. Ich verspürte sogar eine leise Neugier darauf, was ich zu sehen bekäme, sobald die Vorhänge offen waren.

Was ich zu sehen bekam, war der Festsaal, und erst aus der günstigen Perspektive der Bühne konnte ich ermessen, wie die Tische aufgestellt waren, nämlich in zwei Parallelreihen bis ganz nach hinten. Wegen des Scheinwerfers über mir lag der Raum ein wenig im Schatten, aber der Kronleuchter an der Decke war noch zu erkennen.

Der telefonierende Mann war ein kahler, übergewichtiger Typ mit hellgrauem Anzug und offen stehendem Hemd. Offensichtlich hatte er sich, nachdem er den Schalter betätigt hatte, von der Wand gleich wieder fortbewegt, denn er war jetzt mehr oder minder auf gleicher Höhe mit mir. Er hielt sich das Telefon ans Ohr, und nach seinem Ausdruck zu urteilen, hätte man vermutet, dass er mit besonderer Aufmerksamkeit seinem Gesprächspartner zuhörte. Aber das schien mir nicht der Fall zu sein, denn seine Augen waren auf mich geheftet. Er sah mich an, und ich sah ihn an, und das hätte endlos so weitergehen können, hätte er nicht – vielleicht als Antwort auf die Frage, wieso er nichts mehr sagte – ins Telefon gesprochen:

»Schon gut. Schon gut. Es ist ein Mensch.« Es trat eine Pause ein, dann sagte er: »Ich dachte im ersten Moment, es ist was anderes. Aber es ist ein Mensch. Mit einbandagiertem

Kopf, im Morgenrock. Das ist alles, ich seh es jetzt. Nur dass seine Hand in einem Huhn oder so was steckt.«

Ich richtete mich auf und begann instinktiv mit einer achselzuckenden Bewegung die Arme auszustrecken, und nachdem meine rechte Hand noch immer bis übers Handgelenk in dem Truthahn steckte, brachte allein das Gewicht das gesamte Arrangement zum Einsturz. Wenigstens musste ich jetzt nicht mehr heimlichtun, weshalb ich mich richtig ins Zeug legte und vor nichts zurückschreckte, um dem Truthahn sowohl meine Hand als auch die Figur zu entwinden. Der Mann redete unterdessen weiter ins Telefon.

»Nein, es ist genau so, wie ich es sage. Und jetzt nimmt er das Huhn ab. Oh, und er zieht was raus. Hey, Mann, was *ist* das? Ein Alligator?«

Die letzten zwei Sätze waren, mit bewundernswertem Gleichmut, direkt an mich gerichtet. Aber jetzt hatte ich die Figur in der Hand, und der Truthahn landete mit einem dumpfen Plumpsen auf dem Boden. Während ich in die Dunkelheit hinter mir floh, hörte ich den Mann zu seinem Telefonpartner sagen: »Woher soll ich das wissen? Eine Art Zaubervorführung vielleicht?«

Ich weiß nicht mehr, wie wir in unsere Etage zurückkamen. Beim Abgang von der Bühne verhedderte ich mich noch einmal in einem Vorhangwust, aber dann war sie da und griff nach meiner Hand. Gleich darauf hasteten wir durch das Hotel, unbekümmert, ob wir Lärm machten oder ob uns jemand sah. Irgendwo in einem Flur stellte ich die Figur auf einem Servierwagen des Zimmerservice neben den Resten eines Abendessens ab.

Zurück in Lindys Zimmer, warfen wir uns aufs Sofa und

lachten, lachten, bis wir übereinanderfielen; dann stand sie auf, trat ans Fenster und zog die Rollläden auf. Draußen war es jetzt hell, aber der Himmel war bewölkt. Sie ging zu ihrer Vitrine, um Drinks zu mixen – »den aufregendsten alkoholfreien Cocktail der Welt« –, und brachte mir ein Glas. Ich rechnete damit, dass sie sich wieder zu mir setzte, aber sie kehrte zum Fenster zurück. Dort stand sie und nippte an ihrem Glas.

»Freuen Sie sich drauf, Steve?«, fragte sie nach einer Weile. »Dass der Verband runterkommt?«

»Ja. Schon.«

»Noch letzte Woche habe ich kaum daran gedacht. Es schien mir noch so lang hin. Aber jetzt ist es gar nicht mehr so lang.«

»Das stimmt«, sagte ich. »Für mich ist es auch nicht mehr lang.« Dann sagte ich leise: »Jesus.«

Sie trank und blickte aus dem Fenster. Ich hörte sie sagen: »He, Süßer, was ist los?«

»Nichts, alles in Ordnung. Ich brauch einfach ein bisschen Schlaf.«

Sie musterte mich eine Zeit lang. »Ich sag Ihnen was, Steve«, sagte sie schließlich. »Es wird gut. Boris ist der Beste. Sie werden sehen.«

»Ja.«

»Hey, was ist? Schauen Sie, bei mir ist es das dritte Mal. Das zweite Mal bei Boris. Es wird alles sehr gut. Sie werden toll aussehen, einfach toll. Und Ihre Karriere. Von jetzt an geht es raketenmäßig aufwärts.«

»Vielleicht.«

»Nicht vielleicht! Es macht einen Riesenunterschied, glauben Sie mir. Sie kommen in die Illustrierten, Sie kommen ins Fernsehen.«

Darauf sagte ich nichts.

»He, na kommen Sie!« Sie kam ein paar Schritte auf mich zu. »Kopf hoch! Sie sind doch nicht mehr sauer auf mich, oder? Wir waren ein tolles Team da unten, nicht? Und ich sag Ihnen noch was. Von jetzt an bleibe ich in Ihrem Team. Sie sind ein verdammtes Genie, und ich werde dafür sorgen, dass die Sache läuft.«

»Das wird nicht funktionieren, Lindy.« Ich schüttelte den Kopf. »Es wird nicht funktionieren.«

»Und wie das funktioniert! Ich rede mit Leuten. Mit Leuten, die eine Menge für Sie tun können.«

Ich schüttelte weiter den Kopf. »Das ist wirklich nett von Ihnen. Aber es ist sinnlos. Es war von Anfang an eine Schnapsidee. Ich hätte nicht auf Bradley hören dürfen.«

»Hey, Kopf hoch. Ich bin zwar nicht mehr mit Tony verheiratet, aber ich habe immer noch eine Menge Freunde hier in der Stadt.«

»Sicher, Lindy, das weiß ich. Aber es ist sinnlos. Verstehen Sie, Bradley – das ist mein Manager –, er hat mich zu der ganzen Sache überredet. Ich war ein Idiot, dass ich auf ihn gehört habe, aber ich konnte nicht anders. Ich war mit meinem Latein am Ende, und dann kam er mit seiner Theorie an. Er sagte, Helen, meine Frau, hat sich das Ganze ausgedacht. Sie hat mich gar nicht wirklich verlassen. Sondern es gehört alles zu ihrem Plan. Sie tut das alles für mich, um mir diese OP zu ermöglichen. Und wenn der Verband runter ist und ich ein neues Gesicht habe, kommt sie zurück, und alles ist wieder gut. Das hat Bradley gesagt. Noch während er es sagte, wusste ich, dass er Scheiße redet, aber was konnte ich tun? Es war wenigstens eine Hoffnung. Bradley hat das ausgenutzt, er hat es ausgenutzt, so ist er, wissen Sie? Er ist degeneriert. Er denkt immer nur ans Geschäft. Und an Oberliga. Was kratzt das ihn, ob sie zurückkommt oder nicht?«

Ich brach ab, und sie schwieg lange. Dann sagte sie:

»Schauen Sie, Süßer, hören Sie mir zu. Ich hoffe sehr, dass Ihre Frau zurückkommt. Wirklich. Aber wenn nicht, dann müssen Sie anfangen, sich eine neue Perspektive zu suchen. Sie ist bestimmt ein toller Mensch, aber das Leben hat so viel mehr zu bieten als nur die Liebe zu jemandem. Sie müssen rausgehen, Steve. Jemand wie Sie gehört nicht ins Publikum. Schauen Sie mich an. Werde ich, wenn dieser Verband runterkommt, wirklich aussehen wir vor zwanzig Jahren? Ich weiß es nicht. Und es ist ewig lang her, dass ich mal nicht mit jemandem verheiratet war. Aber ich geh trotzdem wieder raus und versuch's.« Sie kam zu mir und boxte mich leicht gegen die Schulter. »Hey. Sie sind einfach müde. Schlafen Sie sich erst mal aus, dann geht's Ihnen gleich besser. Glauben Sie mir. Boris ist der Beste. Er wird es richten, für uns beide. Sie werden sehen.«

Ich stellte mein Glas ab und stand auf. »Sie haben sicher recht. Wie Sie sagen: Boris ist der Beste. Und wir waren *wirklich* ein tolles Team da unten!«

»Wir waren ein *tolles* Team da unten.«

Ich beugte mich zu ihr, legte ihr die Hände auf die Schultern, dann küsste ich sie rechts und links auf ihre bandagierten Wangen. »Schlafen Sie sich auch gut aus«, sagte ich. »Ich komm bald wieder rüber, und wir spielen Schach.«

Aber nach diesem Morgen sahen wir uns nicht mehr oft. Als ich später darüber nachdachte, musste ich mir eingestehen, dass ich im Lauf dieser Nacht wohl das eine oder andere gesagt hatte, wofür ich mich vielleicht hätte entschuldigen, das ich zumindest hätte erklären sollen. Aber nachdem wir es glücklich wieder bis in ihr Zimmer geschafft und uns gemeinsam auf dem Sofa vor Lachen gekringelt hatten, schien es mir nicht notwendig, alles noch mal zur Sprache zu bringen, ja eigentlich wäre es mir sogar falsch vorgekommen. Als wir uns an dem Morgen verabschiedeten, dachte ich, wir zwei wären über dieses Stadium weit hinaus. Dabei hatte ich doch erlebt, wie rasch Lindys Stimmung umschlagen kann. Vielleicht dachte sie später noch mal darüber nach und wurde wieder sauer auf mich. Wer weiß? Jedenfalls erwartete ich im Lauf des Tages einen Anruf von ihr, aber der kam nicht, und er kam auch nicht am Tag danach. Stattdessen hörte ich Tony Gardners Aufnahmen durch die Wand, mit voller Lautstärke, eine nach der anderen.

Als ich, vielleicht vier Tage später, endlich doch hinüberging, war sie freundlich, aber distanziert. Wie beim ersten Mal erzählte sie viel von ihren berühmten Freunden – allerdings nichts darüber, dass sie einen von ihnen für meine Karriere einspannen würde. Nicht, dass mir das was ausmachte. Wir versuchten es noch mal mit Schach, aber ihr Telefon läutete ständig, und sie ging zum Reden ins Schlafzimmer.

Und vor zwei Tagen schließlich klopfte sie abends an meine Tür und sagte, sie werde das Hotel jetzt verlassen. Boris sei zufrieden mit ihr und bereit, den Verband bei ihr zu Hause abzunehmen. Wir verabschiedeten uns freundschaftlich voneinander, aber es war, als hätte unser eigentlicher Abschied schon früher stattgefunden, nämlich an dem Morgen nach unserem Ausflug, als ich mich zu ihr gebeugt und sie auf beide Wangen geküsst hatte.

So, das ist die Geschichte meiner Zeit als Lindy Gardners Zimmernachbar. Ich wünsche ihr alles Gute. Was mich betrifft, so muss ich noch sechs Tage warten, bis ich ausgepackt werde, und noch viel länger, bis ich wieder Saxofon spielen darf. Aber ich bin inzwischen an dieses Leben gewöhnt, und die Zeit vergeht mir angenehm. Gestern bekam ich einen Anruf von Helen, die wissen wollte, wie es mir geht, und mächtig beeindruckt war, als ich sagte, ich hätte Lindy Gardner kennengelernt.

»Ist sie nicht wieder verheiratet?«, fragte sie. Und als ich sie in dem Punkt aufklärte, sagte sie: »Ah, richtig. Offenbar hab ich sie mit dieser anderen verwechselt. Du weißt schon, wie heißt sie noch?«

Wir redeten eine Menge belangloses Zeug – was sie im Fernsehen gesehen hatte, dass eine Freundin mit ihrem Baby zu Besuch gewesen war. Dann sagte sie, dass Prendergast sich nach mir erkundige, und dabei wurde ihre Stimme merklich angespannter. Und ich hätte fast gesagt: »Hallo? Höre ich da etwa einen Anflug von Irritation, wenn der Name des Liebsten fällt?« Aber ich sagte es nicht. Ich sagte nur: Schöne Grüße, und sie erwähnte ihn nicht mehr. Wahrscheinlich hatte ich es mir sowieso nur eingebildet. Sicher ging es ihr nur darum, dass ich sagte, wie dankbar ich ihm sei.

Kurz bevor sie auflegte, sagte ich: »Hab dich lieb«, auf diese schnelle, routinierte Art, wie man es am Ende eines Telefonats mit der Ehefrau sagt. Ein paar Sekunden war Stille, dann sagte sie es ebenfalls, auf die gleiche routinierte Weise. Dann war sie weg. Gott weiß, was das heißen sollte. Jetzt kann ich wohl nichts anderes tun als warten, bis dieser Verband herunterkommt. Und dann? Vielleicht hat Lindy recht. Vielleicht muss ich mir eine neue Perspektive suchen, wie sie sagt, und das Leben hat wirklich viel mehr zu bieten als nur die Liebe zu jemandem. Vielleicht ist jetzt wirklich ein Wendepunkt für mich, und die Oberliga wartet. Vielleicht hat sie recht.

CELLISTEN

Zum dritten Mal seit der Mittagspause spielten wir »The Godfather«, und ich sah mir die Touristen auf der Piazza an, weil ich wissen wollte, wie viele von ihnen wohl schon beim letzten Mal da gewesen waren. Die Leute stört es nicht, wenn sie einen Favoriten öfter hören, aber allzu oft sollte das auch nicht passieren, sonst denken sie, dass man doch ein recht bescheidenes Repertoire hat. Stücke zu wiederholen ist um diese Zeit des Jahres normalerweise okay. Die Vorboten der Herbstwinde und der absurde Preis für einen Kaffee sorgen für eine ziemlich hohe Fluktuation der Gäste. Jedenfalls studierte ich die Gesichter auf der Piazza, und dabei entdeckte ich Tibor.

Er winkte mit dem Arm, und ich dachte zuerst, er winkt uns, aber dann wurde mir klar, dass er einen Kellner auf sich aufmerksam machen wollte. Er sah älter aus, hatte auch ein bisschen zugenommen, war aber sonst nicht schwer zu erkennen. Weil ich keine Hand vom Saxofon nehmen konnte, um direkt auf ihn zu deuten, stieß ich Fabian, den Akkordeonisten neben mir, mit dem Ellenbogen an und nickte zu Tibor hinüber. Als ich mich jetzt in unserer Band umsah, wurde mir klar, dass aus dem Sommer, in dem wir Tibor kennengelernt hatten, von unserer Truppe außer Fabian und mir niemand mehr übrig war.

Okay, das ist jetzt schon sieben Jahre her, aber ein Schock war es trotzdem. Wenn man jeden Tag so zusammen spielt, kommt einem die Band mit der Zeit wie eine Familie vor, die Kollegen wie Brüder. Und wenn ab und zu jemand weggeht, stellt man sich gern vor, dass man für immer in Kontakt bleiben wird, dass er Postkarten schreibt, aus Venedig oder London oder wohin immer es ihn verschlägt, vielleicht ein Polaroid von der neuen Band schickt, in der er jetzt spielt, so als schriebe er nach Hause in sein Dorf. Deshalb ist ein Moment wie dieser eine unwillkommene Erinnerung daran, wie schnell sich immer alles verändert. Wie die besten Freunde von heute gleich darauf vergessene Fremde sind, die, in alle Ecken Europas versprengt, auf Plätzen und in Cafés, die man nie zu Gesicht bekommen wird, »The Godfather« und »Autumn Leaves« spielen.

Als wir mit unserem Stück fertig waren, warf mir Fabian einen unwirschen Blick zu: Er war sauer, dass ich ihn während seiner »Spezialpassage« gestupst hatte – das ist nicht direkt ein Solo, aber einer der seltenen Augenblicke, in denen die Geige und die Klarinette mal aussetzen und ich nur leise Töne im Hintergrund blase, während er mit seinem Akkordeon das Stück zusammenhält. Als ich mich zu rechtfertigen versuchte und auf Tibor deutete, der jetzt unter einem Sonnenschirm in seinem Kaffee rührte, schien Fabian Mühe zu haben, sich an ihn zu erinnern. Aber schließlich sagte er:

»Ah, der Knabe mit dem Cello. Ob er noch immer mit dieser Amerikanerin zusammen ist?«

»Sicher nicht«, antwortete ich. »Weißt du nicht mehr? Das war doch schon damals zu Ende.«

Fabian zuckte die Achseln und wandte seine Aufmerksamkeit seinem Notenblatt zu, dann fingen wir schon mit dem nächsten Stück an.

Ich war enttäuscht, dass Fabian nicht mehr Interesse zeigte, aber er ist wohl nie einer von denen gewesen, denen das Schicksal des jungen Cellisten besonders am Herzen lag. Wissen Sie, Fabian hat immer nur in Bars und Cafés gespielt. Anders als Giancarlo, unser damaliger Geiger, oder Ernesto, der unser Bassist war. Die beiden hatten formellen Unterricht gehabt, und sie fanden einen wie Tibor natürlich faszinierend. Vielleicht war auch eine Spur Neid dabei – auf Tibors erstklassige musikalische Ausbildung, darauf, dass er sein Leben noch vor sich hatte. Doch ich will nicht ungerecht sein, ich glaube, sie nahmen einfach gern die Tibors dieser Welt unter ihre Fittiche, kümmerten sich ein bisschen um sie, bereiteten sie vielleicht auch auf das Leben vor, damit die unausweichlichen Enttäuschungen nicht ganz so schwer zu verkraften wären.

Dieser Sommer vor sieben Jahren war ungewöhnlich warm gewesen, und sogar in unserer Stadt konnte man sich zeitweise wie unten an der Adria fühlen. Mehr als vier Monate spielten wir draußen – unter der Markise des Cafés, mit Blick auf die Piazza und sämtliche Tische –, und ich kann Ihnen versichern, das ist eine schweißtreibende Arbeit, auch wenn ringsherum zwei, drei elektrische Ventilatoren surren. Aber es war eine gute Saison, es kamen jede Menge Touristen, viele aus Deutschland und Österreich, dazu die Einheimischen, die vor der Hitze unten an den Stränden flohen. Und es war der Sommer, in dem uns zum ersten Mal Russen auffielen. Heute verschwendest du ja keinen Gedanken an russische Touristen, sie sehen aus wie jedermann. Aber damals waren sie noch so eine Seltenheit, dass man stehen blieb und glotzte. Sie trugen komische Klamotten und benahmen sich wie Neuzugänge in der Schule. Als wir Tibor zum ersten Mal sahen, hatten wir gerade Pause zwischen zwei Sets und erholten uns an dem großen Tisch, den das Café immer für uns reserviert hatte. Er saß in der Nähe, stand aber dauernd auf, um seinen Cellokasten aus der Sonne zu rücken.

»Schaut euch den an«, sagte Giancarlo. »Ein russischer Musikstudent, der nicht weiß, wovon er leben soll. Was macht er also? Er vergeudet sein letztes Geld mit Kaffees auf der Piazza.«

»Sicher ein Trottel«, sagte Ernesto. »Aber ein romantischer Trottel. Verhungert gern, solang er nur den ganzen Nachmittag auf unserem Platz sitzen kann.«

Er war dünn, hatte sandfarbene Haare und ein altmodisches Brillengestell – riesige Gläser, mit denen er aussah wie ein Panda. Er war jeden Tag hier, und ich weiß nicht mehr, wie genau es kam, aber nach einer Weile saßen wir zwischen zwei Sets mit ihm zusammen und redeten. Und manchmal, wenn er zu unseren Abendauftritten ins Café kam, riefen wir ihn anschließend zu uns an den Tisch und bewirteten ihn auch mal mit Wein und *Crostini*.

Bald wussten wir, dass Tibor kein Russe war, sondern Ungar, und dass er wahrscheinlich älter war, als er aussah, denn er hatte bereits an der Royal Academy of Music in London studiert und dann zwei Jahre in Wien bei Oleg Petrovic. Nach einem steinigen Start mit dem alten Maestro hatte er gelernt, mit dessen legendären Wutausbrüchen umzugehen, und war voller Zuversicht und mit etlichen Engagements in angesehenen, wenn auch kleinen Konzertsälen in ganz Europa von Wien abgereist. Aber dann wurden immer öfter Konzerte wegen geringer Nachfrage abgesagt; er war gezwungen gewesen, Musik zu spielen, die er hasste; Quartiere waren entweder teuer oder schäbig.

Das gut organisierte Kunst- und Kulturfestival unserer Stadt – das der Anlass war, der ihn in diesem Sommer hergeführt hatte – war für ihn also der dringend benötigte Auftrieb, und als ihm ein alter Freund von der Royal Academy für den Sommer eine kostenlose Unterkunft nahe am Kanal anbot, hatte er keine Sekunde gezögert. Er genieße unsere Stadt sehr, erzählte er uns, aber Geld sei immer ein Problem, und er habe zwar gelegentlich einen Auftritt gehabt, müsse jetzt aber seine nächsten Schritte sehr genau überlegen.

Nachdem wir uns eine Weile seine Sorgen angehört hatten, fanden Giancarlo und Ernesto, wir müssten versuchen, etwas für ihn zu tun. Und so kam es, dass Tibor Herrn Kaufmann aus Amsterdam kennenlernte, einen entfernten Verwandten von Giancarlo mit Verbindungen zur Hotelbranche.

Ich erinnere mich sehr gut an diesen Abend. Es war noch früh im Sommer, und Herr Kaufmann, Giancarlo, Ernesto, wir Übrigen, saßen drinnen, im Hinterzimmer des Cafés, und hörten Tibor Cello spielen. Sicher war ihm klar, dass er Herrn Kaufmann eine Kostprobe seines Könnens gab, und im Nachhinein betrachtet ist es interessant, wie erpicht er an dem Abend auf seinen Auftritt war. Er war uns natürlich dankbar, und man merkte ihm an, wie er sich freute, als Herr Kaufmann versprach, er werde sehen, was er für ihn tun könne, sobald er wieder in Amsterdam sei. Wenn die Leute sagen, dass sich Tibor im Verlauf dieses Sommers zu seinem Nachteil veränderte, dass er die Nase höher trug, als gut für ihn war, und dass das alles die Schuld dieser Amerikanerin war – tja, es dürfte etwas Wahres dran sein.

Tibor hatte die Frau entdeckt, als er beim ersten Kaffee des Tages saß. Zu der Zeit war die Piazza noch angenehm kühl – die Ecke, in der das Café ist, liegt den größten Teil des Vormittags im Schatten –, und die Pflastersteine waren noch nass von den Wasserschläuchen der städtischen Straßenreinigung. Nachdem er ohne Frühstück aus dem Haus gegangen war, sah er sie neidisch am Nebentisch mehrere Fruchtsäfte und anschließend, offensichtlich aus einer plötzlichen Laune heraus, denn es war noch nicht zehn Uhr, eine Schale gedünstete Muscheln bestellen. Er hatte den unbestimmten Eindruck, dass die Frau ihrerseits den einen oder anderen verstohlenen Blick zu ihm herüberwarf, maß dem aber weiter keine Bedeutung bei.

»Sie sah sehr nett aus, sogar schön«, erzählte er uns damals. »Aber wisst ihr, sie ist zehn, fünfzehn Jahre älter als ich. Wieso sollte ich denken, dass da was laufen könnte?«

Er hatte sie wieder vergessen und wollte in sein Quartier zurück, um ein paar Stunden zu üben, bevor sein Nachbar über Mittag nach Hause kam und das Radio aufdrehte, da stand plötzlich diese Frau vor ihm.

Sie strahlte ihn an, und alles an ihrem Verhalten deutete darauf hin, dass sie einander kannten. Eigentlich hielt ihn nur seine natürliche Schüchternheit davon ab, sie zu begrüßen. Sie legte ihm eine Hand auf die Schulter, als wäre er in einer Prüfung durchgefallen, könnte aber mit Nachsicht rechnen, und sagte:

»Ich war neulich in Ihrem Konzert. In San Lorenzo.«

»Danke«, antwortete er, obwohl ihm klar war, wie dämlich das klang. Nachdem die Frau weiter zu ihm herunterstrahlte, sagte er: »Ah ja, die Kirche San Lorenzo. Das ist richtig. Tatsächlich habe ich dort ein Konzert gegeben.«

Die Frau lachte, dann setzte sie sich überraschend auf den Stuhl ihm gegenüber. »Sie sagen das so, als hätten Sie in der letzten Zeit eine ganze Serie von Auftritten gehabt«, sagte sie mit einem Anflug von Spott.

»Wenn das so ist, dann habe ich Ihnen einen irreführenden Eindruck vermittelt. Das Konzert, das Sie gehört haben, war mein einziges in zwei Monaten.«

»Aber Sie stehen doch noch ganz am Anfang«, sagte sie. »Es ist sehr gut, dass Sie überhaupt engagiert werden. Und war denn nicht eine ganz hübsche Menge Zuhörer da?«

»Eine hübsche Menge? Es waren vierundzwanzig Personen.«

»Mitten am Nachmittag. Für ein Nachmittagskonzert ist das nicht schlecht.«

»Ja, ich darf mich nicht beklagen. Trotzdem, eine hübsche Menge war es nicht. Es waren Touristen, die nichts Besseres zu tun hatten.«

»Ach, seien Sie doch nicht so geringschätzig. Ich war schließlich auch da. Ich war eine von diesen Touristen.« Als er zu erröten begann, denn er hatte sie ja nicht beleidigen wollen, berührte sie seinen Arm und sagte lächelnd: »Sie stehen noch ganz am Anfang. Machen Sie sich keine Sorgen wegen der Größe des Publikums. Dafür spielen Sie doch nicht.«

»Nein? Wofür spiele ich, wenn nicht für ein Publikum?«

»Das meine ich nicht. Ich meine, dass es für Sie in dieser Phase Ihrer Karriere keine Rolle spielt, ob zwanzig Personen im Publikum sitzen oder hundert. Soll ich Ihnen sagen, warum nicht? Weil Sie es haben!«

»Ich habe es?«

»Sie haben es. Auf jeden Fall. Sie haben … *Potenzial*.«

Er würgte das jähe Lachen ab, das aus seiner Kehle emporstieg. Er machte sich selbst mehr Vorwürfe als ihr, denn er hatte wirklich damit gerechnet, dass sie sagte: »Genie«, oder wenigstens »Talent«, und es war ihm sofort klar, welche Illusionen er sich machte, weil er einen Kommentar dieser Art erwartete. Aber die Frau fuhr schon fort:

»In dieser Phase warten Sie doch auf die eine Person, die kommt und Sie hört. Und diese eine Person kann ebenso gut in einer Kirche wie am Dienstag sein, in einem Publikum von zwanzig Personen …«

»Es waren vierundzwanzig, die Veranstalter nicht mitgerechnet …«

»Gut, vierundzwanzig. Aber verstehen Sie: Wie viele Leute Sie hören, spielt jetzt überhaupt keine Rolle. Wichtig ist diese eine Person.«

»Meinen Sie den Mann von der Plattenfirma?«

»Platten-? Oh nein, nein. Das ergibt sich alles von selbst. Nein, ich meine die Person, die Sie erblühen lässt. Die Person, die Sie hört und erkennt, dass Sie nicht einfach nur gut ausgebildeter Durchschnitt sind. Dass Sie jetzt noch verpuppt sind, aber mit ein bisschen Hilfe als Schmetterling hervorkommen.«

»Verstehe. Sollten Sie zufällig diese Person sein?«

»Ach, ich bitte Sie! Ich sehe, Sie sind ein stolzer junger Mann. Aber es sieht mir nicht so aus, als hätten Sie lauter Mentoren, die sich alle ein Bein ausreißen, um was für Sie zu tun. Jedenfalls keinen von meinem Rang.«

Es kam ihm in den Sinn, dass er drauf und dran war, einen kolossalen Bock zu schießen, und er betrachtete das Gesicht der Frau genauer. Sie hatte unterdessen ihre Sonnenbrille abgenommen, und er sah ein in den Grundzügen sanftes und freundliches Gesicht, in dem aber Unmut, vielleicht auch Zorn unterschwellig präsent waren. In der Hoffnung, dass ihm bald ein Licht aufginge, starrte er sie an, doch am Ende musste er zugeben:

»Es tut mir sehr leid. Sind Sie vielleicht eine herausragende Musikerin?«

»Ich bin Eloise McCormack«, verkündete sie lächelnd und streckte ihm die Hand hin. Leider sagte Tibor der Name gar nichts, und er steckte in der Zwickmühle. Sein erster Impuls war, Verwunderung zu mimen, und deshalb sagte er: »Tatsächlich. Das ist aber erstaunlich.« Dann nahm er sich zusammen und sagte sich, das falsche Spiel sei nicht nur unaufrichtig, sondern würde ihn vermutlich binnen Sekunden auf peinlichste Weise bloßstellen. Also richtete er sich auf und sagte:

»Miss McCormack, es ist mir eine Ehre, Sie kennenzulernen. Es wird Ihnen unglaublich vorkommen, aber halten Sie mir bitte zugute, dass ich noch recht jung bin und darüber hinaus im ehemaligen Ostblock, hinter dem Eisernen Vorhang aufgewachsen bin. Es gibt viele Filmstars und politische Persönlichkeiten, deren Namen im Westen ein selbstverständlicher Begriff sind, mir aber sogar heute noch vollkommen unbekannt. Sie müssen mir bitte verzeihen, dass ich nicht genau weiß, wer Sie sind.«

»Na, Sie sind ja begrüßenswert ehrlich.« Ihren Worten zum Trotz war sie offensichtlich gekränkt, und ihr anfänglicher Überschwang schien abzuklingen. Nach einem peinlichen Augenblick fragte er noch einmal:

»Sie sind eine herausragende Musikerin, ja?«

Sie nickte und ließ den Blick über den Platz wandern.

»Ich muss Sie noch einmal um Verzeihung bitten«, sagte er. »Es ist wirklich eine Ehre, dass jemand wie Sie zu meinem Konzert kommt. Und darf ich Sie nach Ihrem Instrument fragen?«

»Dasselbe wie Sie«, sagte sie rasch. »Cello. Deshalb bin ich gekommen. Auch wenn es ein bescheidenes Konzertchen ist wie das Ihre, kann ich nicht anders. Ich kann nicht dran vorbeigehen. Vermutlich fühle ich eine Art Mission.«

»Eine Mission?«

»Ich weiß nicht, wie ich es sonst nennen soll. Ich möchte, dass alle Cellisten gut spielen. Schön spielen. So häufig spielen sie auf eine fehlgeleitete Weise.«

»Entschuldigen Sie, aber sind es nur wir Cellisten, die sich fehlgeleiteter Vorträge schuldig machen? Oder meinen Sie alle Musiker?«

»Vielleicht auch die anderen Instrumente. Aber nachdem ich Cellistin bin, höre ich andere Cellisten, und wenn ich höre, dass etwas falsch läuft ... Wissen Sie, im Foyer des Museo Civico sah ich neulich eine Gruppe junger Musiker, und die Leute hasteten einfach an ihnen vorbei, aber ich musste stehen bleiben und zuhören. Und wissen Sie, ich musste wirklich an mich halten, um nicht hinzugehen und es ihnen zu sagen.«

»Machten sie Fehler?«

»Nicht eigentlich Fehler. Aber ... nun, es war nicht da. Nicht mal annähernd. Aber bitte, ich bin natürlich auch zu anspruchsvoll. Ich weiß, ich darf nicht erwarten, dass jeder die Messlatte erreicht, die ich mir selbst setze. Vermutlich waren es einfach Musikstudenten.«

Sie lehnte sich zum ersten Mal zurück und beobachtete die Kinder, die sich am Brunnen in der Mitte des Platzes lauthals kreischend gegenseitig nass spritzten. Schließlich sagte Tibor:

»Diesen Drang haben Sie vielleicht auch am Dienstag verspürt. Diesen Drang, auf mich zuzugehen und mir Ratschläge zu geben.«

Sie lächelte, aber im nächsten Moment wurde ihr Gesicht sehr ernst. »Das stimmt«, sagte sie. »Das stimmt wirklich. Denn als ich Sie hörte, hörte ich auch, wie ich selber einmal war. Verzeihen Sie, das klingt jetzt so unhöflich. Aber die Wahrheit ist, dass Sie momentan noch nicht ganz auf dem richtigen Weg sind. Und als ich Sie hörte, wollte ich nichts lieber tun als Ihnen helfen, ihn zu finden. Es ist nie zu früh.«

»Dann muss ich Sie darauf hinweisen, dass Oleg Petrovic mein Lehrer war.« Dies teilte Tibor kühl mit und wartete auf ihre Reaktion. Zu seiner Überraschung sah er, dass sie sich ein Lächeln verkniff.

»Petrovic, ja«, sagte sie. »Petrovic war zu seiner Zeit ein sehr respektabler Musiker. Und ich weiß, dass er seinen Schülern zweifellos nach wie vor als eine bemerkenswerte Persönlichkeit erscheint. Aber viele von uns halten heute seine Ideen, seinen gesamten Ansatz ...« Sie schüttelte den Kopf und breitete die Hände aus. Als Tibor sie plötzlich sprachlos vor Wut anstarrte, legte sie ihm wieder die Hand auf den Arm. »Ich habe genug gesagt, ich habe kein Recht dazu. Ich lasse Sie in Frieden.«

Sie stand auf, und das besänftigte seinen Zorn; Tibor hatte ein großmütiges Wesen, und es lag nicht in seiner Natur, lange Zeit böse auf jemanden zu sein. Außerdem hatten die Worte der Frau einen Nerv getroffen, hatten an tief verborgene Gedanken gerührt, die er sich selbst nicht recht einzugestehen wagte. Als er zu ihr aufblickte, stand vor allem Ratlosigkeit in seiner Miene.

»Sie sind wahrscheinlich zu wütend auf mich«, sagte sie, »um jetzt darüber nachzudenken. Aber ich würde Ihnen gern helfen. Falls Sie zu dem Entschluss kommen sollten, darüber zu reden: Ich wohne dort drüben. Im Excelsior.«

Dieses Hotel, das prächtigste in unserer Stadt, steht genau gegenüber dem Café; sie deutete hinüber, lächelte Tibor an und ging darauf zu. Tibor sah ihr noch immer nach, als sie sich in der Nähe des Brunnens plötzlich umdrehte, dabei etliche Tauben aufschreckte, und ihm winkte. Dann ging sie weiter.

Während der nächsten zwei Tage dachte er immer wieder über diese Begegnung nach. Er sah das spöttische kleine Lächeln um ihren Mund, als er so stolz den Namen Petrovic genannt hatte, und neuer Ärger wallte in ihm auf. Aber bei genauerer Überlegung musste er einsehen, dass er eigentlich nicht wegen seines ehemaligen Lehrers wütend geworden war. Vielmehr hatte er sich daran gewöhnt, dass Petrovics Name unweigerlich einen gewissen Eindruck machte, dass er ihm zuverlässig Aufmerksamkeit und Respekt eintrug – anders ausgedrückt: Er trug ihn mit sich herum wie ein Zeugnis, das er überall auf der Welt vorzeigen konnte. Was ihn so verstörte, war die Ahnung, dass dieses Zeugnis womöglich nicht annähernd das Gewicht besaß, das er ihm beigemessen hatte.

Oft musste er auch an ihre Einladung denken, mit der sie sich verabschiedet hatte, und in den Stunden, die er auf der Piazza saß, glitt sein Blick unwillkürlich immer wieder zur anderen Seite und zum prächtigen Eingang des Hotels Excelsior hinüber, vor dem der Strom von Taxis und Limousinen nicht abriss.

Am dritten Tag nach dem Gespräch mit Eloise McCormack überquerte er endlich den Platz, betrat die marmorne Eingangshalle und bat an der Rezeption, man möge in ihrem Zimmer anrufen. Der Empfangschef sprach ins Telefon, fragte dann nach seinem Namen, und nach einem kurzen Wortwechsel reichte er Tibor den Hörer.

»Es tut mir sehr leid«, hörte er sie sagen. »Ich wusste Ihren Namen nicht mehr und brauchte eine Weile, bis ich draufkam, wer Sie sind. *Sie* habe ich natürlich nicht vergessen. Im Gegenteil, ich habe schrecklich viel über Sie nachgedacht. Es gibt so vieles, was ich gern mit Ihnen besprechen würde. Aber wissen Sie, wir müssen es richtig machen. Haben Sie Ihr Cello dabei? Nein, natürlich nicht. Aber wieso kommen Sie nicht in einer Stunde wieder, in genau einer Stunde, und diesmal mit Ihrem Cello? Ich werde hier auf Sie warten.«

Als er mit seinem Instrument wieder ins Excelsior kam, deutete der Empfangschef gleich zu den Aufzügen und sagte, Miss McCormack erwarte ihn schon.

Dass er ihr Zimmer betreten sollte, auch wenn es mitten am Nachmittag war, kam ihm merkwürdig intim vor, und er war erleichtert, als er eine geräumige Suite vorfand und das Schlafzimmer durch eine geschlossene Tür dem Blick verborgen. Die Lamellenläden vor den hohen Fenstertüren waren offen, sodass sich die Gardinen im Windhauch bauschten, und er sah, dass man vom Balkon aus auf die Piazza hinausblickte. Der Raum selbst hatte mit seinen unverputzten Steinmauern und dem dunklen Holzfußboden direkt etwas Klösterliches – ein Eindruck, den die Blumen, Kissen, antiken Möbel nur teilweise abschwächten. Eloise McCormack hingegen war in T-Shirt, Jogginghose und Sportschuhen, wie eben vom Laufen zurückgekehrt. Sie begrüßte ihn ohne große Umstände, bot ihm weder Tee noch Kaffee an, sondern sagte gleich:

»Spielen Sie für mich. Spielen Sie ein Stück aus Ihrem Konzert.«

Sie deutete auf einen lackierten Stuhl mit aufrechter Lehne, der sorgfältig in die Mitte des Zimmers gestellt worden war. Also setzte er sich darauf und packte sein Cello aus. Sie nahm, was er eher beunruhigend fand, vor einem der großen Fenster Platz, sodass er sie fast exakt im Profil sah, und starrte die ganze Zeit, während er stimmte, vor sich hin. Ihre Haltung änderte sich auch nicht, als er zu spielen begann, und als er mit seinem ersten Stück zu Ende war, sagte sie kein Wort. Also begann er rasch mit einem zweiten Stück, dann einem dritten. Es verging eine halbe Stunde, dann eine ganze. Und irgendetwas – es mochte mit dem schattigen Raum und seiner strengen Akustik zu tun haben, dem von den wehenden Gardinen gefilterten Nachmittagslicht, dem von der Piazza aufsteigenden Hintergrundlärm, und vor allem mit ihrer Gegenwart – ließ ihn Töne erzeugen, die ganz neue Tiefen, ganz neue Anklänge enthielten. Als die Stunde zu Ende ging, war er überzeugt, dass er ihre Erwartungen mehr als erfüllt hatte, doch als er mit seinem letzten Stück fertig war und sie beide noch eine ganze Weile schweigend dagesessen hatten, drehte sie sich endlich zu ihm um und sagte:

»Ja, ich verstehe ganz genau, wo Sie sind. Es wird nicht leicht sein, aber Sie können es schaffen. Ganz bestimmt können Sie es schaffen. Fangen wir mit dem Britten an. Spielen Sie ihn noch mal, nur den ersten Satz, und dann unterhalten wir uns. Wir können gemeinsam daran arbeiten, Stück für Stück.«

Als er das hörte, war sein erster Impuls, einfach sein Cello einzupacken und zu gehen. Aber dann siegte irgendeine andere Regung – vielleicht war es schlichte Neugier, vielleicht etwas Tiefgründigeres – über seinen Stolz und zwang ihn, das verlangte Stück noch einmal zu beginnen. Als sie ihn nach mehreren Takten unterbrach und zu reden anfing, hatte er abermals das dringende Bedürfnis zu gehen, und aus reiner Höflichkeit sagte er sich, er werde diese unerbetene Unterrichtsstunde noch maximal fünf Minuten ertragen. Er hielt es dann doch ein bisschen länger aus, dann noch länger. Er spielte wieder ein paar Takte, sie redete wieder. Was sie sagte, kam ihm anfangs immer hochtrabend und viel zu abstrakt vor, aber wenn er dann versuchte, ihre Anregungen umzusetzen, war er überrascht von der Wirkung. Im Flug war eine weitere Stunde vergangen.

»Auf einmal begann ich was zu erkennen«, erklärte er uns. »Einen Garten, den ich noch nicht betreten hatte. Da lag er in der Ferne vor mir. Es stand einiges im Weg. Aber zum ersten Mal sah ich ihn. Ein Garten, von dem ich nichts geahnt hatte.«

Die Sonne war fast untergegangen, als er das Hotel endlich verließ und quer über den Platz zum Café kam, wo er sich, von einem kaum zu bändigenden Hochgefühl ergriffen, den Luxus einer Mandeltorte mit Schlagrahm gönnte.

Von da an kam er jeden Nachmittag zu ihr ins Hotel, und immer ging er, wenn auch nicht mit dem Gefühl einer Offenbarung wie bei seinem ersten Besuch, so doch erfüllt von neuer Kraft und Hoffnung. Ihre Kommentare wurden kühner und wären einem Beobachter, hätte es einen gegeben, vielleicht anmaßend erschienen, doch Tibor konnte ihre Einmischung nicht mehr als Übergriff empfinden. Jetzt fürchtete er, dass ihr Aufenthalt in der Stadt bald vorbei sein könnte, und dieser Gedanke ging ihm nicht mehr aus dem Kopf, riss ihn nachts aus dem Schlaf und warf einen Schatten, wenn er nach einem weiteren beglückenden Unterrichtsnachmittag auf den Platz hinaustrat. Wenn er das Thema versuchsweise ansprach, war ihre Antwort immer ausweichend und alles andere als beruhigend. »Ach, ich bleibe, bis es mir zu kalt wird«, sagte sie einmal, und ein andermal: »Vermutlich bleibe ich so lange, wie es mir hier nicht langweilig wird.«

»Aber wie ist sie denn selber?«, fragten wir hartnäckig. »Am Cello. Wie spielt sie?«

Als wir die Frage zum ersten Mal stellten, gab Tibor keine richtige Antwort, sagte nur etwas wie: »Sie sagte, sie sei immer eine Virtuosin gewesen, von Anfang an«, und wechselte das Thema. Als ihm aber klar wurde, dass wir nicht lockerlassen würden, seufzte er und begann es uns zu erklären.

Tatsache war, dass Tibor sie schon bei diesem ersten Mal liebend gern gehört hätte, aber zu schüchtern gewesen war, um sie zu bitten, dass sie selbst etwas spielte. Er empfand lediglich einen winzigen Stich des Argwohns, als er sich in ihrem Zimmer umsah und keine Spur ihres Cellos entdeckte. Es war schließlich normal, dass sie ihr Cello nicht in den Urlaub mitnahm. Andererseits konnte es durchaus sein, dass sich in dem Schlafzimmer hinter der geschlossenen Tür ein Instrument befand, vielleicht ein geliehenes.

Sein Argwohn wuchs, als er zu weiteren Unterrichtsstunden in die Suite kam. Er unternahm alles, um ihn aus seinen Gedanken zu verdrängen, denn inzwischen hatte Tibor sämtliche noch vorhandenen Vorbehalte wegen ihrer Treffen über Bord geworfen. Allein der Umstand, dass sie ihm zuhörte, schien neue Ebenen seiner Vorstellungskraft zu erschließen, und immer wieder stellte er fest, wie er in der Zeit außerhalb dieser Nachmittagssitzungen im Geist ein Stück vorbereitete und sich vorstellte, was sie wohl dazu sagte, wie sie den Kopf schüttelte, die Stirn runzelte, zustimmend nickte und, das war das Erhebendste, wie sie hingerissen war von einer Passage, wie ihre Augen sich schlossen und ihre Hände, fast unwillkürlich, seinen Bewegungen wie Schatten folgten. Dennoch verschwand sein Argwohn nicht, und eines Tages, als er in ihre Suite kam, stand die Schlafzimmertür halb offen. Er erblickte weitere unverputzte Steinmauern und ein, wie es schien, mittelalterliches Himmelbett, aber kein Cello. Würde eine Virtuosin derart lang auf ihr Instrument verzichten, selbst wenn sie im Urlaub war? Auch diese Frage verdrängte er wieder.

Als der Sommer voranschritt, begannen sie ihre Gespräche zu verlängern und kamen nach dem Unterricht gemeinsam ins Café, wo sie ihn auf Kaffee, Kuchen, manchmal ein Sandwich einlud. Jetzt sprachen sie nicht nur über Musik – obwohl alles letztlich immer dorthin zurückzuführen schien. Zum Beispiel fragte sie ihn nach der jungen Deutschen, der er in Wien nahegestanden hatte.

»Aber verstehen Sie, sie war nie meine Freundin«, sagte er. »So war das nie zwischen uns.«

»Sie meinen, Sie waren nie körperlich miteinander intim? Das heißt doch nicht, dass Sie nicht in sie verliebt waren.«

»Nein, Miss Eloise, das stimmt nicht. Ich hab sie gemocht, natürlich. Aber verliebt waren wir nie.«

»Aber als Sie mir gestern den Rachmaninow vorspielten, haben Sie sich an ein Gefühl erinnert. Das war Liebe, romantische Liebe.«

»Nein, das ist absurd. Sie war eine gute Freundin, aber geliebt haben wir uns nicht.«

»Sie spielen diese Passage, als wäre sie die *Erinnerung* an Liebe. Sie sind so jung, und doch wissen Sie, was Verlassenwerden bedeutet, was Verlassenheit ist. Deswegen spielen Sie den dritten Satz so, wie Sie ihn spielen. Die meisten Cellisten spielen ihn voller Freude. Für Sie geht es darin nicht um Freude, sondern es geht um die Erinnerung an eine Zeit der Freuden, die für immer vorbei ist.«

Solche Gespräche führten sie, und er war oft versucht, sie seinerseits auszufragen. Aber so wie er in der ganzen Zeit seines Studiums bei Petrovic nie gewagt hatte, eine persönliche

Frage zu stellen, so fühlte er sich auch jetzt außerstande, sie auf die wesentlichen Dinge in ihrem Leben anzusprechen. Stattdessen ging er auf beiläufig erwähnte Nebensächlichkeiten ein – dass sie jetzt in Portland, Oregon, lebe, dass sie drei Jahre zuvor aus Boston dorthin gezogen sei, dass sie Paris nicht möge, »weil so viel Trauriges damit verbunden ist« –, verzichtete aber darauf, nach Details zu fragen.

Sie lachte jetzt bereitwilliger als in den ersten Tagen ihrer Freundschaft, und sie hatte sich angewöhnt, ihren Arm unter den seinen zu schieben, wenn sie aus dem Excelsior kamen und die Piazza überquerten. Das war die Zeit, in der wir anfingen, die beiden zur Kenntnis zu nehmen, dieses kuriose Paar, er so viel jünger aussehend, als er wirklich war, und sie in mancher Hinsicht mütterlich wirkend, in anderer Hinsicht aber »wie eine kokette Schauspielerin«, wie Ernesto es ausdrückte. In den Tagen, bevor wir anfingen, mit Tibor darüber zu reden, tratschten wir endlos über die beiden, wie es Männer in einer Band halt tun. Wenn sie Arm in Arm an uns vorbeischlenderten, sahen wir einander an und sagten: »Na, was meint ihr? Haben sie's getan?« Aber nach allerlei Spekulationen zuckten wir die Achseln und mussten zugeben, dass es unwahrscheinlich war: Sie verbreiteten einfach nicht die Atmosphäre eines Liebespaars. Und als uns Tibor schließlich von diesen Nachmittagen in ihrer Suite zu erzählen begann, kam keiner von uns auf die Idee, ihn aufzuziehen oder komische Bemerkungen zu machen.

Eines Nachmittags dann, als sie bei Kaffee und Kuchen auf der Piazza saßen, erzählte sie plötzlich von einem Mann, der sie heiraten wollte. Er hieß Peter Henderson und hatte in Oregon ein erfolgreiches Geschäft für Golfzubehör. Er war smart, freundlich, in der Gemeinde angesehen. Er war sechs

Jahre älter als Eloise, aber das war ja durchaus nicht alt. Es gab zwei kleine Kinder aus seiner ersten Ehe, aber man hatte sich freundschaftlich getrennt.

»Jetzt wissen Sie, was ich hier tue«, sagte sie mit einem nervösen Lachen, das er noch nie von ihr gehört hatte. »Ich verstecke mich. Peter hat keine Ahnung, wo ich bin. Es ist bestimmt grausam von mir. Letzten Dienstag hab ich ihn angerufen und gesagt, ich bin in Italien, aber nicht, in welcher Stadt. Er war sauer auf mich, und das sicher mit Recht.«

»So«, sagte Tibor. »Sie verbringen also den Sommer damit, über Ihre Zukunft nachzudenken.«

»Eigentlich nicht. Ich verstecke mich einfach.«

»Lieben Sie diesen Peter nicht?«

Sie zuckte die Achseln. »Er ist ein netter Mann. Und ich habe sonst nicht viele Eisen im Feuer.«

»Dieser Peter. Ist er ein Musikfreund?«

»Oh … Dort, wo ich jetzt lebe, gälte er bestimmt als einer. Schließlich geht er oft ins Konzert. Und danach, im Restaurant, sagt er viel Nettes über das, was wir gehört haben. Also ist er wohl ein Musikfreund.«

»Aber … schätzt er Sie auch?«

»Er weiß, dass es nicht immer einfach sein wird, mit einer Virtuosin zusammenzuleben.« Sie seufzte. »Das war zeit meines Lebens mein Problem. Auch für Sie wird es nicht einfach sein. Aber Sie und ich, wir haben doch gar keine andere Wahl. Wir müssen unseren Weg gehen.«

Sie erwähnte Peter nicht noch einmal, doch hatte dieser kurze Wortwechsel eine neue Dimension in ihre Beziehung gebracht. Wenn sie in dieses nachdenkliche Schweigen versank, nachdem er ein Stück gespielt hatte, oder wenn sie, mit ihm auf der Piazza sitzend, auf einmal distanziert war und an den benachbarten Sonnenschirmen vorbeistarrte, hatte es für ihn nichts Unbehagliches mehr, und statt sich fehl am Platz zu fühlen, wusste er, dass sie seine Gegenwart schätzte.

Eines Nachmittags, als er mit einem Stück fertig war, bat sie ihn, eine bestimmte kurze Passage – nur acht Takte – knapp vor dem Ende noch einmal zu spielen. Er tat wie geheißen und sah, dass die kleine Falte auf ihrer Stirn geblieben war.

»Das klingt nicht nach uns«, sagte sie kopfschüttelnd. Wie immer saß sie vor dem hohen Fenster und wandte ihm ihr Profil zu. »Alles andere war gut. Alles andere waren *wir*. Aber diese Passage …« Ein kurzes Schaudern überlief sie.

Er spielte die Stelle noch einmal, anders, obwohl er überhaupt nicht sicher war, wie er sie haben wollte, und war nicht überrascht, als er sie wieder den Kopf schütteln sah.

»Tut mir leid«, sagte er. »Sie müssen sich klarer ausdrücken. Ich kann mit diesem ›nicht nach uns‹ nichts anfangen.«

»Sie meinen, ich soll es selber spielen? Meinen Sie das?«

Sie hatte ganz ruhig gesprochen, aber als sie ihm jetzt das Gesicht zuwandte, spürte er, wie sich über sie beide eine Spannung legte. Sie sah ihn fest, beinahe herausfordernd an und wartete auf seine Antwort.

Schließlich sagte er: »Nein, ich versuch's noch mal.«

»Aber Sie fragen sich, wieso ich nicht selber spiele, oder? Wieso ich mir nicht Ihr Instrument ausleihe und demonstriere, was ich meine.«

»Nein …« Er schüttelte den Kopf, unbekümmert, wie er hoffte. »Nein. Ich glaube, es geht ganz gut so, wie wir's immer gehalten haben. Sie formulieren Vorschläge, dann spiele ich. Auf diese Weise lässt sich vermeiden, dass ich kopiere, kopiere, kopiere. Ihre Worte eröffnen mir neue Ausblicke. Wenn

Sie selber spielen, wäre das nicht so. Ich würde Sie nur nachahmen.«

Sie dachte darüber nach, dann sagte sie: »Sie haben vermutlich recht. Okay, ich versuche mich besser auszudrücken.«

Dann redete sie minutenlang über den Unterschied zwischen Epilogen und Überleitungen. Und als er diese acht Takte noch einmal spielte, lächelte sie und nickte beifällig.

Aber mit diesem kurzen Wortwechsel hatte sich ein Schatten über ihre Nachmittage gelegt. Vielleicht war er schon immer da gewesen, aber jetzt war er aus der Flasche entwichen und schwebte über ihnen. Ein andermal, als sie auf der Piazza saßen, erzählte er ihr die Geschichte, wie der frühere Besitzer seines Cellos das Instrument bekommen hatte, nämlich im Tausch gegen mehrere amerikanische Jeans, und als er mit der Geschichte fertig war, sah sie ihn mit einem eigenartigen halben Lächeln an und sagte:

»Es ist ein gutes Instrument. Es hat einen schönen Klang. Aber nachdem ich es nie auch nur berührt habe, kann ich es nicht gut beurteilen.«

Er wusste, dass sie sich schon wieder auf das gefährliche Gelände zubewegte, und wandte rasch den Blick ab.

»Für jemandem von Ihrem Format«, sagte er, »wäre es kein angemessenes Instrument. Auch für mich ist es jetzt kaum noch angemessen.«

Er stellte fest, dass er aus Furcht, sie könnte das Thema an sich reißen und wieder auf dieses Terrain zerren, kaum noch entspannt mit ihr reden konnte. Sogar während ihrer angenehmsten Gespräche blieb ein Teil seines Bewusstseins auf der Hut und bereit, sie zum Schweigen zu bringen, falls sie eine neue Bresche entdeckte. Dennoch gelang es nicht jedes Mal, sie abzulenken, und wenn sie eine Bemerkung machte wie: »Ach, es wäre so viel leichter, wenn ich es Ihnen einfach vorspielen könnte!«, tat er, als hätte er sie nicht gehört.

Gegen Ende September – jetzt lag wirklich schon etwas Herbstliches in der Luft – erhielt Giancarlo einen Anruf von Herrn Kaufmann aus Amsterdam, der ihm mitteilte, in einem kleinen Kammerensemble in einem Fünf-Sterne-Hotel in der Innenstadt sei die Stelle des Cellisten frei. Das Ensemble spiele vier Abende in der Woche auf der Empore oberhalb des Speisesaals, und daneben hätten die Musiker auch noch »einfache, nichtmusikalische Pflichten« anderswo im Hotel. Für Kost und Logis sei gesorgt. Er, Herr Kaufmann, habe sofort an Tibor gedacht, und die Stelle sei für ihn reserviert. Wir überbrachten Tibor die Neuigkeit so schnell wie möglich, das heißt noch am selben Abend im Café, und ich glaube, wir waren alle völlig baff über Tibors gleichgültige Reaktion. Es war jedenfalls ein starker Kontrast zu seinem Verhalten am Anfang des Sommers, als wir ihm sein »Vorspiel« bei Herrn Kaufmann organisiert hatten. Giancarlo wurde sogar richtig wütend.

»Was gibt es da groß zu überlegen?«, fuhr er den Jungen an. »Was hast du erwartet? Die Carnegie Hall?«

»Ich bin nicht undankbar. Trotzdem muss ich über das Angebot nachdenken. Für Leute zu spielen, während sie essen und plaudern. Und diese anderen Hotelpflichten. Ist das wirklich passend für jemanden wie mich?«

Giancarlo verlor immer ziemlich schnell die Beherrschung, und jetzt mussten wir anderen ihn dran hindern, dass er Tibor am Kragen packte und ihn anbrüllte. Einige von uns fühlten sich genötigt, die Partei des Jungen zu ergreifen: Es sei schließlich *sein* Leben, und er sei nicht verpflichtet, einen Job anzunehmen, bei dem ihm nicht wohl sei. Schließlich beruhigten sich die Gemüter wieder, und Tibor räumte daraufhin ein, dass der Job, wenn man ihn als vorübergehende Maßnahme betrachtete, immerhin ein paar Vorteile bot. Und unsere Stadt, meinte er ziemlich unsensibel, wäre sowieso wieder Provinz, sobald die Touristensaison vorbei sei. Amsterdam sei wenigstens ein kulturelles Zentrum.

»Ich werde gründlich darüber nachdenken«, sagte er schließlich. »Könntet ihr Herrn Kaufmann vielleicht ausrichten, dass ich ihm meinen Entschluss binnen drei Tagen mitteilen werde?«

Giancarlo war damit nicht gerade zufrieden – er hatte schwanzwedelnde Dankbarkeit erwartet –, trotzdem ging er und rief Herrn Kaufmann wieder an. Während der ganzen Diskussion war Eloise McCormack mit keinem Wort erwähnt worden, aber es war uns klar, dass hinter allem, was Tibor gesagt hatte, ihr Einfluss stand.

»Diese Frau hat einen arroganten kleinen Scheißer aus ihm gemacht«, sagte Ernesto, als Tibor fort war. »Soll er nur mit dieser Einstellung nach Amsterdam fahren. Da werden sie ihm die Hörner bald stutzen.«

Tibor hatte Eloise von seinem Vorspiel bei Herrn Kaufmann nie etwas erzählt. Des Öfteren war er drauf und dran gewesen, etwas zu sagen, und hatte es dann doch gelassen, und je tiefer ihre Freundschaft wurde, desto mehr empfand er es als Verrat, dass er sich je auf diese Sache eingelassen hatte. Deshalb war ihm natürlich auch nicht danach, Eloise nun in die jüngsten Entwicklungen einzuweihen, geschweige denn, sie um Rat zu fragen. Aber im Verheimlichen war er noch nie gut gewesen, und sein Entschluss, die Neuigkeit für sich zu behalten, führte zu unerwarteten Ergebnissen.

Es war ungewöhnlich warm an diesem Nachmittag. Er war wie gewohnt ins Hotel gekommen und hatte mit dem ersten Stück begonnen, das er für sie geübt hatte, aber nach höchstens drei Minuten unterbrach sie ihn und sagte:

»Irgendwas stimmt nicht. Ich dachte es mir schon, als Sie hereinkamen. Ich kenne Sie inzwischen so gut, Tibor, dass mir schon an der Art, wie Sie vorhin an die Tür geklopft haben, etwas aufgefallen ist. Und jetzt, wo ich Sie spielen höre, bin ich mir sicher. Es ist sinnlos, Sie können es mir nicht verheimlichen.«

Er war einigermaßen bestürzt. Er ließ den Bogen sinken und war im Begriff, sich alles von der Seele zu reden, als sie die Hand hob und sagte:

»Das ist etwas, vor dem wir nicht ständig davonlaufen können. Sie versuchen immer auszuweichen, aber es hat keinen Sinn. Ich will jetzt darüber reden. Die ganze letzte Woche wollte ich schon darüber reden.«

»Wirklich?« Er sah sie verwundert an.

»Ja«, sagte sie und rückte ihren Stuhl zum ersten Mal so, dass sie ihn direkt ansah. »Ich hatte nie die Absicht, Sie zu täuschen, Tibor. Diese letzten Wochen waren für mich nicht die leichtesten, und Sie waren ein so lieber Freund. Ich könnte es nicht ertragen, wenn Sie dächten, ich hätte mir einen schlechten Scherz mit Ihnen erlaubt. Nein, bitte, lassen Sie mich diesmal ausreden. Ich möchte es sagen. Wenn Sie mir jetzt Ihr Cello gäben und mich zu spielen bäten, müsste ich sagen, nein, das kann ich nicht. Nicht weil das Instrument nicht gut genug wäre, das gewiss nicht. Aber wenn Sie jetzt denken, ich sei eine Hochstaplerin, ich hätte Ihnen vorgespiegelt, etwas zu sein, das ich nicht bin, dann möchte ich Ihnen sagen, dass Sie sich irren. Sehen Sie sich an, was wir alles miteinander erreicht haben. Ist das nicht Beweis genug, dass ich nichts vorgetäuscht habe? Ja, ich sagte, ich sei eine Virtuosin. Lassen Sie mich erklären, was ich damit meinte. Ich meinte, dass ich, genau wie Sie, mit einer ganz besonderen Begabung geboren wurde. Sie und ich, wir besitzen etwas, das die meisten anderen Cellisten nie haben werden, auch wenn sie noch so viel üben. Das konnte ich bei Ihnen auf Anhieb erkennen, in dem Moment, als ich Sie in dieser Kirche hörte. Und Sie müssen es irgendwie ja auch an mir erkannt haben. Sonst hätten Sie nicht beschlossen, dieses erste Mal zu mir ins Hotel zu kommen.

Es gibt nicht viele von uns, Tibor, und wir erkennen einander. Dass ich noch nicht gelernt habe, Cello zu spielen, ändert nichts daran. Ich *bin* eine Virtuosin, verstehen Sie? Aber ich bin eine Virtuosin, die noch ausgepackt werden muss. Auch Sie sind noch nicht vollständig ausgepackt, und das war es, worum ich mich in den letzten Wochen bemüht habe. Ich wollte Ihnen helfen, sich dieser Schichten zu entledigen. Aber ich habe nie versucht, Sie zu täuschen. Bei neunundneunzig Prozent aller Cellisten ist unter den Schichten nichts, es gibt nichts freizulegen. Deshalb müssen Leute wie wir einander helfen. Wenn wir uns irgendwo begegnen, auch auf einem Platz voller Menschen, müssen wir einander die Hand reichen – wir sind ja so wenige.«

Er sah, dass sie Tränen in den Augen hatte, ihre Stimme aber war fest geblieben. Jetzt verstummte sie und wandte sich wieder von ihm ab.

»Sie glauben also«, sagte er, »dass Sie eine besondere Cellistin sind. Eine Virtuosin. Wir anderen, Miss Eloise, wir müssen unseren ganzen Mut zusammennehmen und uns auspacken, wie Sie sagen, ohne je sicher sein zu können, was wir unter den Schichten finden werden. Sie aber machen sich gar nicht erst die Mühe, sich auszupacken. Sie tun nichts. Sie sind ja so sicher, dass Sie eine Virtuosin …«

»Bitte seien Sie nicht wütend. Ich weiß, es klingt ein bisschen verrückt. Aber so ist es, es ist die Wahrheit. Meine Mutter hat meine Begabung sehr früh erkannt, als ich noch sehr klein war. Dafür wenigstens bin ich ihr dankbar. Aber die Lehrer, die sie mir gesucht hat, als ich vier war, als ich sieben war, als ich elf war, die waren leider alle nicht gut. Mom hatte davon keine Ahnung, aber ich wusste es. Schon als kleines Mädchen hatte ich diesen Instinkt. Ich wusste, dass ich meine Begabung vor Leuten schützen musste, die sie vollständig zerstören konnten, womöglich in der besten Absicht. Deshalb habe ich mich diesen Leuten verschlossen. Sie müssen dasselbe tun, Tibor. Ihre Begabung ist kostbar.«

»Verzeihen Sie«, fiel ihr Tibor, jetzt liebenswürdiger, ins Wort, »Sie sagen, Sie haben als Kind Cello gespielt? Aber heute …«

»Ich habe das Instrument nicht mehr angerührt, seit ich elf war. Nicht mehr seit dem Tag, als ich meiner Mutter erklärte, ich könne mit Mr Roth nicht weitermachen. Und sie hat verstanden. Sie fand auch, dass es viel besser sei, erst einmal abzuwarten und nichts zu tun. Das Entscheidende war, meine Begabung nicht zu beschädigen. Mag sein, dass meine Zeit noch kommt. Gut, manchmal denke ich zwar, ich habe zu lange gewartet. Ich bin jetzt einundvierzig. Aber wenigstens habe ich das, womit ich geboren wurde, nicht beschädigt. Ich habe im Lauf der Jahre so viele Lehrer getroffen, die sagten, sie könnten mir helfen, aber ich habe sie durchschaut. Manchmal lässt es sich schwer sagen, Tibor, sogar für unsereinen. Diese Lehrer, sie sind so … *professionell*, sie reden so schön, man hört ihnen zu, und im ersten Moment lässt man sich täuschen. Man sagt sich, ja, endlich jemand, der mir hilft,

er ist einer von *uns*. Dann erkennt man, dass er nichts dergleichen ist. Und das ist der Moment, in dem man hart sein und
sich abschotten muss. Denken Sie daran, Tibor, es ist immer
besser, zu warten. Manchmal bin ich deprimiert, weil ich meine Begabung noch immer nicht entschleiert habe. Aber ich
habe sie auch nicht beschädigt, und das ist es, was zählt.«

Schließlich spielte er ihr einige seiner neu eingeübten Stücke vor, aber sie fanden nicht in ihre gewohnte Stimmung zurück und beendeten das Treffen früher als sonst. Unten auf
der Piazza tranken sie Kaffee und redeten wenig, bis er ihr
von seinem Plan erzählte, für ein paar Tage aus der Stadt zu
verschwinden: Er habe schon immer die Umgebung erkun-
den wollen und deshalb jetzt einen kleinen Urlaub gebucht.

»Das wird Ihnen guttun«, sagte sie leise. »Aber bleiben Sie
nicht zu lang weg. Wir haben noch viel zu tun.«

Er werde in spätestens einer Woche zurück sein, versicherte er ihr. Doch als sie sich voneinander verabschiedeten, blieb
noch immer ein Unbehagen.

Natürlich hatte er ihr nicht die ganze Wahrheit gesagt, was
seine Reise betraf: Er hatte noch gar nichts gebucht. Aber
nachdem er sich an diesem Nachmittag von Eloise getrennt
hatte, ging er nach Hause und erledigte mehrere Anrufe, und
am Ende reservierte er ein Bett in einer Jugendherberge in
den Bergen nahe der Grenze zu Umbrien. Abends kam er zu
uns ins Café, und nachdem er uns von seinen Ausflugsplänen
berichtet hatte – wir gaben ihm alle möglichen widersprüchli-
chen Ratschläge, was er unbedingt sehen und wo er hinfahren
müsse –, bat er Giancarlo ziemlich zerknirscht, Herrn Kaufmann mitzuteilen, dass er das Stellenangebot gerne annehme.

»Was soll ich sonst tun?«, fragte er uns. »Wenn ich zurück-
komme, bin ich blank.«

Tibor erlebte eine recht angenehme Unterbrechung draußen auf dem Land. Er erzählte uns nicht viel, nur dass er sich mit ein paar deutschen Wanderern angefreundet und in den Trattorien in den Hügeln mehr ausgegeben hatte, als er sich leisten konnte. Nach einer Woche war er wieder da, sichtlich erholt, aber er hatte es sehr eilig, sich zu vergewissern, dass Eloise McCormack nicht während seiner Abwesenheit abgereist war.

Die Touristenströme waren merklich dünner geworden, und die Kellner des Cafés brachten die Heizstrahler heraus und stellten sie zwischen den Tischen im Freien auf. Am Nachmittag seiner Rückkehr trug Tibor zur gewohnten Stunde wieder sein Cello ins Excelsior und stellte erfreut fest, dass Eloise nicht nur da war und auf ihn wartete, sondern ihn offensichtlich auch vermisst hatte. Sie begrüßte ihn bewegt, und so, wie jemand anderes im Gefühlsüberschwang dem Ersehnten womöglich zu essen und zu trinken vorgesetzt hätte, drängte sie ihn zu seinem angestammten Stuhl und begann ungeduldig sein Cello auszupacken, und sie sagte: »Kommen Sie, spielen Sie für mich! Spielen Sie einfach!«

Sie hatten einen wunderbaren Nachmittag. Zuvor hatte er sich Sorgen gemacht, wie die Stimmung nach ihrer »Beichte« und ihrem getrübten Abschied vor seiner Abreise wohl sein würde, aber offensichtlich war alle Spannung verflogen und die Atmosphäre zwischen ihnen besser denn je. Sogar als sie nach dem Ende eines Stücks die Augen schloss und zu einer langen, strengen Kritik seiner Darbietung ansetzte, empfand er keinerlei Unmut, sondern nur eine Gier, ihre Worte so vollständig wie möglich zu begreifen. So war es auch am nächsten und am übernächsten Tag: Sie waren entspannt, scherzten manchmal sogar, und er war sicher, dass er nie in seinem Leben besser gespielt hatte. Mit keinem Wort kamen sie auf das Gespräch vor seiner Abreise zurück, und sie fragte ihn nicht nach seinem Urlaub auf dem Land. Sie sprachen nur über die Musik.

Am vierten Tag nach seiner Rückkehr verhinderte eine Serie kleiner Missgeschicke – unter anderem ein Leck im Wasserkasten seiner Toilette –, dass er zur gewohnten Zeit ins Excelsior ging. Als er am Café vorbeikam, dämmerte es bereits, die Kellner hatten die Kerzen auf den Tischen angezündet, und wir hatten von unserem abendlichen Set schon etliche Nummern hinter uns. Er winkte uns, überquerte den Platz zum Hotel hinüber, und das Cello ließ ihn aussehen, als hinkte er.

Er bemerkte, dass der Empfangschef kurz zögerte, ehe er in ihrer Suite anrief. Als sie ihm dann die Tür öffnete, begrüßte sie ihn herzlich, aber irgendwie anders, und bevor er den Mund aufmachen konnte, sagte sie rasch:

»Tibor, ich freue mich sehr, dass Sie gekommen sind. Gerade habe ich Peter alles von Ihnen erzählt. Ja, richtig, Peter hat mich schließlich gefunden!« Dann rief sie ins Zimmer: »Peter, er ist da! Tibor ist da! Und hat sogar sein Cello mitgebracht!«

Als Tibor eintrat, erhob sich ein breiter, ergrauender, schlurfender Mann mit pastellfarbenem Polohemd aus einem Sessel. Er umfasste Tibors Hand mit sehr festem Griff und sagte: »Ah, ich weiß alles über Sie! Eloise ist überzeugt, dass Sie ein großer Star werden.«

»Peter ist hartnäckig«, sagte sie. »Ich wusste, dass er mich über kurz oder lang finden würde.«

»Ich finde jeden«, bestätigte Peter. Dann zog er einen Stuhl für Tibor herbei, nahm eine Flasche Champagner aus dem Eiskübel auf der Kommode und schenkte ihm ein Glas ein. »Kommen Sie, Tibor, feiern Sie mit uns unser Wiedersehen.«

Tibor, dem nicht entgangen war, dass ihm Peter seinen angestammten »Cellostuhl« angeboten hatte, nippte am Champagner. Eloise war irgendwohin verschwunden, und eine Zeit lang machten Tibor und Peter, die Gläser in der Hand, Konversation. Peter schien recht nett und stellte eine Menge Fragen – wie es für Tibor gewesen sei, in einem Land wie Ungarn aufzuwachsen, und ob es ein Schock gewesen sei, als er zum ersten Mal in den Westen kam.

»Sie haben so ein Glück«, sagte Peter. »Ich würde liebend gern ein Instrument spielen. Würde es gern lernen. Vielleicht ein bisschen zu spät jetzt, nehme ich an.«

»Oh, es ist doch nie zu spät«, sagte Tibor.

»Da haben Sie recht. Es ist nie zu spät. ›Zu spät‹ ist immer bloß eine Ausrede. Nein, die Wahrheit ist, ich bin ein viel beschäftigter Mann, und ich sage mir, ich habe zu viel zu tun, um Französisch zu lernen, um ein Instrument zu lernen, um *Krieg und Frieden* zu lesen. Lauter Dinge, die ich immer tun wollte. Eloise hat als Kind Musik gemacht. Sie hat Ihnen sicher davon erzählt?«

»Ja. Soweit ich begriffen habe, ist sie ein vielfältiges Naturtalent.«

»Oh, ganz bestimmt. Jeder, der sie kennt, sieht es sofort. Sie besitzt so viel Feingefühl! Sie ist diejenige, die Musikunterricht nehmen sollte. Gegen sie bin ich Mr Wurstfinger!« Er hielt seine Hände hoch und lachte. »Wie gern würde ich Klavier spielen, aber was wollen Sie mit solchen Händen anfangen? Die taugen, um in der Erde zu wühlen, was meine Vorfahren generationenlang getan haben. Aber diese Dame hier,« – er deutete mit seinem Glas zur Tür – »sie hat wahrlich Feingefühl.«

Eloise tauchte endlich wieder auf. Juwelenbehängt und in einem dunklen Abendkleid trat sie aus dem Schlafzimmer.

»Peter, erzähl Tibor keine langweiligen Geschichten«, sagte sie, »er interessiert sich nicht für Golf.«

Peter hob abwehrend die Hände und sah Tibor bittend an. »Verteidigen Sie mich, Tibor! Habe ich ein einziges Wort über Golf verloren?«

Tibor sagte, er müsse jetzt gehen; er sehe, dass sie beide ausgehbereit seien, und er wolle sie nicht aufhalten. Sie protestierten beide, und Peter sagte:

»Schauen Sie mich an. Sehe ich etwa aus wie zum Dinner gekleidet?«

Und Tibor, obwohl er ihn absolut korrekt gekleidet fand, lachte ein bisschen, wie es offensichtlich von ihm erwartet wurde. Dann sagte Peter:

»Sie dürfen nicht gehen, bevor Sie uns nicht was vorgespielt haben. Ich habe so viel über Ihr Spiel gehört!«

Verwirrt begann Tibor tatsächlich seinen Cellokasten zu öffnen, doch Eloise sagte fest, in einem ihm unbekannten Tonfall:

»Tibor hat recht. Es ist spät geworden. In dieser Stadt halten einem die Restaurants den Tisch nicht ewig frei, wenn man nicht pünktlich ist. Peter, zieh du dich inzwischen um. Und vielleicht rasierst du dich auch? Ich begleite Tibor hinaus. Ich möchte kurz unter vier Augen mit ihm reden.«

Im Aufzug lächelten sie einander liebevoll an, sprachen aber nicht. Als sie aus dem Gebäude traten, fanden sie die Piazza in abendlicher Beleuchtung. Einheimische Kinder, aus den Ferien zurückgekehrt, spielten Fußball oder jagten einander um den Brunnen. Die abendliche *Passeggiata* war in vollem Gang, und wahrscheinlich wehte es unsere Musik dort hinüber, wo sie jetzt standen.

»Tja, das war's dann«, sagte sie schließlich. »Er hat mich gefunden, also hat er mich wohl verdient.«

»Er ist ein wirklich reizender Mensch«, sagte Tibor. »Werden Sie jetzt nach Amerika zurückkehren?«

»In ein paar Tagen. Ja, vermutlich.«

»Werden Sie ihn heiraten?«

»Ich glaube schon.« Einen Moment lang sah sie ihn ernst an, dann wandte sie den Blick ab. »Ich glaube schon«, wiederholte sie.

»Ich wünsche Ihnen viel Glück. Er ist ein netter Mann. Auch ein Musikfreund. Das ist wichtig für Sie.«

»Ja. Das ist wichtig.«

»Als Sie sich vorhin umgezogen haben. Unser Gespräch drehte sich nicht um Golf, sondern um Musikunterricht.«

»Ach, wirklich? Sie meinen, für ihn oder für mich?«

»Für Sie beide. Allerdings wird es wohl nicht viele Lehrer in Portland, Oregon, geben, die Sie unterrichten können.«

Sie lachte. »Wie ich schon sagte, Leute wie wir haben's nicht leicht.«

»Ja, das verstehe ich. Nach diesen letzten Wochen verstehe ich es besser denn je.« Dann fügte er hinzu: »Miss Eloise, ich muss Ihnen etwas sagen, bevor wir uns verabschieden. Ich reise auch bald ab, nach Amsterdam, wo man mir eine Stelle in einem großen Hotel angeboten hat.«

»Werden Sie Portier?«

»Nein. Ich werde in einem kleinen Kammerensemble im Speisesaal des Hotels spielen. Wir unterhalten die Hotelgäste beim Essen.«

Er beobachtete sie aufmerksam und sah etwas in ihren Augen aufflammen, das aber gleich wieder verlosch. Sie legte ihm eine Hand auf den Arm und lächelte.

»Na, dann viel Glück.« Nach einer Pause fügte sie hinzu: »Diese Hotelgäste. Die ahnen gar nicht, was für ein Genuss sie erwartet.«

»Hoffentlich.«

Wieder standen sie schweigend nebeneinander, knapp außerhalb des Lichtscheins aus dem Hotelfoyer, zwischen ihnen der wuchtige Cellokasten.

»Und hoffentlich«, sagte er, »werden Sie mit Mr Peter sehr glücklich.«

»Ja, das hoffe ich auch«, sagte sie und lachte wieder. Dann küsste sie ihn auf die Wange und umarmte ihn kurz. »Passen Sie gut auf sich auf«, sagte sie.

Tibor dankte ihr, und ehe er begriff, was geschah, sah er sie ins Excelsior zurückkehren.

Kurz darauf verließ Tibor unsere Stadt. Als wir zum letzten Mal mit ihm zusammensaßen und tranken, war er Giancarlo und Ernesto sichtlich sehr dankbar, dass sie ihm diesen Job verschafft hatten, und uns allen dankte er für unsere Freundschaft, trotzdem wurde ich das Gefühl nicht los, dass er uns gegenüber ein bisschen reserviert war. Diesen Eindruck hatten einige von uns, nicht nur ich, obwohl sich Giancarlo jetzt – typisch für ihn – auf Tibors Seite stellte und sagte, der Junge sei wegen dieser neuen Phase in seinem Leben einfach nur aufgeregt und nervös gewesen.

»Aufgeregt? Wieso soll er aufgeregt sein?«, fragte Ernesto. »Er hat sich den ganzen Sommer lang anhören dürfen, was er für ein Genie ist. Ein Job in einem Hotel ist doch ein Abstieg. Mit uns zusammensitzen und plaudern ist ebenfalls Abstieg. Als der Sommer anfing, war er ein netter Junge. Aber nach dem, was diese Frau mit ihm angestellt hat, bin ich froh, wenn wir ihn nicht mehr sehen müssen.«

Wie gesagt, das ist alles schon sieben Jahre her. Giancarlo, Ernesto, alle anderen aus dieser Zeit sind weitergezogen, nur Fabian und ich sind noch da. Bis ich ihn neulich auf der Piazza sitzen sah, hatte ich lang nicht mehr an unseren ungarischen Maestro gedacht. Er war nicht so schwer zu erkennen. Sicher hatte er zugenommen, gerade um den Hals wirkte er viel dicker. Und die Art, wie er mit dem Finger einen Kellner herbeiwinkte, hatte etwas – vielleicht bilde ich es mir ein –, aber sie hatte etwas von der Ungeduld, der Gedankenlosigkeit, die mit einer bestimmten Form von Verbitterung einhergeht. Aber das mag ungerecht sein. Schließlich sah ich ihn ja nur kurz und aus der Ferne. Trotzdem schien mir, dass seine jugendliche Beflissenheit und diese sorgsamen Manieren, die er damals hatte, von ihm abgefallen waren. Ist vielleicht nicht das Schlechteste, sagen Sie jetzt vielleicht.

Ich wäre ja hinübergegangen und hätte mit ihm geredet, aber er war schon fort, als unser Set zu Ende war. Soweit ich weiß, war er nur diesen einen Nachmittag hier. Er trug einen Anzug – nichts Besonderes, einen ganz normalen Anzug –, vielleicht hat er ja jetzt einen Bürojob irgendwo. Vielleicht hatte er in der Nähe was zu erledigen und kam nur um der alten Zeiten willen durch unsere Stadt, wer weiß? Wenn er wieder auf den Platz kommt und ich muss nicht gerade spielen, geh ich hin und rede mit ihm.